A RAINHA DO NADA

Obras da autora publicadas pela Galera Record:

O Povo do Ar
O príncipe cruel
O rei perverso
A rainha do nada
Como o rei de Elfhame aprendeu a odiar histórias

O canto mais escuro da floresta

Duologia O Herdeiro Roubado
O herdeiro roubado
O trono do prisioneiro

Contos de Fadas Modernos
Tithe
Valente
Reino de ferro

Magisterium (com Cassandra Clare)
O desafio de ferro
A luva de cobre
A chave de bronze
A máscara de prata
A torre de ouro

As Crônicas de Spiderwick (com Tony DiTerlizzi)
Livro da noite

A RAINHA DO NADA

HOLLY BLACK

Tradução
Regiane Winarski

33ª edição

— Galera —

RIO DE JANEIRO

2025

CIP-BRASIL. CATALOGAÇÃO NA PUBLICAÇÃO
SINDICATO NACIONAL DOS EDITORES DE LIVROS, RJ

B562r Black, Holly, 1971-
33ª ed. A rainha do nada / Holly Black; tradução Regiane Winarski. – 33ª ed. –
Rio de Janeiro: Galera Record, 2025.

Tradução de: The queen of nothing
ISBN 978-65-55-87143-2

1. Ficção americana. I. Winarski, Regiane. II. Título.

20-65875   CDD: 813
                            CDU: 82-3(73)

Camila Donis Hartmann – Bibliotecária – CRB-7/6472

Essa é uma obra de ficção. Nomes, personagens, lugares e acontecimentos são produto da imaginação do autor ou são usados de forma ficcional. Qualquer semelhança com eventos, lugares ou pessoas vivas ou mortas é mera coincidência.

Título original:
The queen of nothing

Copyright © 2020 Holly Black
Ilustrações de Kathleen Jennings

Todos os direitos reservados. Proibida a reprodução, no todo ou em parte, através de quaisquer meios. Os direitos morais da autora foram assegurados.

Texto revisado segundo o novo Acordo Ortográfico da Língua Portuguesa.

Direitos exclusivos de publicação em língua portuguesa
somente para o Brasil adquiridos pela
EDITORA RECORD LTDA.
Rua Argentina, 171 – Rio de Janeiro, RJ – 20921-380 – Tel.: (21) 2585-2000,
que se reserva a propriedade literária desta tradução.

Impresso no Brasil

ISBN 978-65-55-87143-2

Seja um leitor preferencial Record
Cadastre-se no site www.record.com.br
e receba informações sobre nossos
lançamentos e nossas promoções.

Atendimento e venda direta ao leitor
sac@record.com.br

Para Leigh Bardugo, que nunca me deixa sair impune.

Livro um

E o Rei Elfo prometeu se casar
Com uma filha da Terra, cuja prole
Cruz e água vão abençoar,
Da maldição das fadas vão se livrar.
E se tal dia maldito existir!
Que não esteja por vir! Que não esteja por vir!

— Edmund Clarence Stedman,
"Elfin Song"

PRÓLOGO

Baphen, o Astrólogo Real, apertou os olhos para ler o mapa astral e tentou não vacilar quando pareceu certo que o mais jovem príncipe de Elfhame estava prestes a cair de cabeça.

Uma semana depois do nascimento, o príncipe Cardan enfim seria apresentado ao Grande Rei. Os cinco herdeiros anteriores foram vistos imediatamente, ainda chorando e rosados, mas Lady Asha proibiu a visita do Grande Rei até se sentir adequadamente recuperada do parto.

O bebê era magro e enrugado, e encarava Eldred em silêncio, com olhos pretos. Agitava a cauda de chicote com tanta força que o cueiro ameaçava se rasgar. Lady Asha não sabia bem como aninhá-lo. Na verdade, ela o segurava como se tivesse esperanças de que alguém lhe tirasse o fardo em breve.

— Diga-nos seu futuro — pediu o Grande Rei. Havia poucas pessoas para testemunhar a apresentação do novo príncipe: o mortal Val Moren, ao mesmo tempo Poeta da Corte e Senescal, e dois membros do Conselho Vivo, Randalin, Ministro das Chaves, e Baphen. No salão vazio, as palavras do rei ecoaram.

Baphen hesitou, mas não podia fazer nada além de responder. Eldred fora favorecido com cinco filhos antes do príncipe Cardan, uma fecundidade chocante entre os feéricos, com o sangue fino e poucos nascimentos. As estrelas previram as realizações de cada pequeno príncipe e princesa; na poesia e na música, na política, na virtude e até no vício. Mas, daquela vez, o que tinha visto nas estrelas era completamente diferente.

— O príncipe Cardan será seu último filho — disse o Astrólogo Real. — Ele será a destruição da coroa e a ruína do trono.

Lady Asha inspirou fundo. Pela primeira vez, aconchegou a criança junto ao corpo de forma protetora. O bebê se remexeu em seus braços.

— Imagino quem influenciou sua interpretação dos sinais. Talvez tenha o dedo da princesa Elowyn. Ou do príncipe Dain.

Talvez fosse melhor que ela o deixasse cair, pensou Baphen sem gentileza nenhuma.

O Grande Rei Eldred passou a mão pelo queixo.

— Não tem nada que possa ser feito para impedir?

Era uma bênção ambígua que as estrelas oferecessem a Baphen tantos enigmas e tão poucas respostas. Com frequência, ele desejava ver as coisas com mais clareza, mas não daquela vez. Baixou a cabeça como desculpa para não encontrar o olhar do Grande Rei.

— Somente pelo sangue derramado um grande líder pode ascender, mas não antes do que lhe revelei venha a acontecer.

Eldred se virou para Lady Asha e o filho, o arauto da má sorte. O bebê estava silencioso como uma pedra, sem chorar e sem emitir ruídos, a cauda ainda agitada.

— Leve o garoto — disse o Grande Rei. — Crie-o como achar melhor.

Lady Asha nem hesitou.

— Vou criá-lo como sua posição exige. Ele é um príncipe, afinal, e é seu filho.

Havia uma aspereza em seu tom, e Baphen lembrou, apreensivo, que algumas profecias se cumprem pelas ações tomadas para impedi-las.

Por um momento, todos guardaram silêncio. Eldred assentiu para Val Moren, que saiu da plataforma e voltou segurando uma caixa de madeira fina, com um desenho de raízes entrelaçadas na tampa.

— Um presente — disse o Grande Rei —, em reconhecimento a sua contribuição à linhagem Greenbriar.

Val Moren abriu a caixa e encontrou um exótico colar de volumosas esmeraldas. Eldred o pegou e passou pela cabeça de Lady Asha. Ele lhe tocou a bochecha com o dorso da mão.

— Sua generosidade é enorme, meu senhor — agradeceu ela, um tanto apaziguada. O bebê pegou uma pedra com a mãozinha e olhou para o pai com olhos insondáveis.

— Vá descansar agora — sugeriu Eldred, a voz mais suave. Dessa vez, ela cedeu.

Lady Asha partiu com a cabeça erguida, apertando ainda mais a criança. Baphen sentiu um tremor, uma premonição que não tinha nada a ver com as estrelas.

O Grande Rei Eldred não voltou a visitar Lady Asha, nem a chamou para ir até ele. Talvez devesse ter ignorado a insatisfação e dado atenção ao filho. Mas olhar para o príncipe Cardan era como olhar para um futuro incerto, e ele evitava fazer isso.

Lady Asha, como mãe de um príncipe, se viu muito solicitada pela Corte, ainda que não pelo Grande Rei. Dada a caprichos e frivolidades, desejava voltar à vida alegre de cortesã. Como não podia frequentar bailes com um bebê a tiracolo, adotou uma gata com filhotes natimortos e a usou como ama de leite do seu filho.

O arranjo durou até o príncipe Cardan começar a engatinhar e a puxar o rabo do felino. Nesse meio-tempo, a gata ficou prenha de uma nova ninhada e, então, fugiu para o estábulo, também o abandonando.

E foi assim que ele cresceu no palácio, sem ser amado por ninguém e sem ser cuidado por ninguém. Quem ousaria impedir um príncipe de roubar comida das mesas dos nobres e, embaixo delas, devorar o que conseguira com mordidas selvagens? As irmãs e os irmãos apenas riam e brincavam com ele, como fariam com um cachorrinho.

O príncipe raramente usava roupas — preferia as guirlandas de flores, e costumava jogar pedras quando a guarda tentava se aproximar. Ninguém, além da mãe, tinha controle sobre Cardan, e ela quase nunca tentava reprimir seus excessos. Fazia o contrário, na verdade.

— Você é um príncipe — dizia ela, com firmeza, quando ele fugia de um conflito ou desistia de exigir algo. — Tudo é seu. Você só precisa pegar. — E, às vezes: — Quero aquilo. Traga para mim.

Dizem que crianças feéricas não são como crianças mortais. Elas precisam de pouco em termos de amor. Não têm que ser colocadas na cama à noite, mas podem dormir com alegria em um canto frio de um salão de baile, envolvidas em uma toalha de mesa. Não precisam ser alimentadas; ficam felizes lambendo orvalho e pegando pão e creme na cozinha. Não precisam ser consoladas, pois raramente choram.

Mas, ainda que crianças feéricas não precisem de muito amor, príncipes feéricos necessitam de certa instrução.

Por falta de orientação, quando o irmão mais velho de Cardan sugeriu disparar uma noz na cabeça de um mortal, Cardan não teve a sabedoria de protestar. Seus hábitos eram impulsivos; seus modos, autoritários.

— Uma boa mira impressiona muito nosso pai — argumentou o príncipe Dain, com um sorrisinho provocante. — Mas talvez seja difícil demais. Melhor não tentar do que fracassar.

Para Cardan, que não conseguia atrair a atenção do pai, e a queria desesperadamente, a possibilidade pareceu tentadora. Não se perguntou quem era o mortal, nem como fora parar na Corte. Cardan não desconfiava de que o homem era amado por Val Moren e de que o senescal sofreria demais se ele morresse.

E deixaria Dain livre para assumir uma posição mais proeminente como braço direito do Grande Rei.

— Difícil? Melhor não tentar? Essas são palavras de um covarde — disse Cardan, cheio de bravata infantil. Na verdade, o irmão o intimidava, mas aquilo só o deixava mais desdenhoso.

O príncipe Dain sorriu.

— Vamos ao menos trocar flechas. Se você errar, pode dizer que foi *minha* flecha a se desviar.

O príncipe Cardan devia ter desconfiado da gentileza, mas havia recebido pouca orientação para poder diferenciar se era verdadeira ou falsa.

Então prendeu a flecha de Dain e puxou a corda, mirando na noz. Uma sensação ruim o atravessou. Talvez não acertasse o alvo. Podia machucar o homem. Mas, logo em seguida, sentiu um júbilo furioso com a ideia de fazer uma coisa tão horrível que obrigaria o pai a não mais ignorá-lo. Se não conseguia a atenção do Grande Rei por algo bom, talvez a conseguisse por algo muito, muito ruim.

As mãos de Cardan tremiam.

Os olhos úmidos do mortal o observavam com pânico congelante. Encantado, claro. Ninguém ficaria parado assim por vontade própria. Foi aquilo que o fez decidir.

Cardan forçou uma risada enquanto relaxava a corda e permitia que a flecha mudasse de posição.

— Simplesmente não vou disparar nessas condições — disse ele, se sentindo ridículo por ter recuado. — O vento está soprando do norte e desarrumando meu cabelo. Atrapalhando minha visão.

Mas o príncipe Dain ergueu o arco e soltou a flecha que Cardan trocara com ele. Acertou o mortal na garganta. O homem caiu quase sem som, os olhos ainda abertos, encarando o nada.

Aconteceu tão rápido que Cardan não gritou, não reagiu. Só ficou olhando para o irmão, a compreensão lenta e terrível o atingindo em cheio.

— Ah — suspirou o príncipe Dain, com um sorriso satisfeito. — Uma pena. Parece que foi *sua* flecha a se desviar. Talvez possa reclamar com nosso pai sobre o cabelo nos olhos.

Apesar de seus protestos, ninguém quis ouvir a versão do príncipe Cardan. Dain cuidou disso. Ele contou a história do descuido do príncipe mais jovem, de sua arrogância, da flecha. O Grande Rei nem concedeu uma audiência a Cardan.

Apesar das súplicas de Val Moren por execução, Cardan foi punido pelo assassinato do mortal como os príncipes são punidos. O Grande Rei mandou trancar Lady Asha na Torre do Esquecimento no lugar do filho, e Eldred ficou aliviado de ter motivo para fazer isso — ele a achava cansativa e problemática. O cuidado do príncipe Cardan foi dado a Balekin, o mais velho dos irmãos, o mais cruel e o único disposto a recebê-lo.

E foi assim que a reputação do príncipe Cardan surgiu. Ele nada podia fazer senão engrandecê-la.

CAPÍTULO

1

Eu, Jude Duarte, a Grande Rainha de Elfhame no exílio, passo a maior parte das manhãs cochilando diante da televisão, assistindo a competições de culinária e desenhos animados e reprises de um programa em que as pessoas precisam completar tarefas furando caixas e garrafas e cortando um peixe inteiro. À tarde, se ele me permite, eu treino meu irmão, Oak. À noite, faço pequenos serviços para as fadas locais.

Sou discreta, como deveria ter sido desde o começo. E, se amaldiçoo Cardan, tenho que me amaldiçoar também, por ser a tola que caiu na armadilha que ele montou para mim.

Quando criança, eu imaginava voltar ao mundo mortal. Taryn, Vivi e eu discutíamos como era, relembrávamos os cheiros de grama cortada e gasolina, recordávamos como era brincar de pique nos quintais do bairro e nadar, no verão, nas piscinas cheias de cloro. Eu sonhava com chá gelado feito com pó instantâneo e com picolés de suco de laranja. Desejava coisas mundanas: o cheiro de asfalto quente, o balanço dos fios entre os postes, os jingles dos comerciais.

Agora, presa de vez no mundo mortal, sinto saudade do Reino das Fadas, com uma intensidade cruel. É a magia que desejo, é dela que sinto falta. Talvez eu até sinta falta de ter medo. Sinto como se sonhasse meus dias, inquieta, nunca verdadeiramente acordada.

Tamborilo os dedos na madeira pintada de uma mesa de piquenique. Mal entramos no outono e já está esfriando no Maine. O sol do fim de tarde pontilha a grama do lado de fora do prédio enquanto observo Oak brincar com outras crianças no pequeno bosque que nos separa da rodovia. São crianças do prédio, algumas mais novas que ele e outras com pouco mais de 8 anos, todas trazidas pelo mesmo ônibus escolar amarelo. Brincam de guerra de forma totalmente desorganizada, correndo atrás umas das outras com gravetos. Duelam como crianças fazem, mirando na arma, e não no oponente, gritando de tanto dar risadas quando um graveto quebra. Não consigo deixar de notar que estão aprendendo lições totalmente erradas sobre esgrima.

Mesmo assim, observo. E reparo quando Oak usa glamour.

Ele o faz de modo inconsciente, acho. Está se aproximando sorrateiramente das crianças, mas atravessa uma área sem esconderijo óbvio. Ele continua avançando e, embora esteja visível, ninguém parece reparar.

Está cada vez mais perto, e as crianças ainda não olham em sua direção. Quando ele pula, com o graveto em riste, todas gritam com surpresa absolutamente autêntica.

Ele estava invisível. Estava usando glamour. E eu, por causa do geas para não ser enganada, só reparei quando aconteceu. As outras crianças acham apenas que ele foi inteligente ou que teve sorte. Só eu sei o quanto foi descuidado.

Espero até as crianças voltarem para casa. Elas vão embora, uma a uma, até só restar meu irmão. Não preciso de magia, apesar das folhas no chão, para me aproximar sem ser percebida. Com um movimento rápido, passo o braço no pescoço de Oak e aperto a garganta com força a ponto de lhe dar um bom susto. Ele recua e quase acerta meu queixo com os chifres. Nada mau. Ele tenta se soltar, mas sem vontade. Já percebeu que sou eu, e não o assusto.

Aperto mais. Se eu mantiver a pressão em seu pescoço por tempo bastante, ele vai apagar.

Oak tenta falar, mas parece começar a sentir o efeito da falta de ar. Esquece o treinamento e enlouquece, se debate, arranha meus braços e chuta minhas pernas. E faz eu me sentir péssima. Eu queria assustá-lo um pouco, o suficiente para reagir, não para ficar *apavorado*.

Eu o solto, e ele cambaleia para longe, os olhos úmidos de lágrimas.

— Por que fez isso? — pergunta. E me olha com acusação.

— Para lembrá-lo de que lutar não é um jogo — respondo, sentindo como se falasse com a voz de Madoc, não com a minha. Não quero que Oak cresça como eu, com raiva e medo. Mas, sim, que ele *sobreviva*, e Madoc me ensinou a fazer isso.

Como vou saber dar a ele as coisas certas quando só conheço minha infância horrível? Talvez as partes que valorizo sejam as erradas.

— O que vai fazer contra um oponente que queira machucar você de verdade?

— Não ligo — diz Oak. — Não ligo para essas coisas. Não quero ser rei. Não quero ser rei *nunca*.

Por um momento, fico apenas olhando para ele. Quero acreditar que está mentindo, mas, claro, ele não é capaz de mentir.

— Nem sempre podemos escolher nosso destino — argumento.

— Pode governar *você* se se importa tanto assim! — dispara ele. — Não quero. Nunca.

Trinco os dentes para não gritar.

— Não posso, como bem sabe, porque estou exilada — lembro a ele.

Ele bate um dos cascos.

— Eu também! E o único motivo para eu estar no mundo humano é porque meu pai quer a maldita coroa, e você a deseja, e todo mundo a cobiça. Bom, eu não. É amaldiçoada.

— Todo poder é amaldiçoado — digo. — Os piores entre nós farão qualquer coisa para obtê-lo, e os que melhor usariam o poder não querem o peso em suas costas. Mas isso não quer dizer que podem fugir da responsabilidade para sempre.

— Você não pode me obrigar a ser Grande Rei — rebate ele, então me dá as costas e sai correndo na direção do prédio.

Eu me sento no chão frio, sabendo que estraguei completamente a conversa. Ciente de que Madoc treinou a mim e a Taryn melhor do que estou preparando Oak. Sabendo que fui arrogante e tola em achar que eu podia controlar Cardan.

Sabendo que, no grande jogo de príncipes e rainhas, eu fui varrida do tabuleiro.

Dentro do apartamento, a porta do quarto de Oak está trancada para mim. Vivienne, minha irmã fada, está parada na frente da bancada da cozinha, sorrindo para o celular.

Quando repara em mim, segura minhas mãos e me rodopia até eu ficar tonta.

— Heather me ama de novo — declara ela, com uma risada louca na voz.

Heather era a namorada humana de Vivi. Ela tolerava as evasivas de minha irmã sobre o passado. Até aguentou quando Oak foi morar com elas no apartamento. Mas, quando descobriu que Vivi não era humana *e* que a enfeitiçara, ela a largou e saiu de casa. Odeio ter que dizer, porque quero que minha irmã seja feliz (e Heather a fazia feliz), mas foi um fora muito merecido.

Eu me afasto e a encaro, confusa.

— O quê?

Vivi mostra o celular para mim.

— Ela mandou uma mensagem de texto. Quer voltar. Tudo será como antes.

Folhas caídas não voltam aos galhos, nozes não retornam às cascas e namoradas encantadas não acordam de repente e decidem deixar as coisas fluírem com sua apavorante ex.

— Me deixa ver isso — peço, alcançando o celular de Vivi. Ela me permite pegá-lo.

Leio as mensagens, a maioria de Vivi, cheias de pedidos de desculpas, promessas precipitadas e súplicas cada vez mais desesperadas. Do lado de Heather, muito silêncio e algumas mensagens do tipo "Preciso de mais tempo para pensar".

E então, isto:

> Preciso esquecer o Reino das Fadas. Tenho que esquecer que você e Oak não são humanos. Não quero mais me sentir assim. Se eu te pedisse para me fazer esquecer, faria isso?

Olho para as palavras por um momento, tomando fôlego.

Entendo por que Vivi interpretou a mensagem como fez, mas acho que ela leu errado. Se eu tivesse escrito aquilo, a última coisa que ia querer era que Vivi concordasse. Eu ia desejar que ela me ajudasse a ver que, mesmo não sendo humanos, Vivi e Oak me amavam. Eu ia querer que Vivi insistisse que negar a existência do Reino das Fadas não ajudaria. E ia desejar que Vivi me dissesse que tinha cometido um erro e que jamais voltaria a cometer o mesmo erro, não importa o que aconteça.

Se eu tivesse enviado aquela mensagem, seria um teste.

Devolvo o celular para Vivi.

— O que você vai responder?

— Que farei o que ela quiser — diz minha irmã, uma promessa extravagante para um mortal e apavorante para alguém que ficaria preso a esse juramento.

— Talvez ela não saiba o que quer — argumento, desleal, independentemente do que faça. Vivi é minha irmã, mas Heather é humana. Tenho compromisso com as duas.

E, no momento, Vivi não está interessada em pensar em nada além de que tudo vai ficar bem. Ela abre um sorriso largo e displicente, pega uma maçã na tigela de frutas e a joga no ar.

— Qual é o problema com Oak? Ele entrou marchando e bateu a porta do quarto. Vai ser dramático assim quando for adolescente?

— Ele não quer ser Grande Rei — respondo.

— Ah. Isso. — Vivi olha na direção do quarto. — Achei que era uma coisa importante.

CAPÍTULO
2

É um alívio ir trabalhar esta noite.

Fadas no mundo mortal têm necessidades diferentes das de Elfhame. O feérico solitário que sobrevive fora de Faerie não precisa se preocupar com festejos e maquinações da Corte.

E acontece que existem muitos serviços estranhos para alguém como eu, uma mortal que conhece seus costumes e não tem medo de entrar em uma briga ocasional. Conheci Bryern uma semana depois que saí de Elfhame. Apareceu em frente ao prédio, uma fada de pelo preto, cabeça e cascos de bode, com chapéu-coco na mão, alegando ser um velho amigo do Barata.

— Soube da sua situação peculiar — disse ele, me encarando com os estranhos olhos dourados de bode, as pupilas pretas em um retângulo horizontal. — Considerada morta, não é isso? Sem número de Previdência Social. Sem escola mortal.

— E procurando trabalho — falei, imaginando aonde aquilo ia dar. — Por baixo dos panos.

— Não dá para ser mais debaixo dos panos do que comigo — garantiu ele, colocando a mão de garras sobre o coração. — Permita-me me apresentar. Bryern. Sou um púca, caso não tenha percebido.

Ele não exigiu juramentos de lealdade e nenhum tipo de promessa. Eu podia trabalhar o quanto quisesse, e o pagamento dependia de minha ousadia.

Esta noite, eu o encontro perto da água. Pedalo a bicicleta usada que comprei. O pneu traseiro murcha rápido, mas paguei barato. Funciona bem como meio de transporte. Bryern está vestido com exagero típico: o chapéu tem uma faixa decorada com algumas penas coloridas de pato e ele o combinou com um paletó de tweed. Quando chego mais perto, tira um relógio do bolso e o observa com o cenho exageradamente franzido.

— Ah, me atrasei? — pergunto. — Desculpe. Estou acostumada a ver a hora pelo ângulo da lua.

Ele me olha com irritação.

— Não precisa botar banca só porque viveu na Grande Corte. Você não é especial agora.

Sou a Grande Rainha de Elfhame. O pensamento vem espontaneamente, e mordo a bochecha para não proferir aquelas palavras ridículas. Ele está certo: não sou especial agora.

— Qual é o trabalho? — pergunto da forma mais branda que consigo.

— Uma das fadas em Old Port está comendo gente da região. Tenho uma proposta para alguém disposto a arrancar a promessa de que ela vai parar.

Tenho dificuldade em acreditar que ele se importe com o que acontece com humanos... e que se importe a ponto de me pagar para fazer alguma coisa em relação ao assunto.

— Gente *mortal*?

Ele balança a cabeça.

— Não. Não. Fadas como nós. — Ele parece lembrar com quem está falando e fica meio constrangido. Tento não interpretar o ato falho como elogio.

Matando e *comendo* feéricos? Nada indica que seja um trabalho fácil.

— Quem é o mandante?

Ele dá uma gargalhada nervosa.

— Ninguém que queira o nome associado à tarefa. Mas está disposto a remunerá-la para que faça acontecer.

Um dos motivos para Bryern gostar de me contratar é que consigo me aproximar dos feéricos. Não esperam que seja uma mortal a lhes roubar ou lhes enfiar uma faca na lateral do corpo. Não esperam que uma mortal não seja afetada por glamour nem que conheça seus costumes ou que enxergue através das barganhas horríveis que oferecem.

Outro motivo é que preciso tanto do dinheiro que me disponho a aceitar trabalhos como esse, que sei, desde o início, que vão ser uma droga.

— Endereço? — pergunto, e ele me entrega um pedaço de papel dobrado.

Eu o abro e baixo o olhar.

— Espero que pague bem.

— Quinhentos dólares americanos — diz ele, como se fosse uma soma exorbitante.

Nosso aluguel custa 1.200 por mês, sem contar alimentação e outras necessidades. Na ausência de Heather, minha parte fica em uns 800 dólares. E eu gostaria de comprar um pneu novo para minha bicicleta. Quinhentos não são nem de longe o suficiente, não por uma coisa assim.

— Mil e quinhentos — barganho, erguendo as sobrancelhas. — Em dinheiro, verificável com ferro. Metade antecipado e, se eu não voltar, você paga a outra metade a Vivienne, como presente para minha família enlutada.

Bryern aperta os lábios, mas sei que tem o dinheiro. Só não quer me pagar tanto a ponto de eu me tornar exigente.

— Mil — oferece ele, enfiando a mão no bolso interno do paletó e tirando uma pilha de notas presa por um clipe prateado. — Tenho metade comigo. Pode levar.

— Tudo bem — concordo. É um pagamento decente para o que pode ser trabalho de apenas uma noite se eu tiver sorte.

Ele entrega o dinheiro com uma fungada.

— Me avise quando tiver executado o serviço.

Tenho uma placa de ferro no chaveiro. Passo-a com ostentação na extremidade do dinheiro para verificar se é real. Não faz mal lembrar a Bryern que sou cuidadosa.

— E cinquenta dólares para despesas — digo em um impulso.

Ele franze a testa. Depois de um momento, enfia a mão em uma parte diferente do paletó e me entrega o dinheiro.

— Só resolva isso — diz ele.

O não uso de subterfúgios é um mau sinal. Eu deveria ter feito outras perguntas antes de aceitar o trabalho. Devia ter continuado a negociação.

Tarde demais agora.

Subo na bicicleta e, com um aceno de despedida para Bryern, disparo para o centro. Era uma vez, uma menina que se imaginava uma cavaleira montada em um corcel, coberta de glória em competições de habilidade e honra. Pena que meus talentos seguiram uma direção completamente diferente.

Acho que sou uma assassina de fadas bem capacitada, mas me destaco mesmo em irritá-las. Com sorte, esse dom vai ser útil para eu persuadir uma feérica canibal a fazer o que quero.

Antes de confrontá-la, decido fazer algumas perguntas.

Primeiro, visito um duende chamado Magpie, que mora em uma árvore no parque Deering Oaks. Ele diz que ouviu falar que ela pertence aos barretes vermelhos, uma notícia não muito boa, mas, como cresci ao lado de um, pelo menos conheço bem sua natureza. Os barretes vermelhos gostam de violência, sangue e assassinato; na verdade, ficam meio agitados quando privados de carnificina por longos períodos. E, quando são tradicionais, mergulham um barrete no sangue dos inimigos vencidos, supostamente para obter parte da vitalidade roubada do morto.

Pergunto o nome, mas Magpie não sabe. Ele me manda até Ladhar, um cluricaun que fica se esgueirando pelos fundos dos bares, sugando espuma de copos de cerveja quando ninguém está olhando e enganando mortais em jogos de azar.

— Não sabia? — pergunta Ladhar, baixando a voz. — *Grima Mog*.

Quase o acuso de mentir, mesmo sabendo ser impossível. E fantasio, breve e intensamente, procurar Bryern, fazê-lo engolir cada dólar que me deu.

— O que *ela* está fazendo *aqui*?

Grima Mog é a temível general da Corte dos Dentes, no norte. A mesma Corte de onde Barata e Bomba fugiram. Quando eu era pequena, na hora de dormir, Madoc lia para mim trechos das memórias de suas estratégias de batalha. Só de pensar em encará-la, um suor gelado me cobre.

Não posso lutar com ela. E tampouco acho que tenho uma boa chance de enganá-la.

— Foi expulsa, pelo que ouvi — responde Ladhar. — Talvez tenha comido alguém de quem Lady Nore gostasse.

Não tenho que fazer esse serviço, lembro a mim mesma. Não faço mais parte da Corte das Sombras de Dain. Não estou mais tentando governar por trás do trono do Grande Rei Cardan. Não preciso correr grandes riscos.

Mas estou curiosa.

Junte a isso uma abundância de orgulho ferido e você se vê nos degraus de entrada do armazém de Grima Mog, por volta do amanhecer. Sei que não devo chegar de mãos vazias. Trouxe carne crua de um açougue dentro de um isopor, alguns sanduíches de mel malfeitos embrulhados em papel-alumínio e uma garrafa de cerveja amarga decente.

Dentro, sigo por um corredor até chegar à porta do que parece ser um apartamento. Bato três vezes e espero que, no mínimo, o cheiro de comida disfarce o odor de meu medo.

A porta se abre, e uma mulher de roupão me olha. Ela está curvada, apoiada em uma bengala de madeira preta polida.

— O que você quer, querida?

Como vejo através do glamour, reparo no tom verde da pele e nos dentes enormes. Como meu pai adotivo: Madoc. O cara que matou meus pais. O cara que lia suas estratégias de batalha para mim. Madoc, outrora Grande General da Grande Corte. Agora inimigo do trono e também não muito feliz comigo.

Com sorte, ele e o Grande Rei Cardan vão arruinar a vida um do outro.

— Eu trouxe presentes — digo, mostrando o isopor. — Posso entrar? Quero fazer uma barganha.

Ela franze um pouco o cenho.

— Não pode continuar comendo fadas aleatórias sem que alguém seja enviado para tentar convencê-la a parar — explico.

— Talvez eu coma *você*, criança bonita — argumenta, animada. Mas recua para me deixar entrar em seu covil. Acho que ela não pode me transformar em refeição no corredor.

O apartamento é um loft, com pé-direito alto e paredes de tijolo. Bonito. Piso polido e brilhoso. Janelas grandes filtram a luz, uma boa vista da cidade. A mobília é velha. Os enfeites de algumas peças foram arrancados, e há marcas que poderiam ter vindo de um corte de faca.

O lugar tem cheiro de sangue. Um odor acobreado e metálico, misturado a uma doçura meio sufocante. Coloco os presentes em uma mesa pesada de madeira.

— Para você — digo. — Na esperança de que ignore minha grosseria de visitar sem convite.

Ela cheira a carne, examina um sanduíche de mel na mão e abre a tampa da cerveja com o punho. Toma um longo gole e olha para mim.

— Alguém a instruiu sobre as gentilezas. Eu me pergunto por que tanto trabalho, cabrita? Obviamente, você é o sacrifício enviado na esperança de saciar meu apetite com carne humana. — Ela sorri e mostra os dentes. É possível que tenha despido o glamour naquele momento, se bem que, como eu já tinha visto através do feitiço, não tenha certeza.

Eu pisco para ela. Ela pisca para mim, esperando uma reação.

Ao não gritar e correr para a porta, eu a irritei. Dá para perceber. Acho que estava ansiosa para me perseguir quando eu fugisse.

— Você é Grima Mog — digo. — Líder de exércitos. Destruidora de seus inimigos. É assim que quer passar sua aposentadoria?

— *Aposentadoria?* — Ela repete a palavra como se eu tivesse feito um insulto mortal. — Embora eu tenha sido dispensada, vou encontrar outro exército para liderar. Um maior que o primeiro.

Às vezes digo algo bem parecido para mim também. Ouvir em voz alta, da boca de outra pessoa, é perturbador. Mas me dá uma ideia.

— Bom, os feéricos da região preferem não ser comidos enquanto você planeja sua próxima estratégia. Obviamente, como sou humana, prefiro que você não coma mortais. Duvido que lhe dessem o que procura, de qualquer jeito.

Ela espera que eu continue.

— Um desafio — digo, pensando em tudo que sei sobre barretes vermelhos. — É isso que deseja, não é? Uma boa luta. Aposto que os feéricos que matou não eram tão especiais. Um desperdício de seus talentos.

— Quem a mandou? — pergunta ela. Reavaliando. Tentando entender minha abordagem.

— O que você fez para irritá-la? — pergunto. — Sua rainha? Deve ter sido algo grande para ser expulsa da Corte dos Dentes.

— *Quem a mandou?* — ruge ela. Acho que a irritei. Meu maior talento.

Tento não sorrir, mas senti tanta falta da onda de poder que acompanha aquele tipo de joguinho, de estratégia e malícia. Odeio admitir, mas senti falta de arriscar o pescoço. Não há espaço para arrependimentos quando se está ocupada tentando vencer. Ou, pelo menos, não morrer.

— Já falei. Os feéricos locais que não querem ser comidos.

— Por que *você*? — pergunta ela. — Por que enviariam um fiapo de garota para tentar me convencer de alguma coisa?

Observo a sala e reparo em uma caixa redonda em cima da geladeira. Uma caixa de chapéu antiquada. Meu olhar se prende naquilo.

— Provavelmente porque não seria perda alguma para eles se eu fracassasse.

Ao ouvir a afirmação, Grima Mog ri e toma outro gole da cerveja amarga.

— Uma fatalista. E como vai me persuadir?

Caminho até a mesa e pego a comida, procurando uma desculpa para chegar mais perto da caixa de chapéu.

— Primeiro, guardando a comida.

Grima Mog parece achar graça.

— Uma velha como eu pode muito bem aproveitar a ajuda de uma coisinha jovem aqui na casa. Mas tome cuidado. Você pode acabar descobrindo mais do que imagina dentro da minha geladeira, cabrita.

Abro a porta da geladeira. Sou recebida pelos restos dos feéricos que ela matou. Ela recolheu braços e cabeças, preservados de alguma forma, assados e cozidos e guardados como sobras depois de um grande banquete. Meu estômago fica embrulhado.

Um sorriso cruel surge no rosto da feérica.

— Você queria me desafiar para um duelo? Pretendia se gabar de ter lutado bem? Agora vê o que significa perder para Grima Mog.

Respiro fundo. Com um pulo, derrubo a caixa de chapéu de cima da geladeira na direção dos meus braços.

— Não toque nisso! — grita ela, na hora que tiro a tampa.

E lá está: o capuz. Coberto de sangue, várias camadas de sangue.

Ela está na metade da sala, dentes expostos. Pego um isqueiro no bolso e acendo a chama com um movimento do polegar. Ela para de súbito quando vê o fogo.

— Sei que passou muitos, muitos anos construindo a pátina que cobre esse capuz — digo, torcendo para que minhas mãos não tremam, para que a chama não se apague. — Com certeza, guarda o sangue do primeiro ser que você matou, e também do último. Sem isso, não vai existir lembrete de suas conquistas passadas, nem troféus, nem nada. Agora, preciso que faça um acordo comigo. Prometa que não vai haver mais assassinatos. Nem de fadas, nem de humanos, enquanto residir no mundo mortal.

— E se eu não prometer, você vai queimar meu tesouro? — conclui Grima Mog por mim. — Não há honra nisso.

— Acho que eu *poderia* optar pelo confronto — argumento. — Mas provavelmente perderia. Assim, eu ganho.

Grima Mog aponta a bengala preta na minha direção.

— Você é a filha humana de Madoc, não é? E a senescal exilada de nosso novo Grande Rei. Expulsa, como eu.

Assinto, frustrada de ter sido reconhecida.

— O que *você* fez? — pergunta ela, um sorrisinho satisfeito no rosto. — Deve ter sido algo grande.

— Fui idiota — respondo, porque é melhor admitir de uma vez. — Abri mão do pássaro na mão pelos dois voando.

Ela solta uma gargalhada alta e retumbante.

— Ora, que dupla nós somos, hein, filha do barrete vermelho? Mas assassinato está em meus ossos e sangue. Não planejo abrir mão de matar. Se preciso ficar presa no mundo mortal, pretendo me divertir um pouco.

Levo a chama para mais perto do capuz. A ponta começa a escurecer, e um fedor horrível se espalha pelo ar.

— Para! — grita ela, me olhando com puro ódio. — Chega. Quero fazer uma proposta a *você*, cabrita. Vamos lutar. Se você perder, meu capuz é devolvido sem ser queimado. Continuo a caçar, como sempre cacei. E você me dá o dedo mindinho.

— Para comer? — pergunto, afastando a chama do capuz.

— Se eu quiser — responde ela. — Ou para usar como broche. Que diferença faz para você? A questão é que será meu.

— E por que eu concordaria com isso?

— Porque, se você vencer, vai ter minha promessa. E vou contar uma coisa importante sobre seu Grande Rei.

— Não quero saber nada sobre ele — respondo, rápido demais e com raiva demais. Não esperava que ela mencionasse Cardan.

A risada dessa vez soa baixa e rouca.

— Mentirosa.

Nós nos encaramos por um longo momento. O olhar de Grima Mog é complacente. Ela sabe que me pegou. Vou concordar com seus termos. Também sei, apesar de ser ridículo. Ela é uma lenda. Não vejo como eu poderia vencer.

Mas o nome de Cardan ecoa em meus ouvidos.

Ele tem um novo senescal? Uma nova amante? Vai às reuniões do conselho em pessoa? Fala sobre mim? Ele e Locke debocham de mim juntos? Taryn ri?

— Lutamos até a primeira gota de sangue ser derramada — digo, tirando tudo da cabeça. É um prazer ter alguém em quem concentrar minha raiva. — Não vou dar meu dedo. Se você vencer, recebe seu capuz de volta. Ponto. E vou embora. A concessão que faço é lutar com você.

— Até a primeira gota de sangue é chato. — Grima Mog se inclina para a frente, o corpo alerta. — Vamos combinar de lutar até uma de nós pedir trégua. Que acabe em algum ponto entre o derramamento de sangue e seu rastejar para morrer no caminho de casa. — Ela suspira, como se tivesse tido um pensamento feliz. — Me dê uma chance de quebrar cada osso nesse seu corpo magrelo.

— Você está apostando em meu orgulho. — Enfio o capuz em um bolso e o isqueiro no outro.

Ela não nega.

— Apostei certo?

Até a primeira gota de sangue *é mesmo* chato. É só uma ficar dançando em volta da outra, procurando uma abertura. Não é luta de verdade. Quando respondo, a palavra sai rapidamente.

— Sim.

— Ótimo. — Ela aponta a bengala para o teto. — Vamos para o terraço.

— Nossa, que civilizado — digo.

— Espero que você tenha trazido uma arma, porque não vou te emprestar nada. — Ela segue na direção da porta com um suspiro pesado, como se realmente fosse a velha que aparenta quando usa o glamour.

Eu a sigo para fora do apartamento, pelo corredor mal iluminado, até a escada ainda mais escura, os nervos a mil. Espero saber o que estou fazendo. Ela sobe dois degraus de cada vez, ansiosa agora, e abre uma porta de metal no alto. Ouço o barulho de aço quando ela desembainha uma espada fina da bengala. Um sorriso ávido repuxa seus lábios de maneira exagerada e deixa os dentes afiados à mostra.

Puxo a faca longa que escondi na bota. Não tem grande alcance, mas não sou capaz de usar glamour em objetos; não posso andar de bicicleta com Cair da Noite nas costas.

Contudo, no momento, queria muito ter pensado em um jeito de fazer exatamente aquilo.

Chegamos na cobertura do prédio. O sol está começando a subir, tingindo o céu de cor-de-rosa e dourado. Uma brisa fria sopra no ar, trazendo os odores de concreto e lixo, assim como o aroma de arnica do parque próximo.

Meu coração acelera com uma mistura de pavor e ansiedade. Quando Grima Mog investe contra mim, estou pronta. Eu me defendo e saio do caminho. Faço isso repetidas vezes, o que a irrita.

— Você me prometeu uma ameaça — rosna ela, mas, pelo menos, tenho uma noção de como ela se desloca. Sei que está faminta por sangue, sedenta por violência. Sei que está acostumada a caçar. Só espero que esteja confiante ao extremo. É possível que ela cometa erros ao enfrentar alguém capaz de reagir.

Improvável, mas possível.

Quando me ataca de novo, eu me viro e chuto a parte de trás de seu joelho com força suficiente para derrubá-la no chão. Ela ruge, se levanta e vem para cima de mim a toda velocidade. Por um momento, a fúria naquele rosto e os dentes apavorantes me atravessam como uma onda horrível e paralisante.

Monstro!, grita minha mente.

Contraio o maxilar para controlar a ânsia de continuar me desviando. Nossas lâminas brilham como escamas de peixe na intensidade do alvorecer. O metal se choca, tilintando como um sino. Lutamos no telhado, meus pés ágeis conforme nos deslocamos. O suor molha minhas axilas e testa. Minha respiração sai quente e se condensa no ar frio.

É bom lutar com outra pessoa que não eu mesma.

Grima Mog estreita os olhos e me observa, procurando fraquezas. Estou ciente de cada erro corrigido por Madoc, de cada mau hábito que Fantasma tentou recondicionar. Ela dispara uma série de golpes brutais, tentando me levar até a beirada do prédio. Cedo terreno na tentativa de me defender dos ataques, do alcance mais longo de sua espada. Ela estava se contendo antes, mas não está se contendo agora.

Sem descanso, ela me força na direção de uma queda livre. Luto com determinação sombria. Minha pele está escorregadia de suor, com gotas entre as omoplatas.

Meu pé bate em um pedaço de cano de metal no concreto. Tropeço, e ela ataca. Faço o que posso para não ser perfurada, mas o bloqueio custa minha faca, que cai do telhado. Ouço-a atingir a rua abaixo com um ruído seco.

Eu não devia ter acatado a missão. Não devia ter concordado com a luta. Não devia ter aceitado a proposta de casamento de Cardan, nem ter sido exilada no mundo mortal.

A raiva me dá uma explosão de energia, e a uso para me desviar de Grima Mog, permitindo que o impulso do golpe leve a lâmina para longe de mim. Dou uma cotovelada forte em seu braço e agarro o cabo da espada.

Não é um gesto muito honrado, mas não tenho sido honrada há muito tempo. Grima Mog é muito forte, mas também está surpresa. Por um momento, hesita, mas bate com a testa na minha. Cambaleio para trás, mas quase consegui pegar sua arma.

Quase consegui.

Minha cabeça está latejando, e me sinto meio tonta.

— Isso é trapaça, garota — diz ela. Nós duas estamos respirando com esforço. Parece que meus pulmões são feitos de chumbo.

— Não sou nobre. — Como se para enfatizar minha afirmação, pego a única arma que vejo: uma barra de metal. É pesada e sem fio, mas é o que há. Pelo menos, é mais comprida que a faca.

Ela ri.

— Você devia ceder, mas estou feliz que não o fez.

— Sou otimista — digo. Agora, quando vem para cima de mim, ela tem a velocidade, mas tenho mais alcance. Giramos em volta uma da outra, ela atacando, e eu me defendendo com algo que se desloca como um bastão de beisebol. Desejo muitas coisas, mas a principal é sair viva do telhado.

Minha energia está acabando. Não estou acostumada ao peso do cano e é difícil manuseá-lo.

Desista, diz meu cérebro atordoado. *Declare que aceita a derrota enquanto ainda está de pé. Dê o capuz a ela, esqueça o dinheiro e volte para casa. Vivi pode transformar folhas em cédulas. Só dessa vez, não seria uma coisa ruim. Você não está lutando por um reino. Isso você já perdeu.*

Grima Mog avança em minha direção como se sentisse o cheiro do meu desespero. Ela me obriga a reagir com alguns golpes rápidos e agressivos, na esperança de me surpreender.

O suor escorre pela testa e faz com que meus olhos ardam.

Madoc descreve uma luta como muitas coisas; um jogo de estratégia jogado com velocidade, uma dança, mas agora me parece uma discussão. Uma discussão em que ela me mantém ocupada demais na defesa para marcar pontos.

Apesar do esforço dos músculos, passo o cano para a outra mão e tiro o capuz do bolso.

— O que você está fazendo? Você prometeu... — começa ela.

Jogo o capuz em seu rosto. Ela o pega e se distrai. Neste momento, bato com o cano na lateral de seu corpo, usando toda a força que tenho em mim.

Eu a acerto no ombro, e ela cai com um uivo de dor. Bato de novo, movendo a barra de metal em um arco e acerto seu braço esticado, o que joga a espada do outro lado do telhado.

Levanto o cano para golpear de novo.

— Chega. — Grima Mog olha para mim do concreto, sangue nos dentes pontudos e perplexidade no rosto. — Eu desisto.

— Desiste? — O cano balança em minha mão.

— Sim, trapaceira — diz ela, se sentando. — Você me superou. Agora, me ajude a me levantar.

Largo o cano e chego mais perto, meio esperando que ela puxe uma faca e enfie em meu flanco. Mas ela só levanta a mão e permite que eu a puxe para ficar de pé. Então coloca o capuz e aninha o braço que golpeei no outro.

— A Corte dos Dentes se meteu com o velho Grande General, seu pai, e com outro grupo de traidores. Sei de fonte confiável que seu Grande Rei será destronado antes da próxima lua cheia. Que tal isso?

— Foi por isso que partiu? — pergunto. — Porque não é traidora?

— Fui embora por causa de outra cabritinha. Agora, suma daqui. Isso foi mais divertido do que eu esperava, mas acho que nosso joguinho está no fim.

Suas palavras ecoam em meus ouvidos. *Seu Grande Rei. Destronado.*

— Você ainda me deve uma promessa — digo, minha voz parece um grunhido.

Para minha surpresa, Grima Mog faz uma. Promete não caçar mais nas terras mortais.

— Venha lutar comigo de novo — dispara ela quando me encaminho para a escada. — Tenho muitos segredos. Há tantas coisas que você não sabe, filha de Madoc. E acho que também anseia por um pouco de violência.

CAPÍTULO
3

Meus músculos enrijecem quase imediatamente, e a ideia de pedalar para casa me deixa tão cansada que chego a cogitar me deitar na calçada. Por isso, pego o ônibus. Recebo vários olhares sérios de viajantes impacientes enquanto prendo minha bicicleta no suporte da frente, mas, quando as pessoas percebem que estou sangrando, decidem me ignorar.

Minha compreensão dos limites do dia não se adapta ao mundo humano. No Reino das Fadas, cambalear para casa ao amanhecer é o equivalente a cambalear para casa à meia-noite para os mortais. Mas, no mundo humano, a luz forte da manhã afasta as sombras. É um momento virtuoso para madrugadores, não para inúteis. Uma mulher idosa com um extravagante chapéu cor-de-rosa me entrega alguns lenços de papel sem nenhum comentário, e fico agradecida. Uso-os para me limpar da melhor forma possível. Durante o resto do trajeto, olho pela janela para o céu azul, com dor e pena de mim mesma. Quando reviro os bolsos, encontro quatro analgésicos. Tomo todos de uma vez, sem água.

Seu Grande Rei será destronado antes da próxima lua cheia. Que tal isso?

Tento me convencer de que não ligo. De que devia ficar feliz se Elfhame for conquistada. Cardan tem muita gente para avisá-lo do que vai acontecer. Tem a Corte das Sombras e metade da força militar. Os governantes das cortes inferiores, todos jurados a ele. Todo o Conselho Vivo. Até um novo senescal, se tiver se dado ao trabalho de escolher um.

Não quero pensar em outra pessoa ao lado de Cardan, em meu lugar, mas, ainda assim, minha mente avalia todas as piores opções. Ele não pode escolher Nicasia porque ela já é Embaixadora do Reino Submarino. Não vai optar por Locke porque ele já é Mestre da Esbórnia e porque é insuportável. E nem Lady Asha porque... porque ela seria *péssima*. Acharia o trabalho monótono e negociaria sua influência pelo que mais a beneficiasse. Ele deve saber que não pode escolhê-la. Mas talvez não saiba. Cardan é descuidado. Talvez ele e a mãe cruel e imprudente debochem da linhagem Greenbriar e da Coroa de Sangue. Espero que façam isso. Torço para que todos lamentem, ele mais que todo mundo.

E, então, Madoc vai chegar e assumir tudo.

Encosto a testa no vidro frio e lembro a mim mesma que não é mais problema meu. Em vez de tentar (e falhar) não pensar em Cardan, tento não pensar em nada.

Acordo com alguém sacudindo meu ombro.

— Ei, garota — diz o motorista do ônibus, com preocupação nas linhas do rosto. — Garota?

Houve uma época em que minha faca estaria à mão e encostada naquele pescoço antes de ele terminar de falar. Percebo atordoada que nem *estou* com a faca. Eu me esqueci de procurar em volta do prédio de Grima Mog para recuperá-la.

— Estou acordada — digo de forma nada convincente, esfregando o rosto com uma das mãos.

— Por um minuto, achei que tinha batido as botas. — Ele franze a testa. — É muito sangue. Quer que eu chame alguém?

— Estou bem — aviso. Percebo que o ônibus está quase vazio. — Perdi meu ponto?

— Estamos nele. — Ele parece querer insistir em chamar ajuda. Mas balança a cabeça com um suspiro. — Não esqueça a bicicleta.

Eu me sentia dolorida antes, mas nada como agora. Sigo pelo corredor, como uma mulher com raízes arrancando os membros da terra pela primeira vez. Meus dedos se atrapalham ao tirar a bicicleta do suporte, e reparo na mancha de ferrugem nas mãos. Fico pensando se espalhei sangue pelo rosto na frente do motorista e toco na bochecha com vergonha. Não sei dizer.

Soltei a bicicleta e consigo atravessar o gramado na direção do prédio. Vou deixar a bicicleta nos arbustos e correr o risco de ser roubada. Essa promessa pessoal me ajuda a percorrer a maior parte do caminho até minha casa quando vejo uma pessoa sentada no degrau. Cabelo cor-de-rosa brilhando ao sol. Ela levanta um copo de papel com café como saudação.

— Heather? — pergunto, mantendo distância. Considerando a forma como o motorista do ônibus me olhou, exibir meus cortes e hematomas novos parece má ideia.

— Estou tentando juntar coragem para bater.

— Ah — digo, deitando a bicicleta na grama. Os arbustos estão muito longe. — Bom, você pode entrar comigo e...

— Não! — interrompe ela, mas baixa a voz quando percebe como falou alto. — Não sei se vou entrar hoje.

Olho para ela de novo e percebo que parece cansada, que o cor-de-rosa do cabelo está desbotado, como se ela nem tivesse se dado ao trabalho de retocá-lo.

— Há quanto tempo está aqui?

— Não muito. — Ela afasta o olhar e dá de ombros. — Venho aqui às vezes. Para ver como estou me sentindo.

Com um suspiro, desisto da ideia de esconder que me machuquei. Ando até a escada e me sento em um degrau, cansada demais para ficar de pé. Heather se levanta.

— Jude? Ah, não, ah, caramba... o que... *o que aconteceu com você?* — pergunta ela. Faço uma careta. Sua voz parece alta demais.

— Shhhh! Achei que não queria que Vivi soubesse que está aqui — lembro a ela. — Mas parece pior do que é. Só preciso de um banho e alguns curativos. E de um bom dia de sono.

— Tudo bem — diz ela de uma forma que me faz pensar que não acredita em mim. — Vou te ajudar a entrar. Não se preocupe comigo pisando em ovos ao ver sua irmã. Você está machucada. Não devia ter parado para falar comigo!

Balanço a cabeça e levanto a mão para recusar a proposta.

— Vou ficar bem. Só preciso sentar um minuto.

Ela me encara, a preocupação lutando com o desejo de adiar o confronto inevitável com Vivi por mais tempo.

— Achei que ainda estivesse naquele lugar. Foi lá que se machucou?

— No Reino das Fadas? — Gosto de Heather, mas não vou fingir que o mundo onde cresci não existe porque ela odeia a ideia de sua existência. — Não. Foi aqui. Estou morando com Vivi. Tentando ajeitar as coisas. Mas, se quiser voltar, posso ir embora.

Ela olha para os joelhos. Morde o canto de uma unha. Balança a cabeça.

— O amor é uma idiotice. A gente só parte o coração da outra pessoa.

— É — concordo, pensando de novo em Cardan e como caí na armadilha que ele montou para mim, como se eu fosse uma idiota que nunca ouviu uma balada na vida. Por mais felicidade que eu deseje para Vivi, não quero que Heather seja o mesmo tipo de idiota. — É, *não*. O amor pode ser idiota, mas você não é. Sei sobre a mensagem que mandou para Vivi. Não pode seguir com aquilo.

Heather toma um gole longo do café.

— Tenho pesadelos. Sobre aquele lugar. O Reino das Fadas. Não consigo dormir. Olho as pessoas na rua e me pergunto se estão usando glamour. Este mundo já tem muitos monstros, muita gente que quer tirar vantagem de mim ou me machucar ou caçar meus direitos. Não preciso saber que existe um *outro* mundo cheio de monstros.

— Então não saber é melhor? — pergunto.

Ela faz uma careta e fica quieta. Quando fala de novo, olha além de mim, como se estivesse espiando o estacionamento.

— Não consigo nem explicar para meus pais o motivo da briga com Vee. Eles ficam perguntando se ela estava me traindo com alguém ou se a presença de Oak foi muito para mim, como se eu não aguentasse o fato de ele ser *criança*, e não o que realmente é.

— Ele continua sendo criança — argumento.

— *Odeio* ter medo de Oak — diz ela. — Sei que magoa os sentimentos dele. Mas também odeio que ele e Vee tenham magia, uma magia que ela poderia usar para ganhar qualquer discussão que a gente tenha. E também para me deixar obcecada por ela. Ou me transformar num pato. E isso sem considerar o motivo de eu ter me sentido atraída por ela.

Franzo o cenho.

— Espere, o quê?

Heather se vira para mim.

— Você sabe o que faz com que as pessoas se amem? Pois é, ninguém sabe. Mas os cientistas estudam o fenômeno, e tem uma história bizarra sobre feromônios e simetria facial e as circunstâncias do primeiro encontro. As pessoas são estranhas. Corpos são estranhos. Talvez eu não consiga controlar a atração por ela da mesma forma que as moscas não conseguem controlar a atração por plantas carnívoras.

Solto um muxoxo incrédulo, mas as palavras de Balekin ecoam em meus ouvidos. *Ouvi que, para os mortais, a sensação de se apaixonar é bem parecida com a de sentir medo.* Talvez ele estivesse mais certo do que eu quis acreditar.

Principalmente quando considero meus sentimentos por Cardan, já que não havia nenhum bom motivo para eu nutrir algum sentimento por ele.

— Tudo bem — diz Heather. — Sei que parece ridículo. Eu me sinto ridícula. Mas também sinto medo. E ainda acho que devíamos entrar e limpar esses ferimentos.

— Faça Vivi prometer não usar magia em você — sugiro. — Posso te ajudar a dizer as palavras exatas para ela assumir o compromisso e…
— Paro de falar quando vejo que Heather me olha com tristeza, talvez porque acreditar em promessas seja uma coisa infantil. Ou talvez porque a ideia de fazer Vivi assumir um compromisso por meio de uma promessa pareça uma coisa mágica demais que a deixa ainda mais nervosa.

Heather inspira fundo.

— Vee me disse que passou a infância aqui, antes de seus pais serem assassinados. Sinto muito por tocar no assunto, mas sei que ela sofre por isso. Claro que sofre. Qualquer pessoa sofreria. — Ela toma fôlego. Está esperando para ver como vou reagir.

Penso naquelas palavras enquanto estou sentada na escada, os hematomas aparecendo junto aos cortes que sangram pouco agora. *Qualquer pessoa sofreria*. Não, eu não, eu não sofro nadinha.

Eu me lembro de uma Vivi bem mais jovem, que passava o tempo todo furiosa, gritava e quebrava tudo em que tocava. Que batia em mim toda vez que eu deixava que Madoc me segurasse no colo. Que parecia capaz de destruir um salão inteiro com a própria raiva. Mas foi há tanto tempo. Nós todas cedemos à nova vida; o que variou foi o quando.

Não digo nada disso. Heather respira fundo, trêmula.

— A questão é que fico imaginando se ela está brincando de casinha comigo, sabe. Fingindo que a vida correu do jeito que ela queria. E que nunca descobriu quem realmente é nem de onde veio.

Estico a mão e seguro a de Heather.

— Vivi ficou tanto tempo no Reino das Fadas por minha causa e de Taryn — revelo. — Ela não queria estar lá. E o motivo de ter partido foi você. Porque ela te amava. Então, sim, Vivi escolheu o caminho mais fácil ao não explicar as coisas. Ela devia ter contado a verdade sobre o Reino das Fadas. E nunca devia ter usado magia em você, mesmo por pânico. Mas agora você sabe. E acho que tem que decidir se consegue perdoá-la.

Ela começa a dizer alguma coisa, mas para.

— *Você* perdoaria? — pergunta, enfim.

— Não sei — respondo, olhando para os joelhos. — Não ando uma pessoa muito misericordiosa ultimamente.

Heather se levanta.

— Pronto. Você já descansou. Agora, se levante. Precisa entrar e tomar um banho de antisséptico. Acho que também devia ir ao médico, mas sei o que vai dizer sobre o assunto.

— Você está certa — concordo. — Certa sobre tudo. Nada de médico. — Viro de lado e tento me levantar, e, quando Heather vem me ajudar, eu permito. Até me apoio nela quando seguimos cambaleando juntas até a porta. Desisti de ser orgulhosa. Como Bryern me lembrou, não sou ninguém especial.

Atravessamos juntas a cozinha, passamos pela mesa com a tigela de cereal de Oak ainda pela metade, o leite cor-de-rosa. Há duas canecas de café vazias ao lado de uma caixa de Froot Loops. Reparo no número de canecas antes de meu cérebro interpretar o detalhe. Quando Heather me ajuda a entrar na sala, me dou conta de que devemos ter alguma visita.

Vivi está sentada no sofá. Seu rosto se ilumina quando ela vê Heather. Parece alguém que roubou uma magnífica harpa falante de um gigante e sabe que enfrentará consequências no futuro, mas não consegue se importar. Meu olhar vai até a pessoa ao seu lado, sentada de modo empertigado, com um vestido elegante de Elfhame, feito de organza e contas de vidro. Minha irmã gêmea, Taryn.

CAPÍTULO
4

Sinto a adrenalina correr pelas veias, apesar da rigidez e das dores e hematomas. Eu gostaria de botar as mãos no pescoço de Taryn e apertar até sua cabeça estourar.

Vivi se levanta, talvez por causa do meu olhar assassino, mas provavelmente porque Heather está ao meu lado.

— Você — digo para minha irmã gêmea. — Saia.

— Espere — pede Taryn, se levantando também. — Por favor.

Agora estamos todas de pé, trocando olhares na sala pequena, como se fôssemos brigar.

— Não tem nada que eu queira ouvir da sua boca mentirosa. — Fico feliz de ter um alvo para todos os sentimentos que Grima Mog e Heather despertaram. Um alvo merecedor. — Saia, senão vou expulsar você.

— O apartamento é de Vivi — responde Taryn.

— O apartamento é *meu* — lembra Heather. — E você está machucada, Jude.

— Não importa! E se todas a querem aqui, então vou embora! — Com isso, eu me viro e me obrigo a andar até a porta e descer a escada.

A porta de tela bate. Taryn surge a minha frente, o vestido voando na brisa matinal. Se eu não soubesse como uma verdadeira princesa do Reino das Fadas é, poderia achar que ela parece uma. Por um momento, parece impossível sermos parentes e, mais impossível ainda, sermos idênticas.

— O que houve com você? — pergunta ela. — Parece ter se metido numa briga.

Não falo. Só continuo andando. Nem tenho certeza de para onde estou indo, lenta e dolorosamente. Talvez até Bryern. Ele vai encontrar um lugar para eu dormir, mesmo que depois eu não concorde com o valor. Até morar com Grima Mog seria melhor.

— Preciso da sua ajuda — pede Taryn.

— Não — nego. — Não. De jeito nenhum. Nunca. Se foi para isso que veio aqui, agora já tem sua resposta e pode ir embora.

— Jude, me escute. — Ela entra na minha frente e me obriga a encará-la. Olho para cima e começo a contornar a saia volumosa de seu vestido.

— Não também. Não, não vou ajudar. Não, não quero ouvir você explicar por que eu deveria. É mesmo uma palavra mágica: *não*. Você pode dizer a baboseira que quiser, e eu simplesmente respondo não.

— Locke está morto — declara.

Eu me viro. Acima de nós, o céu está claro, azul e limpo. Aves cantam umas para as outras nas árvores próximas. Ao longe, ouve-se o som de construção e tráfego. Naquele momento, a justaposição de estar no mundo mortal e ouvir sobre o falecimento de um ser imortal, um que eu conhecia, que beijei, é particularmente surreal.

— Morto? — Parece impossível, mesmo depois de tudo que vi. — Você tem certeza?

Na noite anterior ao casamento, Locke e os amigos tentaram me pegar, como uma matilha de cachorros caçando uma raposa. Prometi me vingar. Se ele estiver morto, jamais o farei.

E ele também não vai mais planejar nenhuma festa com o objetivo de humilhar Cardan. Não vai rir com Nicasia nem jogar Taryn e a mim uma contra a outra. Talvez eu devesse ficar aliviada por causa de toda a confusão que ele causou. Mas sou surpreendida quando percebo que sinto dor.

Taryn respira fundo, como se estivesse se preparando.

— Ele está morto porque eu o matei.

Balanço a cabeça, como se isso me ajudasse a entender o que ela falou.

— O quê?

Parece mais constrangida do que qualquer outra coisa, como se estivesse confessando algum acidente idiota, e não que *assassinou o marido*. Inquieta, lembro de Madoc parado ao lado de três crianças aos prantos, um momento depois de ter matado seus pais, com surpresa no rosto. Como se não tivesse tido a intenção de ir tão longe. Eu me pergunto se é assim que Taryn se sente.

Sabia que eu sairia mais a Madoc do que gostaria, mas nunca achei que Taryn e ele fossem parecidos.

— E preciso que você finja ser eu — termina ela, aparentemente nada constrangida em sugerir o mesmo estratagema que permitiu que Madoc partisse com metade do exército de Cardan, o mesmo truque que me condenou a aceitar o plano que me fez ser exilada. — Só por algumas horas.

— Por quê? — pergunto, mas percebo que não estou sendo clara. — Não a parte de fingir. O que quero dizer é *por que você o matou?*

Ela respira fundo e olha para o apartamento.

— Entre e eu conto. Conto tudo. Por favor, Jude.

Olho na direção do apartamento e admito com relutância que não tenho para onde ir. Não quero procurar Bryern. Quero entrar e descansar em minha cama. E apesar de exausta, não posso negar que a perspectiva de entrar escondida em Elfhame como Taryn tem um apelo perturbador. A ideia de estar lá, de ver Cardan, acelera meu coração.

Pelo menos, ninguém sabe o que penso. Por mais idiotas que sejam, meus pensamentos continuam sendo só meus.

Do lado de dentro, Heather e Vivi estão paradas perto da cafeteira, em um canto da cozinha, tendo uma conversa intensa que não quero interromper. Pelo menos, estão conversando. Isso é bom. Vou para o quarto de Oak, onde minhas poucas roupas estão enfiadas na última gaveta da cômoda. Taryn me segue, a testa franzida.

— Vou tomar um banho — aviso. — E passar pomada no corpo. Você vai fazer um chá mágico curativo de milefólio na cozinha. Só então estarei pronta para ouvir sua confissão.

— Me deixe ajudá-la a tirar isso — oferece Taryn com um movimento exasperado de cabeça quando ameaço protestar. — Você não tem escudeira.

— Nem armadura para ela polir — retruco, mas não reajo quando minha irmã puxa a blusa pelos membros doloridos. Está rígida de sangue, e faço uma careta quando ela a tira. Inspeciono meus cortes pela primeira vez: em carne viva, vermelhos e inchados. Desconfio de que Grima Mog não costuma manter a faca tão limpa quanto eu gostaria.

Taryn liga o chuveiro, ajusta a temperatura nas torneiras e me guia pela borda da banheira até eu estar debaixo da água quente. Como somos irmãs, já nos vimos nuas um zilhão de vezes ao longo dos anos, mas, quando seu olhar encontra a cicatriz horrível em minha coxa, lembro que ela nunca a viu.

— Vivi falou uma coisa — começa Taryn, lentamente. — Sobre a noite anterior a meu casamento. Você se atrasou e, quando chegou, estava quieta e pálida. Doente. Temi que você ainda o amasse, mas Vivi insiste que não é verdade. Diz que você foi ferida.

Assinto.

— Eu me lembro daquela noite.

— Locke... fez alguma coisa? — Ela não me encara agora. O olhar está voltado para os azulejos, depois para um desenho que Oak fez de Heather, com giz de cera marrom na pele e cor-de-rosa no cabelo.

Pego o sabonete líquido que Vivi adquire na loja orgânica, o que é para ser naturalmente antibacteriano, e passo generosamente no sangue seco. O cheiro é de cloro, e arde demais.

— Quer saber se ele tentou me matar?

Taryn assente. Eu a encaro. Ela já sabe a resposta.

— Por que não falou nada? Por que me deixou casar com ele? — pergunta ela.

— Eu não sabia — admito. — Só soube que foi Locke quem organizou a caçada quando vi você usando os brincos que perdi naquela noite. Depois, fui levada pelo Reino Submarino. E, assim que voltei, você me *traiu*, então achei que não tivesse importância.

Taryn franze o cenho, dividida entre a vontade de discutir e o esforço de ficar quieta para me conquistar. Um momento depois, a discussão triunfa. Somos gêmeas, afinal.

— Só fiz o que papai mandou! Não achei que importasse. Você tinha todo aquele poder e não queria usar. Mas eu nunca quis fazer mal a você.

— Acho que prefiro Locke e os amigos me perseguindo pela floresta a ser esfaqueada nas costas por você. De novo.

Vejo que ela se controla para não falar mais nada, respira fundo, morde a língua.

— Me desculpe — diz ela, e sai do banheiro, me deixando terminar o banho sozinha.

Ligo o aquecedor e demoro muito tempo.

Quando saio, Heather já foi embora e Taryn revirou a geladeira e inventou uma espécie de lanche derivado da própria energia nervosa com nossas sobras. Tem um bule grande de chá no meio da mesa, junto a um bule menor de milefólio. Ela pegou nossa última fornada de biscoitos de gengibre e botou numa travessa. Nosso pão virou dois tipos de sanduíche: presunto com aipo e creme de amendoim com cereal Cheerios.

Vivi está fazendo café e observando Taryn com uma expressão preocupada. Eu me sirvo de uma caneca do chá curativo e bebo tudo, depois me sirvo de outra. Limpa, medicada e vestida com roupas novas, me sinto bem mais lúcida e preparada para lidar com a notícia de que Locke está morto e que minha irmã gêmea o matou.

Pego um sanduíche de presunto e dou uma mordida. O aipo está crocante e meio estranho, mas não ruim. De repente, percebo como estou com fome. Enfio o resto do sanduíche na boca e coloco mais dois num prato.

Taryn retorce as mãos, aperta uma na outra e depois o vestido.

— Eu surtei — confessa.

Nem Vivi, nem eu falamos. Tento mastigar o aipo mais rápido.

— Ele prometeu que me amaria até morrer, mas seu amor não me protegia de sua falta de gentileza. Ele me avisou que os feéricos não amam como nós. Só entendi quando me deixou sozinha naquela casa enorme e horrível por semanas seguidas. Cultivei rosas híbridas no jardim e encomendei cortinas novas e fiz festas que duraram um mês para os amigos do meu marido. Não fez diferença. Às vezes eu era sórdida e às vezes, casta. Dei *tudo* a ele. Mas Locke disse que toda a história tinha sumido de mim.

Levantei as sobrancelhas. Foi uma coisa horrível de dizer, mas não necessariamente o que eu esperava que fossem suas últimas palavras.

— Acho que lhe deu uma lição.

Vivi gargalha abruptamente e me olha de cara feia por fazê-la rir.

Os cílios de Taryn cintilam com lágrimas não derramadas.

— Acho que sim — diz ela, com uma voz seca que tenho dificuldade de interpretar. — Tentei explicar como as coisas tinham que mudar, pois *tinham* mesmo, mas ele agiu como se eu estivesse sendo ridícula. Ele ficava *falando*, como se pudesse me convencer a não ter sentimentos próprios. Havia um abridor de cartas incrustado de pedras na escrivaninha e... lembram todas aquelas aulas que Madoc nos deu? Quando dei por mim, a ponta do abridor de cartas estava no pescoço de Locke. Ele finalmente calou a boca, mas quando o puxei de volta, havia tanto sangue.

— Então você não pretendia matá-lo? — pergunta Vivi.

Taryn não responde.

Entendo como é engolir as coisas por tanto tempo e acabar explodindo. Também entendo como é enfiar uma faca em alguém.

— Tudo bem — digo, sem saber se é verdade.

Ela se vira para mim.

— Eu achava que não éramos nada parecidas, eu e você. Acontece que somos iguais.

Acho que ela não acredita que seja uma coisa boa.

— Onde está o corpo agora? — pergunto, tentando me concentrar na parte prática. — Temos que nos livrar dele e...

Taryn balança a cabeça.

— O corpo já foi encontrado.

— Como? O que você fez? — Antes, me senti frustrada por ela ter pedido ajuda, mas agora estou irritada por ela não ter vindo antes, quando eu poderia ter cuidado de tudo.

— Arrastei o corpo dele até as ondas. Achei que a maré o levaria para longe, mas foi parar em outra praia. Pelo menos, hum, pelo menos uma parte foi corroída. Foi difícil identificarem como ele morreu. — Ela me olha com impotência, como se ainda não conseguisse conceber como aquilo aconteceu com ela. — Não sou uma pessoa ruim.

Tomo um gole do chá de milefólio.

— Não falei que era.

— Vai haver uma investigação — continua Taryn. — Vão me enfeitiçar e fazer perguntas. Não vou conseguir mentir. Mas, se você responder em meu lugar, pode dizer com sinceridade que não o matou.

— Jude está exilada — diz Vivi. — Foi banida até receber o perdão da Coroa ou alguma outra porcaria importante. Se a pegarem, vão matá-la.

— Vão ser só algumas horas — argumenta Taryn, olhando para cada uma de nós. — E ninguém vai saber. Por favor.

Vivi geme.

— É arriscado demais.

Não digo nada, o que parece ser o indicativo de que estou considerando a ideia.

— Você quer ir, não quer? — pergunta Vivi, lançando um olhar sagaz em minha direção. — Quer uma desculpa para voltar. Mas quando a enfeitiçarem, vão perguntar seu nome. Ou alguma coisa que vai desmascará-la quando você não responder como Taryn responderia. E aí, estará ferrada.

Balanço a cabeça.

— Botaram um geas em mim, que me protege de qualquer glamour. — Odeio o quanto a ideia de voltar a Elfhame me empolga, o quanto quero outra mordida de maçã-eterna, outra chance de ter poder, outra chance com ele. Talvez haja um jeito de resolver meu exílio, se ao menos eu conseguir encontrá-lo.

Taryn franze o cenho.

— Um geas? Por quê?

Vivi me fuzila com o olhar.

— Conte para ela. Fale o que você fez. Revele o que você é e por que não pode voltar.

Há algo no rosto de Taryn, quase medo. Madoc deve ter explicado que consegui uma promessa de obediência de Cardan... senão, como ela saberia que tinha que obrigá-lo a liberar metade do exército de seus juramentos? Desde que voltei para o mundo mortal, tive muito tempo para repassar o que aconteceu entre nós. Tenho certeza de que Taryn estava com raiva de mim por não ter revelado meu controle sobre Cardan. Tenho certeza de que Taryn ficou com mais raiva ainda por eu fingir que não podia persuadir Cardan a dispensar Locke de ser Mestre da Esbórnia quando, na verdade, eu poderia ter ordenado a ele. Mas minha irmã tinha muitos outros motivos para ajudar Madoc. Afinal, ele também era nosso pai. Talvez ela quisesse participar do grande jogo. Talvez tivesse pensado em todas as coisas que ele poderia fazer por ela se subisse ao trono.

— Eu devia ter contado tudo, sobre Dain e a Corte das Sombras, mas... — começo a falar e Vivi me interrompe.

— Pule essa parte — diz ela. — Vá direto ao ponto. *Conte quem você é.*

— Ouvi falar da Corte das Sombras — comenta Taryn rapidamente. — São espiões. Está dizendo que é uma espiã?

Balanço a cabeça porque entendo o que Vivi quer que eu explique. Ela quer que eu conte que Cardan se casou comigo e me transformou na Grande Rainha de Elfhame. Mas não posso. Cada vez que penso no assunto, sinto uma onda de vergonha por acreditar que ele não iria me enganar. Acho que não consigo explicar nada relacionado ao caso sem parecer idiota, e não estou pronta para me mostrar tão vulnerável para Taryn.

Preciso encerrar a conversa e digo a única coisa que sei que vai distrair as duas, ainda que por motivos diferentes.

— Decidi ir e tomar o lugar de Taryn na investigação. Volto em um ou dois dias, então explico tudo a ela. Prometo.

— Vocês duas não podem simplesmente ficar aqui no mundo mortal? — pergunta Vivi. — Que se dane o Reino das Fadas. Que se dane isso tudo. Vamos para um apartamento maior.

— Mesmo que Taryn fique conosco, seria melhor ela não sumir bem no meio da investigação do Grande Rei — argumento. — E posso trazer coisas que vamos poder penhorar para conseguir um dinheiro fácil. De algum jeito, vamos ter que pagar pelo apartamento maior.

Vivi me olha, exasperada.

— A gente pode parar de morar em apartamentos e de brincar de ser mortal quando você quiser. Fiz isso por Heather. Se formos só nós, podemos ocupar um dos armazéns abandonados perto do mar e enfeitiçá-lo para ninguém entrar. Podemos roubar todo o dinheiro de que precisarmos para comprar qualquer coisa. É só você falar, Jude.

Tiro do bolso da jaqueta os quinhentos dólares pelos quais lutei e coloco na mesa.

— Bryern vai aparecer com a outra metade hoje. Já que ainda estamos brincando de ser mortais. E Heather aparentemente continua rondando. Agora, vou dormir um pouco. Quando acordar, vou para o Reino das Fadas.

Taryn olha para o dinheiro na mesa sem entender.

— Se você precisava...

— Se for pega, vai ser executada, Jude — lembra Vivi, interrompendo a proposta que Taryn estava prestes a fazer. Fico feliz. Posso estar disposta a fazer o que ela quer, mas isso não quer dizer que a perdoo. Nem que somos próximas agora. E não quero que ela aja como se fôssemos.

— É só eu não ser pega — digo para as duas.

CAPÍTULO
5

Como Oak está na escola, eu me deito em sua cama. Machucada como estou, o sono me derruba facilmente e me puxa para a escuridão.

E para os sonhos.

Estou nas aulas no bosque do palácio, sentada nas longas sombras do fim da tarde. A lua já subiu, um crescente no céu azul sem nuvens. Desenho um mapa astral de memória, a tinta de um vermelho-escuro que empelota no papel. É sangue, percebo. Estou molhando a pena em um pote cheio de sangue.

Do outro lado, vejo o príncipe Cardan, sentado com os companheiros de sempre. Valerian e Locke parecem estranhos: as roupas foram corroídas pelas traças, a pele está pálida, e só se veem borrões de tinta no lugar dos olhos. Nicasia não parece reparar. O cabelo da cor do mar cai pelas costas em cachos pesados; os lábios estão retorcidos em um sorriso debochado, como se não houvesse nada de errado no mundo. Cardan usa uma coroa inclinada e manchada de sangue, os ângulos do rosto tão assombrosamente lindos como sempre.

— Lembra o que falei antes de morrer? — grita Valerian para mim com a voz provocadora. — *Eu amaldiçoo você. Três vezes, eu amaldiçoo você. Como você me assassinou, que suas mãos estejam sempre sujas de sangue. Que a morte seja sua única companheira. Que você...* Foi nessa hora que morri e por isso não cheguei a dizer o resto. Quer ouvir agora?

Que você tenha uma vida breve e tomada de dor e, quando morrer, que ninguém lamente sua morte.

Eu estremeço.

— É, essa parte final foi mesmo o ponto alto.

Cardan se aproxima, pisa no mapa astral, chuta o pote de tinta com as botas com ponteiras de prata e espalha o sangue no papel, cobrindo meu desenho.

— Venha comigo — chama ele imperiosamente.

— Eu sabia que você gostava dela — diz Locke. — Foi por isso que precisei tê-la primeiro. Lembra a festa no labirinto do jardim? Quando a beijei enquanto você assistia?

— Lembro das suas mãos sobre ela, mas os olhos dela estavam em mim — responde Cardan.

— Não é verdade! — insisto, mas me lembro de Cardan em um cobertor com uma garota feérica de cabelo de narcisos. Ela encostou os lábios na ponta de sua bota e outra garota lhe beijou o pescoço. O olhar do príncipe se voltou para mim quando uma delas começou a beijar sua boca. Os olhos brilhavam como carvão, úmidos como piche.

A lembrança vem com o toque da palma da mão de Locke em minhas costas, o calor nas bochechas e a sensação de que minha pele estava tensa demais, de que tudo era demais.

— Venha comigo — repete Cardan, me levando para longe do mapa astral encharcado de sangue e dos outros em meio à aula. — Sou o príncipe do Reino das Fadas. Tem que fazer o que eu quero.

Ele me leva para a sombra de um carvalho, me levanta e me coloca sentada em um galho baixo. Fica com as mãos em minha cintura e chega mais perto, de modo que fica parado entre minhas coxas.

— Assim não é melhor? — pergunta ele, me olhando.

Não sei o que quer dizer, mas assinto.

— Você é tão linda. — Ele começa a correr os dedos por meus braços e passa as mãos nas laterais do meu corpo. — Tão linda.

A voz é suave, e cometo o erro de olhar para os olhos negros, para a boca maliciosa e curva.

— Mas sua beleza vai desaparecer — continua ele com a mesma suavidade, falando como um amante. As mãos continuam se movendo, fazendo meu estômago se contrair e o calor aquecer minha barriga. — Essa pele lisa vai se enrugar e se tornar manchada. Vai afinar como teia de aranha. Esses seios vão perder a firmeza. Seu cabelo perderá o brilho e o volume. Seus dentes vão ficar amarelados. E tudo que você tem, tudo que você é, vai apodrecer até se transformar em nada. Você não vai ser nada. Você não é nada.

— Não sou nada — repito, me sentindo impotente com aquelas palavras.

— Você veio do nada e para o nada vai retornar — sussurra ele em meu pescoço.

Um pânico repentino toma conta de mim. Preciso me afastar dele. Tento pular do galho, mas não caio no chão. Só caio e caio e caio pelo ar, como Alice no buraco do coelho.

O sonho muda. Estou em uma placa de pedra, envolta em tecido. Tento me levantar, mas não consigo me mexer. Parece que sou uma boneca de madeira entalhada. Meus olhos estão abertos, mas não consigo mexer a cabeça, não consigo piscar, não consigo fazer nada. Apenas olhar para o mesmo céu sem nuvens, para a mesma silhueta de foice da lua.

Madoc aparece acima de mim, olhando para baixo com os olhos de gato.

— Que pena — diz ele, como se eu não pudesse ouvir. — Se ela tivesse parado de lutar comigo, eu teria lhe dado tudo que sempre quis.

— Ela nunca foi uma menina obediente — comenta Oriana ao seu lado. — Não como a irmã.

Taryn também está presente, uma lágrima delicada escorrendo pela bochecha.

— Só deixariam uma de nós sobreviver. Sempre eu. Você é a irmã que cospe sapos e cobras. Sou a irmã que cospe rubis e diamantes.

Os três vão embora. Vivi aparece ao meu lado e encosta os dedos longos em meu ombro.

— Eu devia ter salvado você — diz. — Sempre foi meu trabalho salvar você.

— Meu funeral é o próximo — sussurra Oak um momento depois.

A voz de Nicasia surge como se ela falasse de longe.

— Dizem que feéricos choram em casamentos e riem em funerais, mas achei seu casamento e seu funeral igualmente engraçados.

Cardan aparece com um sorriso carinhoso nos lábios. Quando fala, é com um sussurro conspiratório.

— Quando eu era criança, montávamos enterros como pequenas peças de teatro. Os mortais estavam mortos, claro, ou pelo menos acabavam mortos no final.

Então finalmente consigo falar.

— Você está mentindo — afirmo.

— Óbvio que estou mentindo — responde ele. — Esse é seu sonho. Vou mostrar. — Ele encosta a mão quente em minha bochecha. — Eu te amo, Jude. Amo há muito tempo. Nunca vou deixar de amá-la.

— Pare! — exclamo.

É Locke que aparece ao meu lado, com água escorrendo da boca.

— Vamos nos certificar de que esteja mesmo morta.

Um momento depois, ele me enfia uma faca no peito. Isso se repete várias vezes.

Com isso, acordo, o rosto molhado de lágrimas e um grito preso na garganta.

Chuto a coberta. Do lado de fora, está escuro. Devo ter dormido o dia inteiro. Acendo a luz, respiro fundo, vejo se estou com febre. Espero que meus nervos se acalmem. Quanto mais penso no sonho, mais perturbada fico.

Vou para a sala, onde encontro uma caixa de pizza aberta na mesinha de centro. Alguém colocou ramos de dentes-de-leão ao lado do pepperoni em algumas fatias. Oak tenta explicar *Rocket League* para Taryn.

Os dois me olham com cautela.

— Ei — cumprimento minha irmã gêmea. — Posso falar com você?

— Sim — aceita Taryn, se levantando do sofá.

Vou até o quarto de Oak e me sento na beirada da cama.

— Preciso saber se veio até aqui porque a obrigaram — digo. — Preciso saber se tudo é uma armadilha do Grande Rei para me fazer violar os termos do exílio.

Taryn parece surpresa, mas felizmente não pergunta por que eu pensaria uma coisa dessas. Uma das mãos vai até a barriga, os dedos abertos.

— Não. Mas não contei tudo.

Eu espero, sem saber do que ela está falando.

— Andei pensando na mamãe — dispara ela por fim. — Sempre achei que ela tinha fugido de Elfhame porque se apaixonou por nosso pai mortal, mas agora não tenho tanta certeza.

— Não entendi — admito.

— Estou grávida — diz ela, a voz um sussurro.

Por séculos, os mortais foram valorizados pela capacidade de conceber filhos feéricos. Nosso sangue é menos lerdo que o das fadas. As mulheres feéricas têm sorte se conseguem gerar um único filho no curso das longas vidas. A maioria jamais consegue. Mas uma esposa mortal é outra questão. Eu sabia disso tudo, mas nunca me ocorreu que Taryn e Locke fossem conceber uma criança.

— Uau! — exclamo, desviando o olhar para a mão aberta sobre a barriga como se para protegê-la. — Ah.

— Ninguém deveria ter uma infância como a nossa — argumenta ela.

Ela imaginara criar uma criança naquela casa, com Locke ferrando com a cabeça das duas? Ou foi por ela imaginar que, se partisse, ele talvez a caçasse, como Madoc caçou nossa mãe? Não sei. E também não sei se devo perguntar. Agora que estou descansada, consigo ler os sinais de exaustão que não notei antes. Os olhos vermelhos. Ângulos nas feições que deixam claro que ela se esqueceu de comer.

Percebo que Taryn nos procurou porque não tem para onde ir... e devia imaginar que havia uma boa chance de eu não a ajudar.

— Ele sabia? — pergunto.

— Sim — responde ela, e faz uma pausa, como se estivesse relembrando a conversa. E possivelmente o assassinato. — Mas não contei para mais ninguém. Ninguém além de você. E contar para Locke foi... bom, você já sabe como foi.

Não sei o que dizer, mas, quando ela faz um gesto indefeso em minha direção, eu me aninho em seus braços e apoio a cabeça em seu ombro. Sei que há muitas coisas que eu deveria ter contado a ela e muitas que ela deveria ter me contado. Sei que não fomos gentis. Sei que ela vai me magoar, mais do que pode imaginar. Mas, mesmo com tudo isso, ela ainda é minha irmã. Minha irmã viúva e assassina, com um bebê a caminho.

Uma hora depois, estou com tudo pronto para a partida. Taryn repassou comigo os detalhes de seu cotidiano, sobre as fadas com quem fala regularmente, sobre cuidar da propriedade de Locke. Ela me deu um par de luvas para disfarçar a ausência da ponta do meu dedo. Tirou o vestido elegante de organza e contas de vidro. Eu que o visto agora, o cabelo preso num penteado parecido com o de minha irmã, enquanto ela está com minha legging preta e meu suéter.

— Obrigada — agradece ela, uma palavra que as fadas nunca usam. Agradecimentos são considerados grosseria, que trivializam a dança complicada de dívidas e pagamentos. Mas não é isso que os mortais querem dizer quando agradecem uns aos outros. Não mesmo.

Ainda assim, dispenso suas palavras.

— Não esquenta.

Oak se aproxima querendo colo; apesar de ter 8 anos, seus membros são longos no corpo delgado de menino.

— Apertão — anuncia, o que significa que vai pular e passar os braços pelo pescoço, quase estrangulando a pessoa. Aceito isso e o aperto com força, meio sem ar.

Quando o coloco no chão, tiro o anel de rubi, o que Cardan roubou e me devolveu durante nossa troca de promessas. E que não posso levar comigo se quero me passar por Taryn.

— Pode guardar isto? Só até eu voltar.

— Pode deixar — diz Oak solenemente. — Volte logo. Vou sentir saudade.

Fico surpresa com aquela doçura, principalmente depois da nossa última interação.

— Assim que eu puder — prometo, dando um beijo em sua testa. Em seguida, vou até a cozinha. Vivi está me esperando. Juntas, saímos para o gramado, onde ela plantou, no canteiro, erva-de-santiago.

Taryn nos segue, puxando a manga do suéter que está usando.

— Tem certeza? — pergunta Vivi, arrancando uma planta pela raiz. Olho para ela, escondida nas sombras, o cabelo iluminado pela luz do poste. Em geral, parece castanho, como o meu, mas na luz certa dá para ver fios de um dourado quase esverdeado.

Vivi nunca ansiou pelo Reino das Fadas como eu. Como poderia, se o carrega consigo aonde quer que vá?

— Você sabe que tenho — respondo. — Vai me contar o que aconteceu com Heather?

Ela balança a cabeça.

— Fique viva se quiser descobrir. — Ela sopra a erva-de-santiago. — Corcel, levante-se e leve minha irmã aonde ela ordenar. — Quando o caule com a flor cai no chão, já está se transformando em um pônei amarelo, magro, com olhos esmeralda e uma crina de fios sedosos

O animal resfolega no ar e bate com os cascos no chão, quase tão ansioso para voar quanto eu.

A propriedade de Locke continua como eu lembro: torres altas e pedras com musgo, coberta com uma camada densa de madressilva e hera. No terreno, há um labirinto de cercas vivas com um formato vertiginoso. O lugar parece saído de um conto de fadas, do tipo em que o amor é uma coisa simples, nunca motivo de dor.

À noite, o mundo humano parece cheio de estrelas cadentes. As palavras surgem de repente, o que Locke disse quando estávamos juntos em cima da torre mais alta.

Ordeno que o cavalo de erva-de-santiago pouse e desmonto, deixando-o escoiceando a terra enquanto sigo até as portas grandiosas. Elas se abrem quando me aproximo. Dois criados estão parados ali dentro, a pele tão pálida que as veias estão visíveis, dando a eles a aparência de um par de velhas estátuas de mármore. Asas pequenas e frágeis pendem dos ombros. Eles observam minha aproximação com os olhos frios e escuros como tinta, me fazendo lembrar, na mesma hora, da falta de humanidade dos feéricos.

Inspiro fundo e me empertigo. Em seguida, entro.

— Bem-vinda de volta, minha senhora — diz a mulher. Eles são irmãos, Taryn me disse. Nera e Neve. Sua dívida era com o pai do Locke, mas ficaram para trás quando ele partiu, para servir o resto da sentença cuidando do filho. Eles se esgueiravam antes, ficavam fora de vista, mas Taryn os proibiu de fazê-lo quando foi morar ali.

No mundo mortal, me acostumei a agradecer às pessoas por pequenos serviços e agora tenho que segurar as palavras.

— É bom estar em casa — comento, passo por eles e entro no salão.

Está diferente da minha lembrança. Antes, os aposentos eram, em sua maioria, vazios, e os que exibiam mobília tinham móveis velhos e pesados, com o estofamento rígido de desgaste. A comprida mesa de jantar não tinha nada em cima, assim como o piso. Não mais.

Há almofadas e tapetes, cálices e bandejas e decantadores pela metade cobrindo todas as superfícies, com uma variedade de cores: vermelho e castanho, azul-pavão e verde-garrafa, dourado e ameixa. A colcha de uma cama está manchada com um pó dourado fino, talvez de um hóspede recente. Franzo a testa por tempo demais, meu reflexo visível em uma urna de prata polida.

Os criados estão olhando, e não tenho motivo para examinar aposentos com os quais devia estar familiarizada. Tento relaxar a expressão. Esconder minha perplexidade com as partes da vida de Taryn sobre as quais ela não me contou.

Minha irmã decorou os aposentos, tenho certeza. A cama na fortaleza de Madoc vivia coberta de almofadas coloridas. Ela ama coisas belas. Mas não consigo deixar de perceber que o local foi feito para bacanais, para decadência. Taryn falou de festas de um mês inteiro, mas só agora eu a imagino deitada nas almofadas, bêbada e rindo e, talvez, beijando pessoas. Talvez fazendo mais do que apenas beijar.

Minha irmã, minha gêmea, sempre foi mais cotovia que quíscalo, mais tímida que sensual. Ou era o que eu achava. Enquanto eu seguia o caminho de adagas e venenos, ela percorria a trilha não menos intensa do desejo.

Eu me viro para a escada, sem saber se vou conseguir levar o plano adiante. Repasso o que sei, a explicação que Taryn e eu elaboramos juntas sobre a última vez que vi Locke. Ele planejava se encontrar com uma selkie, direi, com quem tinha um caso. Era plausível, afinal. E o Reino Submarino tinha se indisposto tanto com a terra que eu esperava que os feéricos se sentissem inclinados a se voltar contra eles.

— O jantar será servido no salão? — pergunta Neve, andando atrás de mim.

— Prefiro uma bandeja no quarto — respondo, sem querer comer sozinha naquela mesa comprida e ser atendida com silêncio circunspecto.

Subo a escada, segura de que vou me lembrar do caminho. Abro uma porta com apreensão. Por um momento, acho que estou no lugar errado, mas foi só o quarto de Locke que mudou também. A cama está envolta em um dossel bordado com raposas espreitando em meio a árvores altas. Há um divã baixo na frente da cama, sobre o qual alguns trajes foram espalhados, e uma escrivaninha coberta de papéis e canetas.

Sigo para o quarto de vestir de Taryn e examino o guarda-roupa, uma coleção menos variada em cores do que a decoração escolhida por ela, mas não menos bonita. Pego um vestido solto e um robe pesado de cetim, e tiro o de organza e contas de vidro.

O tecido acaricia minha pele. Paro na frente do espelho do quarto e penteio o cabelo. Eu me observo e tento ver o que pode me entregar. Sou mais musculosa, mas roupas podem esconder esse detalhe. Meu cabelo é mais curto, mas não muito. E, claro, tem meu temperamento.

— Cumprimentos, Vossa Majestade — digo, tentando me imaginar na Grande Corte de novo. O que Taryn faria? Eu me curvo em uma reverência baixa. — Há quanto tempo.

Claro que Taryn deve tê-lo visto recentemente. Para ela, não faz muito tempo. O pânico faz meu peito disparar. Vou ter que fazer mais do que responder perguntas no inquérito. Vou ter que fingir ser uma simples conhecida do Grande Rei Cardan *na cara dele*.

Estudo meu reflexo no espelho e tento conjurar a expressão correta de deferência, sem fazer uma careta.

— Cumprimentos, Vossa Majestade, seu sapo traiçoeiro.

Não, não daria certo, por melhor que fosse a sensação.

— Saudações, Vossa Majestade — tento novamente. — Não matei meu marido, apesar de ele merecer, e muito.

Há uma batida na porta, e dou um sobressalto.

Nera trouxe uma bandeja grande de madeira, que coloca na cama, e sai com uma reverência, quase sem emitir som nenhum. Na bandeja, há torradas e geleia com um cheiro forte e estranho, que faz minha boca salivar. Demora mais do que deveria para eu me dar conta de que é *fruta de fada*. E a ofereceram como se não representasse nada, como se Taryn comesse aquilo regularmente. Locke lhe dava escondido? Ou ela comia deliberadamente, como uma espécie de embotamento recreativo dos sentidos? Novamente, estou perdida.

Pelo menos, tem também um bule de chá, queijo macio e três ovos de pato cozidos. É um jantar simples, a não ser pela estranheza da fruta de fada.

Tomo o chá e como os ovos e as torradas. Escondo a geleia num guardanapo que enfio no fundo do armário. Se Taryn o encontrar mofado em semanas, bom, é um preço baixo a pagar pelo favor que ela arrancou de mim.

Olho os vestidos de novo e tento escolher um para o dia seguinte. Nada extravagante. Meu marido está morto, e eu devia estar triste. Infelizmente, embora as encomendas que Taryn fez para mim tivessem sido quase todas pretas, o armário não tem nenhuma peça dessa cor. Reviro seda e cetim, brocado com estampa de florestas e animais olhando por trás de folhas, e veludos bordados em verde-sálvia e azul-céu. Enfim, escolho um vestido bronze-escuro e o levo até o divã, com um par de luvas azul-marinho. Remexo na caixa de joias e pego os brincos que dei a ela. Um de lua e o outro de estrela, feitos pelo mestre ferreiro Grimsen e enfeitiçados para deixar quem o usasse ainda mais bonita.

Estou ansiosa para sair da propriedade de Locke e voltar para a Corte das Sombras. O que mais quero é visitar Barata e Bomba, ouvir as fofocas da Corte, estar nos familiares aposentos subterrâneos. Mas aqueles aposentos não existem mais, foram destruídos por Fantasma quando nos traiu para o Reino Submarino. Não sei de onde a Corte das Sombras opera agora.

E não posso correr o risco.

Abro a janela, me sento à escrivaninha de Taryn e tomo chá de urtiga com o aroma apurado de sal do mar e da madressilva selvagem e da brisa distante entre os abetos. Respiro fundo, em casa e com saudade de casa ao mesmo tempo.

CAPÍTULO
6

O inquérito vai acontecer quando as primeiras estrelas ficarem visíveis no céu. Chego à Grande Corte com o vestido bronze de Taryn, um xale nos ombros, luvas e o cabelo preso em um coque baixo frouxo. Meu coração dispara, e espero que ninguém perceba o suor, gerado pelo nervoso, que começa a se acumular debaixo de meus braços.

Como senescal do Grande Rei, eu recebia certa deferência. Apesar de ter vivido oito anos em Elfhame sem aquilo, acabei me acostumando muito rápido.

Como Taryn, sou vista com desconfiança quando abro caminho por uma multidão que não mais se afasta automaticamente para mim. Ela é a filha de um traidor, a irmã de uma pária e suspeita do assassinato do marido. Os olhares são ávidos, como se esperassem um espetáculo de culpa e punição. Mas eles não a temem. Mesmo com o suposto crime, eles a veem como mortal e como fraca.

Ótimo, suponho. Quanto mais fraca ela parecer, mais crível será sua inocência.

Meu olhar se afasta da plataforma enquanto me aproximo. A presença do Grande Rei Cardan parece infectar o ar que respiro. Por um momento louco, penso em me virar e sair antes que ele me veja.

Não sei se consigo fazer aquilo.

Estou meio tonta.

Não sei se consigo olhar para ele sem demonstrar nada do que sinto.

Respiro fundo e solto o ar, lembrando a mim mesma que ele não vai saber que sou eu parada a sua frente. Não reconheceu Taryn vestida em minhas roupas e não vai me reconhecer agora.

Além do mais, digo a mim mesma, *se você não conseguir fazer isso, você e Taryn estarão bem encrencadas.*

De repente, lembro os motivos para Vivi ter me dito que era má ideia. Ela estava certa. É ridículo. Eu devia continuar exilada até chegar a hora de ser perdoada pela Coroa, sob risco de morte.

Me passa pela cabeça que talvez ele tenha cometido um erro com a escolha do vocabulário. Talvez eu possa me perdoar. Mas, então, lembro quando insisti que era Rainha do Reino das Fadas e os guardas riram. Cardan não precisou me desmentir. Bastou apenas não dizer nada. E, se eu me perdoasse, deveria não dizer nada de novo.

Não, se ele me reconhecer, vou ter que fugir e me esconder e torcer para que meu treino com a Corte das Sombras vença as habilidades da guarda. Mas aí a Corte vai saber que Taryn é culpada... senão, por que eu me passaria por ela? E, se eu não conseguir fugir...

Inutilmente, me pergunto que tipo de execução Cardan poderia escolher. Talvez amarrasse pedras em meus pés e deixasse o mar fazer o serviço. Nicasia adoraria. Mas, caso não se sinta com humor para tanto, há também decapitação, enforcamento, exsanguinação, afogamento e esquartejamento, virar ração de um sapo de montaria...

— Taryn Duarte — diz um cavaleiro, interrompendo meus pensamentos morosos. A voz soa fria, a armadura prateada o distinguindo como um dos guardas pessoais de Cardan. — Esposa de Locke. Você deve ficar no lugar dos suplicantes.

Sigo para lá, desorientada pela ideia de ficar onde vi tantos ficarem quando era senescal. Mas caio em mim e faço a reverência profunda de alguém confortável na posição de submissão à vontade do Grande Rei. Como não consigo encará-lo ao fazê-lo, mantenho o olhar grudado no chão.

— Taryn? — chama Cardan, e o som de sua voz, a familiaridade, é chocante.

Sem ter nenhuma outra desculpa, levanto o olhar.

Ele é ainda mais horrivelmente lindo do que eu era capaz de lembrar. São todos lindos, a não ser quando hediondos. É a natureza dos feéricos. Nossa mente mortal não consegue compreendê-los; nossa memória atenua seu poder.

Todos os seus dedos cintilam com anéis. Um peitoral de ouro polido e cinzelado, incrustado de pedras, pende dos ombros, cobrindo uma camisa branca de babados. As botas se curvam nas pontas e sobem até os joelhos. A cauda está visível, enrolada na lateral da perna. Acho que ele decidiu que não é mais algo que precise esconder. Na cabeça, claro, está a Coroa de Sangue.

Ele me examina com olhos pretos delineados em dourado, um sorriso irônico no canto da boca. O cabelo preto emoldura seu rosto, solto e meio desgrenhado, como se ele tivesse se levantado recentemente da cama de alguém.

Não consigo reprimir a admiração pelo poder que já tive sobre ele, sobre *o Grande Rei do Reino das Fadas*. Por já ter sido arrogante a ponto de acreditar que poderia manter tal poder.

Eu me lembro do toque de sua boca na minha. Lembro como ele me enganou.

— Vossa Majestade — digo, porque tenho que falar alguma coisa e porque tudo que treinei começava assim.

— Nós reconhecemos sua dor — continua ele, falando de forma irritantemente majestosa. — Não incomodaríamos seu luto se não se tratasse da causa da morte de seu marido.

— Acha mesmo que ela está triste? — pergunta Nicasia, parada ao lado de uma mulher que demoro um momento para identificar: a mãe de Cardan, Lady Asha, com um vestido prateado e ponteiras de pedras cobrindo as extremidades dos chifres. O rosto de Lady Asha foi maquiado com prateado: prata nas bochechas e no brilho dos lábios. Nicasia, por sua vez, usa as cores do mar. O vestido é do verde das algas, escuro e intenso. O cabelo verde-água está trançado e decorado com uma coroa elaborada, feita de ossos e dentes de peixe.

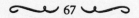

Pelo menos, nenhuma das duas está na plataforma com o Grande Rei. A posição de senescal parece ainda vaga.

Tenho vontade de responder a Nicasia, mas Taryn não o faria, então não respondo. Não falo nada e me xingo por saber o que Taryn *não* faria, mas por ter menos certeza do que ela *faria*.

Nicasia se aproxima, e fico surpresa de ver dor em seu rosto. Locke tinha sido seu amigo, além de amante. Acho que não era muito bom em nenhuma das duas coisas, mas isso não quer dizer que ela o queria morto.

— Você matou Locke? — pergunta ela. — Ou mandou sua irmã matá-lo?

— Jude está exilada — digo, as palavras saindo perigosamente suaves em vez de simplesmente suaves como deveriam ser. — E eu nunca fiz mal a Locke.

— Não? — pergunta Cardan, se inclinando para a frente no trono. As gavinhas tremem a suas costas. O rabo se move.

— Eu o am... — Não consigo fazer minha boca dizer as palavras, mas estão esperando. Eu as forço e tento soltar um pequeno soluço. — Eu o amava.

— Às vezes eu acreditava que amava, sim — diz Cardan distraidamente. — Mas você podia estar mentindo. Vou usar glamour em você. Vai apenas obrigá-la a nos contar a verdade. — Ele curva a mão, e a magia cintila no ar.

Não sinto nada. O poder do geas de Dain é absurdo, imagino. Nem o glamour do Grande Rei pode me enfeitiçar.

— Pronto — diz Cardan. — Me diga somente a verdade. Qual é seu nome?

— Taryn Duarte — respondo com uma reverência, agradecida pela facilidade com que a mentira me veio. — Filha de Madoc, esposa de Locke, súdita do Grande Rei de Elfhame.

A boca de Cardan se curva.

— Que modos corteses.

— Fui bem instruída. — Ele deveria saber. Fomos instruídos juntos.

— Você matou Locke? — pergunta ele. Ao meu redor, o burburinho das conversas diminui. Não há música, as gargalhadas são poucas, o tilintar de copos também. Os feéricos estão atentos, querendo saber se vou confessar.

— Não — respondo, e olho diretamente para Nicasia. — Nem orquestrei sua morte. Devíamos olhar para o *mar*, onde ele foi encontrado.

Nicasia volta a atenção para Cardan.

— Sabemos que Jude matou Balekin. Ela mesma confessou. E desconfio há tempos de que tenha assassinado Valerian. Se Taryn não for culpada, deve ser Jude. A Rainha Orlagh, minha mãe, fez um juramento de trégua com você. O que ela poderia ganhar com o assassinato de seu Mestre da Esbórnia? Ela sabia que ele era seu amigo... e meu. — A voz falha no final, embora ela tente disfarçar. Sua dor é genuína.

Tento invocar as lágrimas. Seria útil chorar agora, mas, parada na frente de Cardan, não consigo choramingar.

Ele me olha, as sobrancelhas pretas unidas.

— Então... o que você acha? Foi sua irmã? E não me diga o que já sei. Sim, mandei Jude para o exílio. O que pode ou não a ter impedido.

Eu queria poder socar aquela cara arrogante e mostrar a ele o quanto seu exílio me impedia.

— Minha irmã não tinha motivo para odiar Locke — minto. — Acredito que não lhe desejava mal.

— É mesmo? — insiste Cardan.

— Talvez seja só fofoca da corte, mas há uma história popular sobre você, sua irmã e Locke — arrisca Lady Asha. — Ela o amava, mas ele escolheu você. Algumas irmãs não aguentam ver a outra feliz.

Cardan olha para a mãe. Fico curiosa para saber o que a atraiu para Nicasia, a não ser que seja o fato de as duas serem horríveis. E me pergunto o que Nicasia pensa dela. Orlagh pode ser a rainha feroz e apavorante do Reino Submarino, e eu nunca mais quero passar nem um momento em sua presença, mas acredito que ela ame Nicasia. Com certeza, Nicasia esperaria mais da mãe de Cardan do que o arremedo de emoções que Lady Asha ofereceu ao filho.

— Jude nunca amou Locke. — Meu rosto está quente, mas minha vergonha é um excelente disfarce atrás do qual me esconder. — Ela amava outra pessoa. É ele que gostaria de ver morto.

Fico satisfeita ao ver Cardan estremecer.

— Chega — diz ele antes que eu possa continuar. — Já ouvi tudo que gostaria sobre esse assunto...

— Não! — interrompe Nicasia, deixando todo mundo embaixo da colina um pouco agitado. É uma presunção imensa interromper o Grande Rei. Mesmo para uma princesa. Principalmente para uma embaixadora. Um momento depois do desabafo, ela parece perceber o que fez, mas continua mesmo assim. — Taryn pode estar com algum talismã ou alguma outra coisa que a deixe resistente a glamoures.

Cardan lança um olhar fulminante para Nicasia. Não gosta que ela desafie sua autoridade. Ainda assim, depois de um momento, a raiva dá lugar a outra coisa. Ele abre um de seus piores sorrisos.

— Acho que ela terá que ser revistada.

A boca de Nicasia se curva como a dele. A sensação é de estar de volta às aulas no palácio, quando eu era vítima das conspirações dos filhos dos nobres.

Relembro a humilhação mais recente, quando fui coroada Rainha da Euforia, despida na frente dos convidados da festa. Se tirarem meu vestido agora, vão ver os curativos em meus braços, os cortes recentes na pele para os quais não tenho uma boa explicação. Vão perceber que não sou Taryn.

Não posso deixar que isso aconteça. Reúno toda dignidade que consigo e tento imitar minha madrasta, Oriana, na forma como ela projeta autoridade.

— Meu marido foi assassinado — digo. — E quer vocês acreditem em mim ou não, estou de luto. Não vou ser espetáculo para a diversão da Corte antes que seu corpo tenha chance de esfriar.

Infelizmente, o sorriso do Grande Rei só alarga.

— Como quiser. Então acho que vou ter que examiná-la sozinho em meus aposentos.

CAPÍTULO
7

Estou furiosa enquanto caminho pelos corredores do palácio, passos atrás de Cardan, seguida pela guarda do rei para impedir uma tentativa de fuga.

Minhas opções agora não são boas.

Ele vai me levar para os enormes aposentos e depois o quê? Vai forçar um guarda a me segurar e remover qualquer coisa que possa me proteger de um glamour, joias e roupas, até eu ficar nua? Se fizer isso, vai notar minhas cicatrizes, cicatrizes que já viu. E se ele tirar minhas luvas, não vai haver dúvidas. A ponta do dedo faltando vai me denunciar.

Se eu for despida, ele vai me reconhecer.

Vou ter que fugir. Existe uma passagem secreta em seus aposentos. De lá, posso sair por uma das janelas de cristal.

Olho para os guardas. Se fossem dispensados, eu poderia passar por Cardan, atravessar a passagem secreta e sair. Mas como me livrar deles?

Penso no sorriso que Cardan abriu na plataforma quando anunciou o que faria comigo. Talvez ele *queira* ver Taryn nua. Afinal, ele *me* desejava, e Taryn e eu somos idênticas. Talvez, se me oferecesse para me despir eu mesma, ele aceitasse dispensar os guardas. Ele disse que me examinaria sozinho.

O que me leva a um pensamento bem mais ousado. Talvez eu possa distraí-lo o suficiente para ele não me reconhecer. Talvez possa apagar as velas e ficar nua só na meia-luz...

Esses pensamentos me ocupam tão completamente que nem reparo em uma criada encapuzada carregando uma bandeja com uma garrafa de vinho verde-claro e uma coleção de cálices de vidro. Ela vem da direção oposta, e, quando nos encontramos, a bandeja afunda na lateral de meu corpo. Ela solta um grito, sinto um empurrão, e nós duas caímos no chão, com vidro se estilhaçando a nossa volta.

Os guardas param. Cardan se vira. Olho para a garota, atordoada e surpresa. Meu vestido está encharcado de vinho. Os feéricos não costumam ser desajeitados, e tenho a sensação de que não foi acidente. Os dedos da garota tocam uma de minhas mãos enluvadas. Sinto couro e aço na lateral de meu punho. Ela está enfiando uma faca embainhada em minha manga, com a desculpa de limpar o conteúdo caído da bandeja. Sua cabeça chega perto da minha enquanto ela tira cacos de vidro do meu cabelo.

— Seu pai está vindo buscá-la — sussurra ela. — Espere um sinal. Enfie uma faca no guarda mais próximo da porta e corra.

— Que sinal? — sussurro em resposta, fingindo ajudá-la a recolher os cacos.

— Ah, não, minha senhora, perdão — diz ela em voz normal, com um movimento de cabeça. — A senhora não deve se rebaixar.

Um dos guardas pessoais do Grande Rei segura meu braço.

— Venha — diz ele, me colocando de pé. Encosto a mão sobre o coração para evitar que a faca escorregue da manga.

Volto a andar na direção dos aposentos de Cardan, os pensamentos ainda mais confusos.

Madoc está indo salvar Taryn. É um lembrete de que, embora eu não esteja mais em suas graças, ela o ajudou a burlar os votos de serviço ao Grande Rei. Ela lhe deu metade de um exército. Tento imaginar que planos ele tem para Taryn, que recompensas prometeu. Imagino que vá ficar satisfeito por minha irmã não estar mais casada com Locke.

Mas quando Madoc chegar, qual será o plano? Com quem espera lutar? E o que vai fazer quando vier buscá-la e se deparar comigo?

Dois criados abrem a pesada porta dupla dos aposentos do Grande Rei, e ele a atravessa e se joga em um sofá baixo. Eu o sigo e paro constrangida no meio do tapete. Nenhum dos guardas entra. Assim que o faço, as portas se fecham atrás de mim, dessa vez com uma determinação sombria. Não preciso me preocupar em persuadir Cardan a dispensar os guardas; eles nem entraram.

Pelo menos, tenho uma faca.

A sala continua igual a de minhas lembranças das reuniões do Conselho. Carrega o aroma de fumaça, verbena e cravo. Cardan está deitado, os pés calçados, suas botas apoiadas numa mesa de pedra, entalhada no formato de um grifo, as garras erguidas para atacar. Ele abre um sorriso vivaz e conspiratório que parece contradizer totalmente o jeito como falou comigo do trono.

— Bem — diz ele, indicando o lugar ao seu lado no sofá. — Não recebeu minhas cartas?

— O quê? — Estou tão confusa que as palavras saem como um grunhido.

— Você nunca respondeu nenhuma — continua ele. — Comecei a me perguntar se suas ambições tinham mudado no mundo mortal.

Deve ser um teste. Deve ser uma armadilha.

— Vossa Majestade — digo, rigidamente. — Achei que tivesse me trazido aqui para garantir que não tenho feitiço nem amuleto.

Uma sobrancelha se levanta, e o sorriso aumenta.

— Posso fazer isso se você quiser. Devo ordenar que tire as roupas? Não me importo.

— O que você está *fazendo*? — pergunto, desesperada. — O que pretende?

Ele me olha como se fosse eu que estivesse me comportando de forma estranha.

— Jude, você não pode mesmo acreditar que não sei que é você. Soube assim que chegou aqui.

Balanço a cabeça, zonza.

— Não é possível. — Se ele soubesse que era eu, eu não estaria aqui. Estaria presa na Torre do Esquecimento. Estaria me preparando para minha execução.

Mas talvez ele esteja *satisfeito* por eu ter violado os termos de exílio. Talvez ele esteja feliz por eu ter me colocado a sua mercê ao fazê-lo. Talvez esse seja seu jogo.

Ele se levanta do sofá, o olhar intenso.

— Chegue mais perto.

Dou um passo para trás.

Ele franze a testa.

— Meus conselheiros me disseram que você se encontrou com uma general da Corte dos Dentes, que deve ser aliada de Madoc agora. Eu não queria acreditar, mas considerando o jeito como me olha, talvez eu deva. Me diga que não é verdade.

Por um momento, não entendo, mas depois cai a ficha. Grima Mog.

— Não sou a traidora aqui — digo, mas de súbito fico consciente da lâmina em minha manga

— Você está com raiva de... — Ele para de falar e examina meu rosto com mais atenção. — Não, você está com *medo*. Mas por que teria medo de mim?

Estou tremendo por causa de um sentimento que nem entendo direito.

— Não estou com medo — minto. — Eu te odeio. Você me enviou para o exílio. Tudo que você me diz, tudo que promete é um truque. E já fui burra a ponto de acreditar em você uma vez. — A lâmina embainhada desliza facilmente para minha mão.

— Claro que foi um truque... — começa ele, mas vê a arma e engole o que ia dizer.

Tudo treme. É uma explosão, tão próxima e intensa que nós dois tropeçamos. Livros caem e se espalham pelo chão. Esferas de cristal escorregam dos apoios e rolam no piso. Cardan e eu nos encaramos em mútua surpresa. Ele estreita os olhos em acusação.

É essa a parte em que tenho que o apunhalar e fugir.

Um momento depois, ouve-se o som inconfundível de metal acertando metal. Bem próximo.

— Fique aqui — digo, empunhando a faca e jogando a bainha no chão.

— Jude, não... — pede ele atrás de mim quando saio para o corredor.

Uma de seus guardas está morta, com uma alabarda enfiada no tórax. Outros estão lutando com os soldados escolhidos pessoalmente por Madoc, experientes em batalha e mortais. Eu os conheço, sei que lutam sem pena, sem misericórdia, e, se chegaram tão perto assim do Grande Rei, Cardan está em terrível perigo.

Penso de novo na passagem pela qual planejava fugir. Posso tirá-lo dali assim... em troca de perdão. Ou Cardan pode acabar com meu exílio e viver ou torcer para seus guardas vencerem os soldados de Madoc. Estou prestes a voltar e lhe oferecer o acordo quando uma soldado de elmo me segura.

— Estou com Taryn — diz ela, a voz rouca. Eu a reconheço: Silja. Parte hulder e muito apavorante. Eu já a vi cortar uma perdiz de um jeito que deixou bem claro seu prazer em matar.

Enfio a faca em sua mão, mas a luva grossa desvia a lâmina. Um braço coberto de aço envolve minha cintura.

— Filha — diz Madoc com a voz grave. — Filha, não tenha medo...

Ele levanta a mão com um pano cheirando a doçura sufocante. Ele o aperta sobre meu nariz e minha boca. Sinto os membros relaxarem e, um momento depois, não sinto nada.

CAPÍTULO
8

Quando acordo, estou em um bosque que não reconheço. Não sinto o cheiro onipresente do sal do mar e não ouço o bater das ondas. Tudo ao redor são samambaias, musgo, o estalar de uma fogueira e o zumbido de vozes distantes. Eu me sento. Estou acomodada sobre cobertores pesados, com outros em cima de mim; são cobertores de cavalo, mas elegantes. Vejo uma carruagem robusta nas redondezas, a porta aberta.

Ainda estou com o vestido de Taryn, ainda com suas luvas.

— Não dê atenção à tontura — diz uma voz gentil. Oriana. Ela está sentada ali perto, usando um vestido que parece de lã feltrada sobre várias camadas de saias. O cabelo está preso em um capuz verde. Não se parece nem um pouco com a cortesã diáfana que sempre foi desde que a conheço. — Vai passar.

Aliso o cabelo, solto agora, mas ainda com os grampos.

— Onde estamos? O que aconteceu?

— Seu pai jamais gostou da ideia de você ficar nas ilhas, mas, sem a proteção de Locke, era só questão de tempo até que o Grande Rei inventasse uma desculpa para tomá-la como refém.

Passo a mão pelo rosto. Perto do fogo, uma fada magrela e com aspecto de inseto mexe um caldeirão.

— Quer sopa, mortal?

Balanço a cabeça.

— Quer ser a sopa? — pergunta ela, esperançosa. Oriana a descarta e pega uma chaleira no chão, ao lado do fogo. Serve o conteúdo fumegante numa xícara de madeira. O líquido tem odor de casca de árvore e cogumelos.

Tomo um gole e logo me sinto menos tonta.

— O Grande Rei foi capturado? — pergunto, lembrando onde fui pega. — Está vivo?

— Madoc não conseguiu chegar a ele — responde ela, como se o fato de Cardan estar vivo fosse uma decepção.

Odeio o alívio que sinto.

— Mas... — começo, querendo perguntar como a batalha terminou. No entanto me dou conta da situação a tempo de morder a língua. Ao longo dos anos, Taryn e eu brincamos algumas vezes de ser a outra em casa. Em geral, a gente conseguia enganar todo mundo, desde que não durasse muito tempo e que não fôssemos óbvias demais. Se eu não fizer nenhuma idiotice, tenho uma boa chance de conseguir levar a farsa até conseguir escapar.

E depois?

Cardan agiu de forma tão surpreendentemente casual, como se me sentenciar à morte fosse uma espécie de piada nossa. E falou de mensagens, mensagens que nunca recebi. O que poderiam dizer? Seria possível que ele pretendesse me perdoar? Poderia ter me oferecido algum tipo de barganha?

Não consigo imaginar uma carta de Cardan. Teria sido curta e formal? Cheia de fofocas? Manchada de vinho? Mais um truque?

Claro que era um truque.

O que quer que pretendesse, agora ele deve acreditar que estou trabalhando com Madoc. E, embora não devesse me incomodar, a verdade é que incomoda.

— A prioridade de seu pai era tirar você de lá — lembra Oriana.

— Não só isso, não é? — argumento. — Ele não pode ter atacado o Palácio de Elfhame só por minha causa. — Meus pensamentos estão descontrolados, em turbilhão. Não tenho mais certeza de nada.

— Não questiono os planos de Madoc — diz ela de forma neutra. — E você também não deveria.

Eu tinha esquecido como era receber ordens de Oriana, ser sempre tratada como se minha curiosidade fosse imediatamente criar alguma espécie de escândalo para nossa família. É especialmente irritante ser tratada assim agora, considerando que o marido dela roubou metade de um exército do Grande Rei e planeja um golpe contra ele.

As palavras da Grima Mog ecoam em minha mente. *A Corte dos Dentes se meteu com o velho Grande General, seu pai, e com outro grupo de traidores. Sei de fonte confiável que seu Grande Rei será destronado antes da próxima lua cheia.*

Parece bem mais urgente agora.

Mas, como estou fingindo que sou Taryn, não respondo. Depois de um momento, ela parece arrependida.

— O importante é você descansar. Sei que ser arrastada para cá é coisa demais para entender, ainda mais depois de perder Locke.

— É — concordo. — É coisa demais. Acho que quero descansar um pouco se não houver problema.

Oriana estica a mão e afasta meu cabelo da testa, um gesto de carinho que com certeza não teria feito se soubesse que era em mim, Jude, que estava tocando. Taryn admira Oriana, e as duas são próximas de um jeito que ela e eu não somos... por muitos motivos, entre eles minha iniciativa de esconder Oak no mundo mortal, longe da Coroa. Desde então, Oriana age ao mesmo tempo com gratidão e ressentimento. Mas acho que, em Taryn, Oriana vê alguém que entende. E talvez Taryn *seja* como Oriana, embora o assassinato de Locke tenha posto em questão isso e tudo o que eu julgava saber sobre minha irmã gêmea.

Fecho os olhos. Embora eu pretenda pensar em um plano de fuga, acabo dormindo.

Quando acordo de novo, estou em uma carruagem e em movimento. Madoc e Oriana ocupam o banco em frente. As cortinas estão fechadas, mas ouço os sons de um grupo em viagem, cavalos e soldados. Ouço o rosnado distinto de goblins chamando uns aos outros.

Olho para o barrete vermelho que me criou, meu pai e assassino de meu pai. Observo os pelos em seu rosto depois de alguns dias sem se barbear. O rosto familiar, nada humano. Ele parece exausto.

— Acordou, finalmente? — pergunta com um sorriso que exibe dentes demais. Um sorriso que me remete desconfortavelmente a Grima Mog.

Tento sorrir para ele enquanto me levanto. Não sei se alguma coisa na sopa me fragilizou ou se a docemorte que Madoc me fez cheirar ainda não saiu do meu organismo, mas não me lembro de ser colocada na carruagem.

— Quanto tempo eu dormi?

Madoc faz um gesto displicente.

— O inquérito falso do Grande Rei foi há três dias.

Sinto a cabeça confusa e tenho medo de dizer a coisa errada e ser descoberta. Pelo menos, o fato de eu ter ficado rapidamente inconsciente deve ter me feito parecer ser minha irmã. Antes de me tornar prisioneira do Reino Submarino, eu tinha treinado meu corpo para ser imune a venenos. Mas, agora, estou tão vulnerável quanto Taryn.

Se eu mantiver a cabeça no lugar, posso escapar sem nenhum dos dois descobrir. Penso em que parte da conversa de Madoc Taryn se concentraria. Provavelmente na questão de Locke. Respiro fundo.

— Eu falei que não fui eu. Mesmo enfeitiçada, insisti.

Madoc não aparenta ver através do meu disfarce, mas parece achar que estou sendo idiota.

— Duvido que aquele rei garoto tivesse a intenção de deixá-la sair viva do Palácio de Elfhame. Ele lutou muito para ficar com você.

— Cardan? — Isso não parece coisa dele.

— Metade de meus cavaleiros não escapou — diz ele sombriamente. — Entramos com facilidade, mas o palácio se fechou ao nosso redor. Portas racharam e encolheram. Gavinhas, raízes e folhas obstruíram nosso caminho, se fecharam como tornos em nosso pescoço, nos esmagaram e estrangularam.

Eu o encaro por muito tempo.

— O Grande Rei provocou isso? — Não consigo acreditar que tenha sido Cardan, a quem deixei em seus aposentos, como se fosse ele que precisasse de proteção.

— A guarda não foi nem mal treinada, nem mal escolhida, e ele sabe o poder que tem. Fico feliz de tê-lo testado antes de enfrentá-lo de verdade.

— Tem certeza de que é inteligente enfrentá-lo, então? — pergunto com cuidado. Talvez não seja exatamente o que Taryn diria, mas também não é exatamente o que eu diria.

— Inteligência é para os dóceis — responde ele. — E não os ajuda tanto quanto acham que vai ajudar. Afinal, por mais inteligente que seja, você se casou com Locke. Claro que talvez você seja mais inteligente do que isso; talvez seja tão inteligente que tenha sido a causa da própria viuvez.

Oriana coloca a mão no joelho dele, um gesto de advertência.

Ele solta uma gargalhada alta.

— O quê? Nunca escondi o tanto que não gostava dele. Você não pode esperar que eu lamente essa morte.

Eu me pergunto se ele riria tanto assim se soubesse que havia sido mesmo Taryn quem o matou. Quem quero enganar? É provável que ele risse mais ainda. Talvez risse até passar mal.

Um tempo depois, a carruagem para e Madoc salta, chamando os soldados. Escorrego para fora e olho ao redor, primeiro desorientada pela paisagem desconhecida, depois pela visão do exército à frente.

Tem neve cobrindo o chão e fogueiras enormes espalhadas, além de um labirinto de barracas. Algumas são feitas de peles de animais. Outras são montagens elaboradas de lona pintada, lã e seda. Porém, o mais impressionante é o tamanho do acampamento, cheio de soldados armados e prontos para agir contra o Grande Rei. Atrás do acampamento, um pouco ao oeste, há uma montanha rodeada de um denso bosque de abetos. Ao lado, outro pequeno posto: uma única barraca e poucos soldados.

Sinto-me muito distante do mundo mortal.

— Onde estamos? — pergunto a Oriana, que sai da carruagem atrás de mim, carregando uma capa para colocar sobre meus ombros.

— Perto da Corte dos Dentes — responde ela. — O que mais se encontra tão ao norte são trolls e hulders.

A Corte dos Dentes é a Corte Unseelie que fez de Barata e Bomba prisioneiros e que exilou Grima Mog. É o último lugar onde quero estar... e sem rota de fuga evidente.

— Venha — chama Oriana. — Vamos acomodar você.

Ela me guia pelo acampamento; passamos por um grupo de trolls que está tirando a pele de um alce, por elfos e goblins cantando canções de guerra, por um alfaiate consertando uma pilha de armaduras de pele na frente de uma fogueira. Ao longe, ouço o ecoar de aço, vozes altas e sons de animais. O ar está carregado de fumaça, e o chão lamacento por causa da movimentação das botas e da neve derretida. Desorientada, me concentro em não perder Oriana na multidão. Finalmente, chegamos a uma barraca grande, de aspecto prático, com duas cadeiras de madeira robustas na frente, as duas cobertas de pele de carneiro.

Meu olhar é atraído por um elaborado pavilhão ali perto. Está acima do chão, sobre pés dourados em forma de garra, parecendo capaz de sair andando se o dono desse a ordem. Enquanto olho, Grimsen sai de seu interior. Grimsen, o Ferreiro, que criou a Coroa de Sangue e muitos outros artefatos dos feéricos, mas que anseia por fama ainda maior. Está tão bem-vestido que poderia ser um príncipe. Quando me vê, me olha com malícia. Desvio o olhar.

O interior da barraca de Madoc e Oriana me faz lembrar de casa, de um modo perturbador. Um canto funciona como cozinha improvisada, onde há ervas secas penduradas em guirlandas ao lado de linguiças, manteiga e queijo.

— Você pode tomar um banho — avisa Oriana, indicando uma banheira de cobre em outro canto, com neve pela metade. — Nós colocamos uma barra de metal no fogo, então mergulhamos na neve derretida e tudo fica quente rapidamente.

Balanço a cabeça, pensando que preciso continuar escondendo as mãos. Pelo menos no frio, não vai ser estranho eu ficar de luvas.

— Só quero lavar o rosto. E talvez vestir roupas mais quentes...

— Sim... — concorda ela, e remexe no espaço apertado para pegar um vestido azul grosso, meias e botas.

Ela sai e volta. Depois de alguns minutos, um servo chega com água fumegante em uma tigela e a coloca na mesa com um paninho. A água foi aromatizada com zimbro.

— Vou deixá-la se refrescando — diz Oriana, vestindo uma capa. — Esta noite, jantamos com a Corte dos Dentes.

— Não quero ser um inconveniente — rebato, constrangida perante sua gentileza, mas ciente de que não é para mim.

Ela sorri e toca minha bochecha.

— Você é uma boa garota — comenta ela, me fazendo corar de vergonha.

Eu nunca fui.

Quando ela sai, fico satisfeita em minha solidão. Xereto pela barraca, mas não encontro mapas nem planos de batalha. Como um pouco de queijo. Lavo o rosto e as axilas e onde mais alcanço, depois faço um bochecho com óleo de hortelã e raspo a língua.

Finalmente, visto as roupas mais pesadas e quentes, e prendo o cabelo de forma simples, em duas tranças apertadas. Troco as luvas de veludo por luvas de lã, verificando se o enchimento na ponta do dedo parece convincente.

Quando acabo, Oriana volta. Com ela, vários soldados carregando um estrado com peles e cobertores, que ela os fez arrumar em uma cama para mim, com uma tela como cortina.

— Acho que isso serve por enquanto — diz ela, me olhando em busca de confirmação.

Engulo a vontade de agradecer.

— É melhor do que eu poderia pedir.

Quando os soldados saem, eu os sigo pela aba da barraca. Do lado de fora, me oriento pelo sol quase posto e olho para o mar de barracas de novo. Consigo identificar facções. O povo de Madoc, usando seu emblema, a lua crescente virada como uma tigela; os da Corte dos Dentes, exibindo nas barracas uma marca que parece sugerir uma ameaçadora cadeia montanhosa; e duas ou três outras Cortes, menores ou que enviaram menos soldados. *Um outro grupo de traidores*, disse Grima Mog.

Não consigo deixar de pensar como a espiã que sou, não consigo deixar de ver que estou na posição perfeita para descobrir o plano de Madoc. Estou em seu acampamento, em sua barraca. Poderia descobrir tudo.

Mas isso é loucura. Quanto tempo para que Oriana ou o próprio Madoc descubram que sou Jude, não Taryn? Lembro-me da promessa que Madoc me fez: *E quando eu vencer você, vou garantir que seja tão completamente quanto faria com qualquer oponente que se mostrou equivalente a mim.* Foi um elogio enviesado, mas também uma ameaça direta. Sei exatamente o que Madoc faz com seus inimigos: ele os mata e lava o capuz com o sangue.

E o que importa? Estou exilada, afastada.

Mas, se eu descobrisse os planos de Madoc, poderia trocá-los pelo fim de meu exílio. Sem dúvida, Cardan concordaria com o preço se eu desse a ele os meios de salvar Elfhame. A não ser, claro, que ele achasse que eu estava mentindo.

Vivi diria que eu devia parar de me preocupar com reis e guerras, e me preocupar em voltar para casa. Depois do duelo com Grima Mog, eu poderia exigir trabalhos melhores de Bryern. Vivi está certa quando diz que, se desistíssemos do fingimento de viver como outros humanos, poderíamos ter uma casa bem maior. E, considerando o resultado do inquérito, Taryn não deve poder voltar para o Reino das Fadas.

A não ser que Madoc vença.

Talvez eu devesse permitir que isso aconteça.

Mas isso me leva à coisa que não consigo aceitar. Apesar de ser ridículo, não consigo segurar a raiva que cresce em mim e acende uma chama em meu coração.

Sou a *Rainha de Elfhame*.

Apesar de ser uma rainha exilada, ainda sou rainha.

O que significa que Madoc não está apenas tentando usurpar o trono de Cardan. Está tentando usurpar o meu.

CAPÍTULO
9

Jantamos na barraca da Corte dos Dentes, tranquilamente três vezes maior que a de Madoc e com decoração tão elaborada quanto a de qualquer palácio. O chão está coberto de tapetes e peles. Há lampiões pendurados no teto e velas grossas acesas sobre as mesas, ao lado de decantadores de uma bebida pálida, e tigelas de frutas silvestres brancas, de um tipo que nunca vi, cobertas de gelo. Uma harpista toca no canto, os acordes da música se infiltrando no burburinho das conversas.

No meio da barraca há três tronos, dois grandes e um pequeno. Parecem ser esculturas de gelo, com flores e folhas congeladas no interior. Os tronos maiores estão desocupados, mas uma garota de pele azul está sentada no menor, com uma coroa de gelo na cabeça e um arreio dourado em volta da boca e do pescoço. Parece ser só um ou dois anos mais velha que Oak e veste seda cinza. O olhar preso aos dedos, que se movem com inquietação uns contra os outros. As unhas, roídas, exibem uma camada fina de sangue.

Se ela é a princesa, não é difícil identificar o rei e a rainha. Usam coroas de gelo ainda mais elaboradas. A pele é cinzenta, da cor de pedra ou de cadáveres. Os olhos são de um amarelo intenso e claro, como vinho. E os trajes combinam com o azul da pele da menina. Um trio harmônico.

— Esses são Lady Nore e Lorde Jarel, e sua filha, a Rainha Suren — diz Oriana baixinho. Então a garotinha é quem manda?

Infelizmente, Lady Nore percebe meu olhar.

— Uma mortal — diz ela, com desprezo familiar. — Para quê?

Madoc lança um olhar de desculpas em minha direção.

— Permita-me apresentar uma de minhas filhas adotivas, Taryn. Sei que devo ter falado nela.

— Talvez — admite Lorde Jarel, se juntando a nós. Seu olhar é intenso, como uma coruja olha para um rato perdido, caindo direto em seu ninho.

Faço minha melhor reverência.

— Estou feliz de ter um lugar em sua lareira esta noite.

Ele volta o olhar para Madoc.

— Que divertido. Fala como se achasse que é uma de nós.

Eu tinha esquecido como era, mesmo depois de tantos anos sem poder algum. Como era ter apenas Madoc como proteção. E agora essa proteção depende de ele não descobrir qual filha está ao seu lado. Olho para Lorde Jarel com medo nos olhos, um medo que não preciso fingir. E odeio o quanto aquilo obviamente o satisfaz.

Penso nas palavras de Bomba sobre o que a Corte dos Dentes fez a ela e a Barata: *A Corte nos cortou e nos encheu de maldições e geases. Nos modificou. Nos forçou a servi-los.*

Lembro a mim mesma que não sou mais a garota que era antes. Posso estar cercada, mas isso não quer dizer que esteja impotente. Prometo que um dia é Lorde Jarel quem sentirá medo.

Mas agora me retiro para um canto, me sento em um banquinho coberto de pele e observo o local. Relembro o aviso do Conselho Vivo de que as Cortes se esquivavam de jurar lealdade escondendo os filhos no mundo mortal, depois os colocando no poder. Pergunto-me se foi isso que aconteceu ali. Se sim, deve irritar Lorde Jarel e Lady Nore terem cedido seus títulos. E deve deixá-los nervosos a ponto de colocarem rédeas na própria filha.

É interessante ver a ostentação à mostra, as coroas e tronos e a barraca luxuosa, ao mesmo tempo que eles apoiam a tentativa de Madoc de se elevar ao posto de Grande Rei, o que o colocaria bem acima de ambos. Não me convencem. Podem estar apoiando o general agora, mas acho que esperam eliminá-lo mais para a frente.

É nessa hora que Grimsen entra na barraca, usando uma capa escarlate com um enorme broche de metal e vidro no formato de um coração que parece bater. Lady Nore e Lorde Jarel voltam a atenção para ele, os rostos rígidos se abrindo em sorrisos frios.

Olho para Madoc. Ele parece menos satisfeito em ver o ferreiro.

Depois de mais algumas amabilidades, Lady Nore e Lorde Jarel nos guiam até a mesa. Lady Nore leva a Rainha Suren pelo arreio. Quando a rainha criança é levada à mesa, reparo que as rédeas parecem estranhas em sua pele, como se tivessem afundado parcialmente. Algo no brilho do couro me faz pensar em feitiço.

Fico pensando se aquela coisa horrível é trabalho de Grimsen.

Ao vê-la aprisionada, não consigo deixar de pensar em Oak. Olho para Oriana, pensando se ela também se lembra do filho, mas sua expressão está tão calma e remota quanto a superfície de um lago congelado.

Vamos para a mesa. Sou colocada ao lado de Oriana, em frente a Grimsen. Ele vê os brincos de sol e lua que ainda estou usando e faz sinal para eles.

— Eu não sabia se sua irmã abriria mão deles — comenta ele.

Eu me inclino e levo os dedos enluvados até o lóbulo das orelhas.

— Seu trabalho é primoroso — digo, sabendo o quanto gosta de elogios.

Ele me olha com uma admiração que desconfio ser orgulho da própria arte. Se ele me acha bonita, é um elogio a seu trabalho.

Mas também é vantagem para mim mantê-lo falando. Não é provável que mais ninguém me conte muita coisa. Tento imaginar o que Taryn diria, mas só consigo pensar em mais do que acho que Grimsen quer ouvir. Baixo a voz em um sussurro.

— Não suporto tirá-los, mesmo à noite.

Ele se envaidece.

— São meras quinquilharias.

— Você deve me achar muito tola — provoco. — Sei que fez coisas bem mais grandiosas, mas estes brincos me deixaram muito feliz.

Oriana me olha de um jeito estranho. Será que cometi um erro? Ela desconfia? Meu coração acelera.

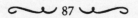

— Você devia visitar minha forja — sugere Grimsen. — Me permita mostrar como a magia é verdadeiramente potente.

— Eu gostaria muito — consigo dizer, mas estou distraída com a preocupação de ser pega e frustrada com o convite do ferreiro. Se ao menos ele estivesse disposto a se gabar *ali*, naquela noite, em vez de marcar um encontro! Não quero ir até a forja. Quero sair do acampamento. É só questão de tempo até que eu seja desmascarada. Se vou descobrir alguma coisa, tem que ser rápido.

Minha frustração aumenta quando a conversa é interrompida pela chegada dos servos com o jantar, que é um pedaço enorme de carne de urso assada, servido com amoras amarelas. Um dos soldados começa uma discussão com Grimsen sobre seu broche. Ao meu lado, Oriana está falando de um poema que não conheço com um cortesão da Corte dos Dentes. Sozinha, me concentro em identificar as vozes de Madoc e Lady Nore. Estão discutindo quais Cortes podem ser recrutadas para sua causa.

— Você falou com a Corte dos Cupins?

Madoc assente.

— Lorde Roiben está indignado com o Reino Submarino e com certeza abomina o fato de que o Grande Rei lhe negou vingança.

Meus dedos apertam a faca. Fiz um acordo com Roiben. Matei Balekin para honrá-lo. Essa foi a desculpa de Cardan para me *exilar*. É um purgante amargo considerar que, depois de tudo, Lorde Roiben cogite se juntar a Madoc.

Mas independentemente dos desejos de Lorde Roiben, ele fez um juramento de lealdade à Coroa de Sangue. E embora algumas Cortes, como a Corte dos Dentes, tenham tramado para se livrar das promessas de seus ancestrais, a maioria ainda é presa a elas. Inclusive Roiben. Então como Madoc acha que vai dissolver esses laços? Sem meios de fazer isso, não importa quem as cortes inferiores prefiram. Elas têm que seguir o único governante que usa a Coroa de Sangue: o Grande Rei Cardan.

Mas como Taryn não diria nada disso, mordo a língua enquanto as conversas acontecem ao meu redor. Mais tarde, na barraca, carrego jarras de vinho de mel e encho os copos dos generais de Madoc. Não sou particularmente memorável; sou só a filha humana de Madoc, uma pessoa que a maioria já viu de passagem e em quem pensou pouco. Oriana não me olha mais daquele jeito estranho. Se ela achou meu comportamento com Grimsen incomum, acho que não dei mais motivo para ela duvidar de mim.

Sinto a atração gravitacional por meu papel antigo, a facilidade com que o desempenhava, pronta para me envolver como um cobertor pesado.

Naquela noite, parece impossível que eu fosse qualquer outra pessoa além da filha obediente de Madoc.

Quando vou dormir, percebo um amargor na garganta, do tipo que não sinto há muito tempo, que vem de não conseguir afetar as coisas que importam, apesar de acontecerem bem na minha frente.

Acordo na cama, cheia de cobertores e peles. Tomo um chá forte perto do fogo e ando para relaxar os membros. Para meu alívio, Madoc já saiu.

Hoje, digo para mim mesma, *hoje preciso encontrar um jeito de sair daqui.*

Eu tinha reparado nos cavalos quando atravessamos o acampamento. Acho que poderia roubar um. Mas sou uma cavaleira medíocre e, sem mapa, eu me perderia rapidamente. Todos os mapas devem estar guardados numa barraca de guerra. Talvez eu possa inventar um motivo para visitar meu pai.

— Será que Madoc quer chá? — pergunto a Oriana, cheia de esperanças.

— Se quiser, pode pedir a um servo para preparar — responde ela com gentileza. — Mas há muitas tarefas úteis para ocupar seu tempo. Nós, as damas da Corte, nos reunimos enquanto costuramos faixas, se você estiver com vontade.

Nada vai revelar minha identidade tão rápido quanto o trabalho com a agulha. Chamar de ruim é elogio.

— Acho que não estou preparada para responder perguntas sobre Locke — argumento.

Ela assente com solidariedade. O que ocupa o tempo naquele tipo de reunião é a fofoca, e não é irracional achar que um marido morto provocaria falação.

— Você pode pegar uma cestinha e ir colher frutas — sugere ela. — Mas tome o cuidado de ficar no bosque e longe do acampamento. Se vir sentinelas, mostre o emblema de Madoc.

Tento conter minha ansiedade.

— Isso eu posso fazer.

Quando visto uma capa emprestada, ela coloca a mão em meu braço.

— Ouvi você conversando com Grimsen ontem à noite — diz Oriana. — Precisa tomar cuidado com ele. — Relembro seus muitos avisos ao longo dos anos, nas festas. Ela nos fazia prometer não dançar, não comer nada, não *fazer nada* que pudesse gerar constrangimento para Madoc. Não é que ela não tivesse motivos para isso. Antes de ser esposa de Madoc, ela era amante do Grande Rei Eldred e viu outra amante, uma amiga querida, ser envenenada. Mas é irritante.

— Pode deixar. Tomarei cuidado — asseguro.

Oriana me encara.

— Grimsen quer muitas coisas. Se você for muito gentil, ele pode decidir que também quer você. Pode te desejar por sua amabilidade assim como se deseja uma joia rara. Ou pode te desejar só para ver se Madoc abriria mão de você.

— Eu entendo — digo, tentando parecer alguém com quem ela não precisa se preocupar.

Ela me solta com um sorriso fraco, parecendo acreditar que entendemos uma à outra.

Do lado de fora, sigo na direção do bosque com minha cestinha. Quando chego às árvores, paro, sufocada pelo alívio de não ter de interpretar mais. Por um momento, posso relaxar. Respiro fundo para me acalmar e avalio minhas opções. Repetidas vezes, volto a Grimsen. Apesar do aviso de Oriana, o ferreiro é a melhor cartada para descobrir um jeito de sair dali. Com todos os badulaques mágicos, ele pode ter um par de asas de metal para me carregar para casa, ou um trenó mágico puxado por leões de obsidiana. Mesmo que não tenha, ao menos não conhece Taryn o suficiente para duvidar que eu seja minha irmã.

E se quiser algo que não quero lhe dar, bom, ele tem o mau hábito de deixar facas espalhadas.

Caminho pelo bosque até um terreno mais alto. De onde avisto o acampamento e todos os pavilhões. Encontro a forja improvisada, longe dos demais, com fumaça subindo em grandes quantidades das três chaminés. Noto uma área do acampamento em que uma barraca grande e redonda agrega muita atividade. Talvez seja onde Madoc e os mapas estão.

E vejo outra coisa. Quando avaliei o acampamento, reparei em um pequeno posto na base da montanha, longe das outras barracas. Mas, de onde estou, percebo que também há uma caverna. Com duas sentinelas de prontidão na entrada.

Que estranho. Parece inconvenientemente afastada de tudo. Mas, dependendo do que tem lá dentro, talvez seja esse o motivo. É longe a ponto de abafar até o mais alto dos gritos.

Com um tremor, vou na direção da forja.

Recebo alguns olhares de goblins e elfos e de feéricos com dentes afiados e asas frágeis quando contorno o acampamento. Ouço um chiado baixo ao passar e um dos ogros lambe os lábios de uma forma que não é nem um pouco lisonjeira. Mas ninguém me detém.

A porta da forja de Grimsen está aberta, e o vejo no interior, sem camisa, o corpo magro e peludo inclinado sobre a lâmina que ele está martelando. A forja arde intensamente, o ar denso com o calor, fedendo a creosoto. Em torno do ferreiro há uma variedade de armas e badulaques que são bem mais do que aparentam: barquinhos de metal, broches, saltos de prata para botas, uma chave que parece ter sido entalhada de cristal.

Penso na proposta que Grimsen me confiou que passasse a Cardan antes de decidir que havia mais glória na traição: *Farei uma armadura de gelo que vai destruir todas as lâminas que o acertarem e que vai deixar o coração dele frio demais para que sinta pena. Diga que farei três espadas que, quando usadas na mesma batalha, lutarão com a força de trinta soldados.*

Odeio pensar em tudo isso nas mãos de Madoc.

Tomo coragem e bato no batente da porta.

Grimsen me vê e coloca o martelo na mesa.

— A garota dos brincos — diz.

— Você me convidou — lembro a ele. — Espero que não seja cedo demais, mas eu estava muito curiosa. Posso perguntar o que está fazendo ou é segredo?

Isso parece satisfazê-lo. Ele indica com um sorriso a barra de metal enorme em que está trabalhando.

— Estou fazendo uma espada para quebrar o firmamento das ilhas. O que acha disso, garota mortal?

Por um lado, Grimsen forjou algumas das armas mais grandiosas já feitas. Mas o plano de Madoc seria mesmo atacar os exércitos de Elfhame? Penso em Cardan fazendo o mar ferver, provocando tempestades e matando árvores. Cardan, que tem a lealdade jurada de dezenas de governantes das cortes inferiores e comanda seus exércitos. Pode uma espada ser tão grandiosa para enfrentar algo assim, mesmo sendo a lâmina mais incrível que Grimsen já forjou?

— Madoc deve ser grato por tê-lo ao seu lado — digo em tom neutro. — E por ter a promessa de uma arma assim.

— Humf — bufa ele, fixando o olhar em mim. — Devia estar, mas *está*? Você teria que perguntar a ele, porque Madoc não menciona gratidão nenhuma. E se *por acaso* fazem músicas sobre mim, bom, ele está interessado em ouvir? Não. Não há tempo para músicas, diz ele. Queria saber se teria outra opinião se as músicas fossem sobre ele.

Ao que parece, não foi encorajar sua vaidade que o fez falar, mas cutucar o ressentimento.

— Se Madoc se tornar o próximo Grande Rei, vai haver muitas músicas sobre ele — acrescento, insistindo na questão.

O rosto de Grimsen fica sombrio e a boca se curva em um leve sinal de repulsa.

— Mas você, que foi mestre ferreiro no reinado de Mab e em todos os que vieram depois, sua história deve ser mais interessante que a dele... um tema bem melhor para baladas. — Temo estar exagerando, mas ele sorri.

— Ah, Mab — começa ele, relembrando. — Quando ela me procurou para forjar a Coroa de Sangue, me confiou uma grande honra. E eu a amaldiçoei para protegê-la por todos os tempos.

Abro um sorriso encorajador. Essa parte eu sei.

— O assassinato de quem a usa provoca a morte da pessoa responsável.

Ele ri com deboche.

— Quero que meu *trabalho* dure o tanto que a Rainha Mab queria que sua *linhagem* durasse. Mas me importo até com minhas criações menores.

Ele estica a mão e toca nos brincos com os dedos sujos de fuligem. Roça no lóbulo de minha orelha, a pele quente e áspera. Fujo de seu toque com o que espero ser uma risada recatada, e não um rosnado.

— Veja isto, por exemplo — continua ele. — Se tirarmos as pedras, sua beleza desapareceria. Não só os toques adicionais que elas concedem, mas toda a sua beleza, até você ficar tão horrível que encará-la provocaria gritos até nos feéricos.

Tento controlar a vontade de arrancar o brinco das orelhas.

— Você também os amaldiçoou?

O sorriso é malicioso.

— Nem todo mundo tem o respeito adequado por um artesão como você, Taryn, filha de Madoc. Nem todo mundo merece meus presentes.

Pondero sobre isso por muito tempo, refletindo sobre a variedade de criações advindas de sua forja. Pensando em quantas foram amaldiçoadas.

— Foi por isso que foi exilado? — pergunto.

— A Grande Rainha não gostava de minha exagerada licença artística, então, não estava em suas boas graças quando segui Alderking no exílio — responde ele, e concluo que isso significa sim. — Ela gostava de ser a mais esperta.

Eu assinto, como se não houvesse nada de alarmante naquela história. Minha mente está em disparada, tentando lembrar todas as coisas que ele fez.

— Você não deu um brinco de presente para Cardan quando voltou para Elfhame?

— Você tem boa memória — diz ele. Felizmente, minha memória é melhor que a dele, porque Taryn não foi à festa da Lua Sangrenta. — Permitia que ele ouvisse quem falasse nas redondezas. Um dispositivo maravilhoso para xeretar.

Espero com expectativa.

Ele ri.

— Não é isso que você quer saber, é? Sim, foi amaldiçoado. Com uma palavra, eu poderia transformá-lo numa aranha que picaria Cardan até a morte.

— Você o usou? — pergunto, lembrando do globo que vi no escritório de Cardan, no qual uma aranha vermelha cintilante arranhava o vidro com inquietação. Sou tomada por um horror gelado pela tragédia já evitada... e depois, por raiva ofuscante.

Grimsen dá de ombros.

— Ele ainda está vivo, não está?

Uma resposta típica de feéricos. Parece um *não* quando, na verdade, o ferreiro *tentou*, mas *não teve êxito*.

Eu deveria pressioná-lo para obter mais informações, perguntar sobre uma forma de fugir do acampamento, mas não suporto falar com ele nem por mais um minuto sem perfurá-lo com uma de suas armas.

— Posso vir fazer outra visita? — peço com dificuldade, o sorriso falso estampado em meu rosto parece mais uma careta.

Não gosto do jeito como ele me olha, como se eu fosse uma pedra preciosa que deseja engastar em metal.

— Eu gostaria muito — responde ele, mostrando a forja com um movimento de mão, englobando todos os objetos. — Como pode ver, gosto de coisas bonitas.

CAPÍTULO
10

Depois da visita a Grimsen, volto para o bosque para colher frutas e flores, como prometido, com gratificante agressividade. Colho sorvas, azedinhas, urtigas, um pouco de docemorte e enormes cogumelos porcini. Chuto uma pedra e a jogo na direção do bosque. Depois, chuto outra. Preciso chutar muitas pedras para começar a me sentir um pouco melhor.

Não estou mais perto de encontrar um jeito de sair dali, e não descobri nada dos planos do meu pai. A única coisa de que estou mais perto é de ser pega.

Com esse pensamento horrível em mente, encontro Madoc sentado junto à fogueira fora da barraca, limpando e afiando um par de adagas que carrega consigo. O hábito me faz querer ajudá-lo no trabalho, mas preciso lembrar a mim mesma que Taryn não faria isso.

— Venha se sentar — pede ele, batendo ao seu lado no tronco. — Você não está acostumada a acampar assim e foi jogada no meio de um acampamento.

Ele desconfia de mim? Eu me sento, coloco a cesta cheia perto do fogo e me tranquilizo porque ele não falaria com tanta gentileza se achasse que conversava com Jude. Mas sei que não tenho muito tempo, então corro o risco e pergunto o que quero perguntar.

— Acha mesmo que pode derrotá-lo?

Ele ri como se fosse a pergunta de uma criança. *Se você pudesse esticar bem a mão, conseguiria tirar a lua do céu?*

— Eu não jogaria se não pudesse ganhar.

Sinto uma ousadia estranha por causa de sua gargalhada. Ele realmente acredita que sou Taryn e que não sei nada sobre a guerra.

— Mas *como*?

— Vou poupá-la dos detalhes da estratégia — responde ele. — Mas vou desafiá-lo para um duelo... e depois que ganhar, vou abrir o melão que é aquela cabeça.

— Duelo? — Estou perplexa. — Por que *ele* lutaria com *você*? — Cardan é o Grande Rei. Ele tem exércitos para se interpor entre os dois.

Madoc sorri.

— Por amor. E por dever.

— Amor por quem? — Não consigo acreditar que Taryn ficaria menos confusa do que estou agora.

— Não há banquete abundante demais para um homem faminto — declara ele.

Não sei o que responder. Depois de um momento, ele se apieda de mim.

— Sei que você não liga para lições sobre tática, mas acho que essa vai ser atraente até para você. Por aquilo que mais queremos, corremos quase qualquer risco. Existe uma profecia de que ele seria um rei ruim. Essa profecia paira acima de sua cabeça, mas Cardan acredita que consegue se livrar do destino com encantos. Vamos vê-lo tentar. Vou lhe dar a chance de provar que é um bom governante.

— E depois? — pergunto.

Mas ele só ri de novo.

— Os feéricos vão chamá-la de princesa Taryn.

Durante toda a minha vida, ouvi sobre as grandes conquistas dos feéricos. Como se pode esperar de um povo imortal com poucos nascimentos, a maioria das batalhas são altamente formalizadas, assim como as linhas de sucessão. Os feéricos gostam de evitar guerras consumadas, o que quer dizer que não é incomum resolver uma questão com uma competição sobre a qual ambos os lados concordam. Ainda assim, Cardan jamais gostou de lutas com espadas, nem é muito bom nisso. Por que aceitaria um duelo?

Mas, se eu fizer a pergunta, morro de medo de Madoc descobrir minha identidade. Mas preciso dizer *alguma coisa*. Não posso ficar sentada aqui, olhando para ele de boca aberta.

— Jude conseguiu o controle de Cardan, de alguma forma — declaro. — Talvez você possa fazer o mesmo e...

Ele balança a cabeça.

— Olhe o que aconteceu com sua irmã. O poder que tinha, Cardan lhe tirou. Não, não pretendo continuar nem o fingimento de servir a ele. Agora, prefiro governar. — Ele para de afiar a adaga e me encara com um brilho perigoso no olhar. — Dei todas as chances do mundo a Jude para ajudar a família. Todas as oportunidades para ela me contar qual era seu jogo. Se ela tivesse feito isso, as coisas teriam sido diferentes.

Um tremor percorre meu corpo. Ele imagina que estou sentada ao seu lado?

— Jude está muito triste — digo de um jeito que espero que seja neutro. — Ao menos, de acordo com Vivi.

— E não quer que eu a puna mais quando for Grande Rei, é isso? — pergunta ele. — Não é que eu não esteja orgulhoso. O que ela fez não foi coisa pequena. Talvez Jude seja a mais parecida comigo de todos os meus filhos. E como qualquer criança, foi rebelde e deu um passo maior que a perna. Mas *você*...

— Eu? — Desvio o olhar para o fogo. É perturbador ouvi-lo falar sobre mim, mas a ideia de escutar algo destinado apenas a Taryn é pior. Sinto como se estivesse tirando uma coisa de minha irmã. Mas não consigo pensar em como o impedir, não vejo nada que eu faça e não acabe me entregando.

Ele estica a mão para segurar meu ombro. Seria tranquilizador, mas a pressão é forte demais, suas garras afiadas demais. É nesse momento que ele vai apertar meu pescoço e dizer que me pegou. Meu coração acelera.

— Você deve ter achado que eu preferia Jude, apesar da ingratidão — diz ele. — Mas foi só porque eu a entendia melhor. Mas você e eu temos uma coisa em comum: nós dois fizemos um péssimo casamento.

Olho para ele de soslaio, alívio e incredulidade duelando no peito. Ele está mesmo dizendo que seu casamento com nossa mãe foi idêntico ao de Taryn com Locke?

Ele se afasta de mim para acrescentar outro pedaço de lenha à fogueira.

— E os dois terminaram de forma trágica.

Eu inspiro.

— Você não acha mesmo... — Mas não sei que mentira contar. Nem sei se Taryn mentiria.

— Não? — pergunta Madoc. — Quem matou Locke se não foi você?

Por tempo demais, não consigo pensar em uma boa resposta.

Ele solta uma gargalhada e aponta o dedo para mim, sentindo um prazer absurdo.

— *Foi* você! Realmente, Taryn, sempre achei que você fosse frouxa e boba, mas agora vejo o quanto me enganei.

— Está *feliz* porque o matei? — Ele parece sentir mais orgulho de Taryn por ter matado Locke do que por todas as suas graças e habilidades combinadas: a capacidade de deixar as pessoas à vontade, de escolher o traje certo e de contar o tipo certo de mentira para fazer as pessoas a amarem.

Ele dá de ombros, ainda sorrindo.

— Vivo ou morto, nunca me importei com ele. Só me importava com você. Se está triste com sua morte, fico triste por você. Se deseja que ele pudesse voltar à vida para poder matá-lo de novo, entendo o sentimento. Mas talvez você tenha feito justiça e só esteja incomodada porque a justiça pode ser cruel.

— O que acha que ele fez comigo para merecer morrer? — pergunto.

Ele cutuca o fogo. Fagulhas voam.

— Achei que ele tinha partido seu coração. Olho por olho, coração por coração.

Lembro a sensação de apertar uma faca no pescoço de Cardan. E de entrar em pânico ao pensar no poder que ele tinha sobre mim, de perceber que havia um jeito fácil de acabar com ele.

— Foi por isso que você matou minha mãe?

Ele suspira.

— Apurei meus instintos em batalhas — diz ele. — Às vezes esses instintos continuam presentes mesmo quando não há mais guerra.

Penso no assunto e reflito sobre o que é necessário para alguém endurecer a ponto de lutar e matar sem parar. Imagino se alguma parte dele é fria por dentro, de um tipo de frio que nunca pode ser aquecido, como um estilhaço de gelo no coração. Eu me pergunto se tenho um estilhaço igual.

Por um momento, ficamos sentados em silêncio, ouvindo o estalar das chamas. Ele torna a falar.

— Quando matei sua mãe, sua mãe e seu pai, mudei vocês. As mortes dos dois foram uma fusão, o fogo no qual vocês três foram forjadas. Se você enfiar uma espada aquecida em óleo, qualquer pequena falha vira uma rachadura. Mas, banhadas em sangue como vocês foram, nenhuma se partiu. Só ficaram mais duras. Talvez o que levou você a acabar com a vida de Locke tenha sido mais minha culpa do que sua. Se é difícil aguentar o que você fez, pode passar o peso para mim.

Penso nas palavras de Taryn: *Ninguém deveria ter uma infância como a nossa.*

Mas me vejo querendo tranquilizar Madoc, mesmo que nunca possa perdoá-lo. O que Taryn diria? Não sei, mas seria injusto consolá-lo com a voz dela.

— Preciso levar isso para Oriana — digo, mostrando a cesta com tudo que colhi. Eu me levanto, mas ele segura a minha mão.

— Não pense que vou esquecer sua lealdade. — Ele olha para mim com expressão pensativa. — Você botou os interesses da família acima dos seus. Quando tudo isso acabar, pode me pedir qualquer recompensa que garanto que a terá.

Sinto uma pontada por não ser mais a filha para quem ele faz propostas assim. Não sou a filha bem-vinda em seu lar, nem de quem ele cuidaria e cuja companhia apreciaria.

Eu me pergunto o que Taryn pediria para si e para o bebê que tem na barriga. Segurança, eu diria, a única coisa que Madoc acredita que já nos deu, a única coisa que nunca pode oferecer verdadeiramente. Por mais promessas que ele faça, é implacável demais para manter a segurança de qualquer um por muito tempo.

Quanto a mim, segurança não foi oferecida. Ele ainda não me descobriu, mas minha capacidade de sustentar a farsa está enfraquecendo. Apesar de não saber como vou conseguir atravessar o gelo, decido que preciso fugir naquela noite.

CAPÍTULO

11

Oriana supervisiona a preparação do jantar para a companhia, e fico ao seu lado. Observo o preparo da sopa de urtiga, sendo fervida com batatas até o veneno sair, e o corte dos cervos, os corpos recém-alvejados soltando fumaça no frio, a gordura usada para temperar verduras. Cada soldado tem a própria tigela e uma caneca, penduradas nos cintos como objetos decorativos, apresentadas aos servos para serem enchidas de uma porção de comida e de vinho aguado.

Madoc come com os generais, rindo e conversando. A Corte dos Dentes fica nas barracas e envia criados para preparar a refeição em uma fogueira diferente. Grimsen se senta longe dos generais, a uma mesa de cavaleiros que escutam com atenção as histórias sobre seu exílio com o Alderking. É impossível não reparar que os feéricos ao seu redor usam mais ornamentos do que o habitual.

A área das panelas e mesas fica no lado oposto do acampamento, perto da montanha. Ao longe, vejo dois guardas a postos perto da caverna, sem deixar o posto para a refeição. Perto deles, duas renas remexem a neve, procurando raízes enterradas.

Mastigo os ingredientes da sopa de urtiga enquanto uma ideia se forma na cabeça. Quando Oriana me chama para nossa barraca, tomo uma decisão. Vou roubar um dos cavalos dos soldados perto da caverna.

Será mais fácil do que tirar um do acampamento principal, e, se alguma coisa der errado, será mais difícil me perseguir. Ainda não tenho mapa, mas sei me guiar pelas estrelas o suficiente para ir até o sul, pelo menos. Com sorte, encontro uma aldeia mortal.

Tomamos uma xícara de chá juntas e tiramos a neve. Esquento os dedos rígidos na xícara com impaciência. Não quero que Oriana desconfie, mas preciso começar a agir. Tenho que pegar comida e qualquer suprimento que consiga.

— Deve estar com muito frio — diz Oriana, me observando. Com o cabelo branco e a pele pálida e fantasmagórica, ela parece feita de neve.

— Fraqueza mortal. — Abro um sorriso. — Mais um motivo para sentir falta das ilhas de Elfhame.

— Vamos voltar para casa em breve — garante ela. Não consegue mentir, então deve acreditar nisso. Deve acreditar que Madoc vai vencer, que vai se tornar Grande Rei.

Finalmente, ela parece pronta para se recolher. Lavo o rosto e enfio fósforos em um dos bolsos e uma faca no outro. Depois que vou para a cama, espero até me certificar que Oriana esteja dormindo, contando os segundos enquanto uma hora se passa. Saio de baixo das cobertas tão silenciosamente quanto consigo e enfio os pés em botas. Coloco queijo numa bolsa, junto um pedaço de pão e três maçãs murchas. Acrescento a docemorte que encontrei quando remexia nas coisas e a embrulho com papel. Vou até a saída da barraca e pego uma capa no caminho. Há um único cavaleiro ali, se divertindo com o entalhe de uma flauta na frente do fogo. Eu o cumprimento quando passo.

— Minha senhora? — diz ele, se levantando.

Lanço meu olhar mais fulminante em sua direção. Não sou prisioneira, afinal. Sou a filha do Grande General.

— Sim?

— Onde devo dizer que seu pai pode encontrá-la, caso pergunte? — A pergunta é feita com deferência, mas respondê-la errado certamente levaria a perguntas com bem menos delicadeza.

— Diga que estou ocupada usando o bosque como banheiro — digo, e ele faz uma careta, como eu esperava mesmo que fizesse. O cavaleiro não faz mais perguntas, então coloco a capa nos ombros e saio, ciente de que, quanto mais tempo levar, mais desconfiado ele vai ficar.

A caminhada até a caverna não é longa, mas, no escuro, tropeço muitas vezes, com o vento frio mais forte a cada passo. Ouço música e festejos no acampamento, canções goblins sobre perda, saudade e violência. Baladas sobre rainhas, cavaleiros e bobos.

Perto da caverna, vejo três guardas a postos na ampla abertura, um a mais do que eu esperava. A entrada é longa e ampla, como um sorriso, e a escuridão tremeluz ocasionalmente, como se fosse iluminada em algum lugar do interior. Duas renas pálidas dormem ali perto, encolhidas na neve, como gatos. Uma terceira afia os chifres em uma árvore próxima.

Aquela, então. Posso me esgueirar no meio das árvores e a atrair com uma das maçãs. Quando entro no bosque, ouço um grito vindo da caverna. O ar denso e frio traz o som até mim e me faz virar.

Madoc está com algum prisioneiro.

Tento me convencer de que não é problema meu, mas outro som de desespero interrompe meus pensamentos. Tem alguém lá dentro, alguém com dor. Preciso ter certeza de que não seja alguém que conheço. Meus músculos já estão rígidos de frio e prossigo devagar, contorno a caverna e subo nas pedras logo acima.

Meu plano improvisado é descer para a entrada da caverna, porque os guardas devem estar olhando na direção oposta. Tem a vantagem de me esconder na descida, mas essa descida precisa ser feita muito, muito bem, senão a combinação de som e movimento vai alertá-los imediatamente.

Trinco os dentes e me lembro das aulas do Fantasma: prosseguir com cautela, dar passos seguros, ficar nas sombras. Claro que a lição vem acompanhada da lembrança da traição subsequente, mas digo a mim mesma que isso não a torna menos útil. Desço lentamente de uma rocha irregular. Mesmo de luvas, meus dedos parecem congelados.

Quando estou pendurada, percebo que cometi um terrível erro de cálculo. Mesmo esticada, meu corpo não toca no chão. Quando eu cair, não será possível evitar algum ruído. Vou ter que ser silenciosa e me mover o mais rapidamente que conseguir. Respiro fundo e caio pela distância curta. Com o barulho inevitável de meus pés na neve, um dos guardas se vira. Corro para as sombras.

— O que foi? — pergunta um deles.

O primeiro está olhando dentro da caverna. Não sei se ele me viu ou não.

Fico o mais parada possível, prendendo a respiração, torcendo para ele não ter me visto, para não conseguir sentir meu *cheiro*. Pelo menos, com o frio, não estou suando.

Minha faca está à mão. Lembro a mim mesma que lutei com Grima Mog. Se for necessário, posso lutar com eles também.

Mas, depois de um momento, o guarda balança a cabeça e volta a ouvir as músicas goblin. Espero e espero mais um pouco, só por garantia. Isso dá tempo para meus olhos se ajustarem. Sinto um odor mineral no ar, e também o de óleo queimando no lampião. Sombras dançam no fim de uma passagem inclinada, me provocando com a promessa de luz.

Sigo por entre estalagmites e estalactites, como se eu passasse pelos dentes irregulares de um gigante. Entro numa câmara nova e preciso piscar no brilho de uma tocha.

— Jude? — diz uma voz baixa. Uma voz que conheço. Fantasma.

Magro, com hematomas em volta do pescoço, está deitado no chão da caverna, os punhos em algemas e acorrentados a placas no chão. Tochas ardem em um círculo ao seu redor. Ele me encara com olhos castanhos arregalados.

Mesmo quase congelada, de repente sinto ainda mais frio. A última coisa que ele me disse foi *Eu servia ao príncipe Dain. Não a você*. Logo antes de eu ser arrastada para o Reino Submarino e ter ficado presa por semanas, apavorada, faminta e sozinha. Mas, apesar disso, apesar de sua traição, apesar de ter destruído a Corte das Sombras, ele fala meu nome com a admiração de alguém que acha que posso ter ido salvá-lo.

Penso em fingir ser Taryn, mas ele não conseguiria acreditar que minha gêmea passou por aqueles guardas. Afinal, foi ele que me ensinou a me deslocar assim.

— Queria ver o que Madoc estava escondendo aqui — digo, puxando a faca. — E, se você estiver pensando em chamar os guardas, saiba que o único motivo para eu não enfiar esta faca em sua garganta é o medo de você morrer fazendo barulho.

Fantasma abre um sorriso pequeno e irônico.

— Eu faria exatamente isso. Morreria com muito barulho. Só para prejudicá-la.

— Então esse é o pagamento por seu serviço — ironizo, olhando ao redor com exagero no movimento. — Espero que a traição em si já tenha sido uma recompensa.

— Pode se gabar o quanto quiser. — A voz soa dócil. — Eu mereço. Sei o que fiz, Jude. Fui um tolo.

— Então por que fez aquilo? — Sinto-me desagradavelmente vulnerável só de perguntar. Mas eu confiava em Fantasma e queria saber o quanto fui idiota. Ele me odiou o tempo todo em que nos considerei amigos? Ele e Cardan riram juntos da minha natureza crédula?

— Lembra quando contei para você que matei a mãe de Oak?

Faço que sim. Liriope foi envenenada com cogumelo amanita para esconder que, enquanto era amante do Grande Rei, ficou grávida do príncipe Dain. Se Oriana não tivesse arrancado Oak do útero de Liriope, o bebê também teria morrido. É uma história horrível que não seria fácil de esquecer, mesmo que não envolvesse meu irmão.

— Lembra como você me olhou quando descobriu o que eu tinha feito?

Foi um ou dois dias depois da coroação. Eu tinha feito o príncipe Cardan prisioneiro. Ainda estava em choque. Tentava entender o plano de Madoc. Fiquei horrorizada ao descobrir que Fantasma fez uma coisa tão horrenda, mas eu ficava dessa maneira com frequência na época. Ainda assim, o cogumelo amanita é um jeito abominável de morrer, e meu irmão quase tinha sido assassinado também.

— Fiquei surpresa.

Ele balança a cabeça.

— Até Barata ficou perplexo. Ele não sabia.

— E foi por isso que você nos traiu? Achou que fomos críticos demais? — pergunto.

— Não. Me escute só um momento. — Fantasma suspira. — Matei Liriope porque o príncipe Dain me trouxe para o Reino das Fadas, cuidou de mim e me deu um propósito. Como eu era leal, fiz aquilo, mas depois fiquei abalado com meus atos. Em desespero, procurei o garoto que achei que era o único filho vivo de Liriope.

— Locke — falo, entorpecida. Será que Locke percebeu, depois da coroação de Cardan, que Oak devia ser seu meio-irmão? Será que sentiu alguma coisa e a mencionou para Taryn?

— Consumido pela culpa — continua Fantasma —, ofereci a ele minha proteção. E meu nome.

— Seu... — começo, mas ele me interrompe.

— Meu *nome verdadeiro* — diz Fantasma.

Dentre os feéricos, os nomes verdadeiros são segredos bem guardados. Um feérico pode ser controlado pelo nome verdadeiro, mais do que por qualquer promessa. É difícil acreditar que Fantasma revelaria tanto de si para alguém.

— O que ele te obrigou a fazer? — pergunto, indo direto ao ponto.

— Por muitos anos, nada — responde Fantasma. — Depois, coisas pequenas. Espionar pessoas. Revelar seus segredos. Mas até ele me mandar levar você a Torre do Esquecimento e deixar que o Reino Submarino a abduzisse, eu acreditava que ele só queria fazer traquinagens, nada perigoso.

Nicasia devia ter sabido que podia pedir o favor. Não era surpresa que Locke e os amigos se sentissem seguros para me caçar na noite anterior ao casamento. Ele sabia que eu seria levada no dia seguinte.

Mas entendo o que Fantasma quer dizer. Eu também achava que Locke só queria fazer traquinagens, mesmo quando parecia possível que fossem levar à minha morte.

Balanço a cabeça.

— Mas isso não explica como você veio parar aqui.

Fantasma parece ter dificuldades em manter a voz firme, em controlar a raiva.

— Depois da Torre, tentei me afastar de Locke para que ele não pudesse me mandar fazer mais nada. Uns cavaleiros me pegaram saindo de Insmire. Foi quando descobri a magnitude do que Locke tinha feito. Ele deu meu nome ao seu pai. Como dote pela mão de sua irmã gêmea e um lugar à mesa quando Balekin chegasse ao poder.

Inspiro fundo.

— *Madoc* sabe seu *nome verdadeiro*?

— Ruim, né? — Ele dá uma risada seca. — Você ter entrado aqui é a primeira coisa boa que me acontece em muito tempo. E continua sendo uma coisa boa, mesmo nós dois sabendo o que precisa acontecer agora.

Lembro o cuidado que eu tinha ao dar ordens a Cardan, com palavras pensadas para que ele não pudesse me evitar, nem escapar. Sem dúvida, Madoc fez isso e ainda mais, e Fantasma acredita lhe restar apenas um caminho.

— Vou tirar você daqui — decido. — Depois...

Fantasma me interrompe.

— Posso mostrar como me fazer sentir menos dor. Posso mostrar como fazer parecer que fui eu mesmo que fiz.

— Você disse que ia morrer fazendo barulho só para me prejudicar — repito, fingindo que ele não está falando sério.

— Eu teria feito isso mesmo — diz ele, com um sorriso irônico. — Eu precisava contar para você... precisava contar para *alguém* a verdade antes de morrer. Agora, está feito. Vou ensinar uma última coisa.

— Espere — peço, levantando a mão. Preciso protelar. Preciso pensar.

Ele continua, implacável.

— Não é vida se submeter ao controle de outra pessoa, ficar sujeito a sua vontade e a seus caprichos. Sei do geas que você pediu ao príncipe Dain. Sei que estava disposta a matar para consegui-lo. Nenhum glamour afeta você. Lembra quando era diferente? Lembra como era ser impotente?

Claro que lembro. E não consigo parar de pensar na serva mortal na casa de Balekin, Sophie, com os bolsos cheios de pedras. Sophie, perdida no Reino Submarino. Um tremor percorre meu corpo antes que eu consiga me controlar.

— Pare de ser dramático. — Pego o saco de comida que estou carregando e me sento na terra para cortar fatias de queijo, maçã e pão. — Não estamos abertos a opções. Parece estar passando fome, e preciso de você vivo. Você pode enfeitiçar erva-de-santiago para nos tirar daqui. E me deve a ajuda, no mínimo.

Ele pega pedaços de queijo e maçã e enfia na boca. Enquanto come, penso nas correntes que o seguram. Será que consigo soltar os elos? Reparo em um buraco na placa que parece ter o tamanho de uma chave.

— Está maquinando algo — diz Fantasma, reparando meu olhar. — Grimsen fez minhas correntes resistentes a tudo, menos às lâminas mágicas.

— Estou *sempre* maquinando — respondo. — O quanto você sabe do plano de Madoc?

— Bem pouco. Cavaleiros trazem comida e mudas de roupa. Só pude tomar banho sob vigilância pesada. Uma vez, Grimsen veio me visitar, mas ficou em silêncio o tempo todo, mesmo quando gritei com ele. — Não é típico de Fantasma gritar. Nem berrar, como deve ter feito se fui capaz de ouvi-lo berrar por infelicidade e desespero e desesperança. — Várias vezes, Madoc veio me interrogar sobre a Corte das Sombras, sobre o palácio, sobre Cardan e Lady Asha e Dain, até sobre você. Sei que ele está procurando pontos fracos, meios de manipular todo mundo.

Fantasma pega outra fatia de maçã e hesita, olhando para a comida como se a visse pela primeira vez.

— Por que você estava carregando isso? Por que trazer um piquenique para explorar uma caverna?

— Eu estava planejando fugir — admito. — Hoje. Antes de descobrirem que não sou a irmã que estou fingindo ser.

Ele me olha, horrorizado.

— Então vá, Jude. Fuja. Você não pode ficar por minha causa.

— Não. Você vai me ajudar a sair daqui — insisto, interrompendo-o quando ele começa a discutir. — Consigo esperar mais um dia. Me diga como abrir a corrente.

Algo em meu rosto parece convencê-lo de minha seriedade.

— Grimsen tem a chave — diz ele, sem me encarar. — Mas seria melhor para você se usasse a faca.

O pior é que é provável que ele esteja certo.

CAPÍTULO 12

Quando volto para a barraca, o guarda não está mais lá. Acreditando na sorte, passo pela aba e torço para me deitar antes que Madoc volte da misteriosa reunião com os generais.

O que não espero é que velas estejam acesas e Oriana acordada, sentada à mesa. Fico paralisada.

Ela se levanta e cruza os braços.

— Onde você estava?

— Ah — digo, tentando descobrir o que ela já sabe... e em que acredita. — Um cavaleiro me pediu que o encontrasse sob as estrelas e...

Oriana levanta a mão.

— Cuidei das coisas para você. Dispensei o guarda antes que espalhasse histórias. Não me insulte mentindo mais. Você não é Taryn.

O horror gelado da descoberta toma conta de mim. Quero correr de volta por onde vim, mas penso em Fantasma. Se eu fugir agora, minhas chances de pegar a chave são mínimas. Ele não vai ser salvo. E terei poucas chances de me salvar.

— Não conte para Madoc — imploro, torcendo desesperadamente para conseguir persuadi-la a ficar ao meu lado. — Por favor. Eu não planejava vir para cá. Madoc me deixou inconsciente e me trouxe para este acampamento. Só fingi ser Taryn porque já estava fingindo ser ela em Elfhame.

— Como sei que não está mentindo? — pergunta ela, os olhos cor-de-rosa me encarando cautelosamente, sem piscar. — Como posso saber que não veio para matá-lo?

— Não tinha como eu saber que Madoc pegaria Taryn — insisto. — O único motivo para eu ainda estar aqui é que não sei como ir embora. Tentei hoje, mas não consegui. Me ajude a fugir — peço. — Me ajude e você nunca mais precisará me ver.

Sua expressão reflete como minha promessa é tentadora.

— Se você sumir, Madoc desconfiará do meu envolvimento.

Balanço a cabeça e penso em um plano.

— Escreva para Vivi. Ela pode me pegar. Vou deixar um bilhete dizendo que fui visitá-la... e Oak. Ele não precisa saber que Taryn nunca esteve aqui.

Oriana se vira e serve uma bebida verde de ervas em pequenos copos.

— Oak. Não gosto de como ele está ficando diferente no mundo mortal.

Tenho vontade de gritar de frustração com a mudança abrupta de assunto, mas me obrigo a ficar calma. Imagino-o mexendo o cereal colorido.

— Também nem sempre gosto.

Ela me passa um copo delicado.

— Se Madoc conseguir se tornar Grande Rei, Oak pode voltar para casa. Não vai se interpor entre Madoc e a coroa. Vai estar protegido.

— Você se lembra do seu aviso de como era perigoso estar perto de um rei? — Espero que ela tome um gole antes de tomar um também. O gosto é amargo e herbáceo, e explode em minha língua com sabores de alecrim, urtiga e tomilho. Faço uma careta, mas não acho ruim.

Ela me olha com irritação.

— Não se comportou como se *você* lembrasse.

— É verdade — admito. — E paguei o preço.

— Vou guardar seu segredo, Jude. E vou mandar uma mensagem para Vivi. Mas não vou trabalhar contra Madoc e você também não deveria fazê-lo. Quero sua promessa.

Como Rainha de Elfhame, é a mim que Madoc está se opondo. Eu teria uma satisfação enorme se Oriana soubesse, considerando que me julga tão mal. É um pensamento mesquinho e vem seguido da percepção de que, se Madoc descobrisse, eu estaria com um problema bem diferente do anterior. Ele me usaria. Por mais medo que eu tivesse sentido antes, aqui, ao lado do meu pai, eu sentiria ainda mais.

Encaro Oriana e minto da forma mais sincera que já fiz.

— Eu prometo.

— Que bom — concede ela. — Agora, por que você estava andando por Elfhame disfarçada de Taryn?

— Ela me pediu — respondo, erguendo as sobrancelhas e esperando que ela entenda.

— Por que ela... — começa Oriana, mas para. Quando fala, parece que faz isso para si mesma. — Para o inquérito. Ah.

Tomo outro gole da bebida de ervas.

— Fiquei com medo por sua irmã, sozinha naquela Corte — continua Oriana, as sobrancelhas pálidas unidas. — A reputação da família destruída e Lady Asha de volta, sem dúvida vendo uma oportunidade de ter influência sobre os cortesãos agora que o filho está no trono.

— Lady Asha? — repito, surpresa de Oriana pensar na feérica como ameaça a Taryn especificamente.

Oriana se levanta e pega o material de escrita. Quando se senta, começa um bilhete para Vivi. Depois de algumas linhas, ela olha para mim.

— Nunca achei que ela fosse voltar.

É isso que acontece quando as pessoas são jogadas na Torre do Esquecimento. Elas são esquecidas.

— Ela era cortesã na mesma época que você, certo? — É o mais perto que posso chegar do que quero dizer, que Oriana também era amante do Grande Rei. E embora ela nunca tenha lhe dado um filho, tem motivos para saber *muita* fofoca. Alguma coisa a levou a fazer o comentário que fez.

— Sua mãe já foi amiga de Lady Asha, sabe. Eva tinha uma grande apreciação pela perversidade. Não digo isso para magoar você, Jude. É uma característica que não é digna de escárnio, nem de orgulho.

Conheci sua mãe. Essa foi a primeira coisa que Lady Asha disse para mim. *Conheci muitos dos segredinhos dela.*

— Eu não tinha me dado conta de que *você* conheceu minha mãe — falei.

— Não muito bem. E não cabe a mim falar sobre ela — diz Oriana.

— Nem estou pedindo que faça isso — respondo, embora quisesse poder pedir.

A tinta pinga da ponta da caneta de Oriana antes que ela a coloque no suporte e sele a carta para Vivienne.

— Lady Asha era linda e ansiava pelos favores do Grande Rei. O envolvimento dos dois foi breve, e tenho certeza de que Eldred achou que levá-la para a cama não daria em nada. Foi bem óbvio que ele se arrependeu de ela ter gerado um filho... mas isso pode ter tido a ver com a profecia.

— Profecia? — pergunto. Tenho uma lembrança de Madoc falando uma coisa similar sobre o futuro quando tentava me convencer de que devíamos unir forças.

Ela dá de ombros.

— O príncipe caçula nasceu sob uma estrela de azar. Mas ainda era príncipe, e, quando Asha o teve, seu lugar na Corte foi garantido. Ela era uma força do caos. Desejava admiração. Queria experiências, sensações, triunfos, coisas que exigiam conflitos... e inimigos. Ela não seria gentil com alguém tão sem amigos quanto sua irmã devia ser.

Eu me pergunto se ela foi grosseira com Oriana alguma vez.

— Eu soube que ela não tomava conta do príncipe Cardan muito bem. — Estou pensando no globo de cristal nos aposentos de Eldred e na lembrança presa ali dentro.

— Não que ela não o cobrisse de veludos e peles; mas deixava que ele continuasse usando essas roupas até virarem trapos. Nem que ela não desse a ele os pedaços mais deleitáveis de carne e bolo; mas esquecia do filho por tanto tempo que ele tinha que catar comida nesses intervalos. Acho que não o amava, mas também acredito que não amava ninguém. Ele era adorado e recebia vinho, mas depois era esquecido. Considerando isso tudo, se o príncipe era mau com ela, ficava pior sem ela. São farinha do mesmo saco.

Estremeço e imagino a solidão daquela vida, a raiva. O desejo por amor.

Não há banquete abundante demais para um homem faminto.

— Se você estiver procurando motivos para ele ter decepcionado você — diz Oriana —, vale dizer que o príncipe Cardan foi uma decepção desde o início.

Naquela noite, Oriana solta uma coruja-das-neves com uma carta presa às patas. Quando ela levanta voo no céu frio, sinto esperança.

E, mais tarde, deitada na cama, planejo como não fazia desde que fui exilada. Amanhã vou roubar a chave de Grimsen e, quando eu for embora, vou levar Fantasma comigo. Com o que sei sobre os planos de Madoc e os aliados e a localização do exército, vou forçar uma negociação para que Cardan anule meu exílio e encerre o inquérito contra Taryn. Não vou me permitir perder o foco por cartas que não recebi, nem pelo jeito como ele me olhou quando estávamos sozinhos em seus aposentos, nem pelas teorias do meu pai sobre suas fraquezas.

Infelizmente, desde a hora em que acordo, Oriana não me deixa sair do seu lado. Embora confie em mim para guardar meu segredo, não confia o bastante para me deixar andar pelo acampamento agora que sabe quem eu realmente sou.

Ela me dá roupas molhadas para esticar perto da fogueira, feijão para catar e cobertores para dobrar. Tento não fazer as tarefas muito depressa. Tento parecer irritada só porque é muito trabalho para mim, embora nunca houvesse tanto trabalho quando eu era Taryn. Não quero que ela saiba o quanto estou frustrada conforme o dia passa. Meus dedos coçam para roubar a chave de Grimsen.

Enfim, quando a noite cai, tenho uma chance.

— Leve isto para seu pai — diz Oriana, pousando uma bandeja com um bule de chá de urtiga, alguns pãezinhos embrulhados e um pote de geleia como acompanhamento. — Na barraca dos generais. Ele pediu especificamente por você.

Estou pegando a capa, torcendo para não parecer tão claramente ansiosa, quando a segunda parte do que ela disse fica clara. Um soldado me aguarda do lado de fora e me deixa mais nervosa. Oriana disse que não contaria a Madoc sobre mim, mas isso não quer dizer que ela não tenha me entregado de alguma forma. E não quer dizer que Madoc não possa ter percebido sozinho.

A barraca dos generais é grande e lotada com todos os mapas que não consegui encontrar na barraca de Madoc. Também está cheia de soldados sentados em banquinhos de acampamento cobertos de pele de bode, alguns de armadura, outros não. Quando entro, alguns levantam o olhar, mas me ignoram como fariam com uma serva.

Coloco a bandeja numa mesa e sirvo uma xícara, me obrigando a não olhar com atenção demais para o mapa aberto na frente deles. É impossível não notar que estão movendo barquinhos de madeira pelo mar, na direção de Elfhame.

— Com licença — digo, colocando o chá de urtiga na frente de Madoc. Ele abre um sorriso indulgente.

— Taryn — diz ele. — Ótimo. Andei pensando que você devia ter sua própria barraca. Você é viúva, não é mais criança.

— Que... que gentileza — agradeço, surpresa. *É* uma gentileza, mas não consigo deixar de pensar se não é como uma daquelas jogadas de xadrez que parecem inócuas de cara, mas acabam escondendo um xeque-mate.

Enquanto ele toma o chá, projeta a satisfação de alguém que tem coisas mais importantes para resolver, mas fica feliz com a oportunidade de bancar o pai dedicado.

— Prometi que sua lealdade seria recompensada.

Não consigo evitar ver um duplo sentido em tudo que ele diz e faz.

— Venha aqui — diz Madoc para um dos cavaleiros. Um goblin de armadura brilhante faz uma reverência elegante. — Arrume uma barraca para minha filha e coisas para equipá-la. — E, para mim: — Este é Alver. Não seja um tormento muito grande para ele.

Não é costumeiro agradecer aos feéricos, mas dou um beijo na bochecha de Madoc.

— Você é bom demais para mim.

Ele ri com um certo deboche, e um sorrisinho exibe um canino afiado. Desvio mais uma vez o olhar para o mapa, para os modelos de barco flutuando no mar de papel, antes de seguir Alver pela porta.

Uma hora depois, estou arrumando uma espaçosa barraca montada não muito longe da de Madoc. Oriana fica desconfiada quando chego para pegar minhas coisas, mas permite que seja feito. Até separa queijo e pão e os coloca na mesa pintada que conseguiram para mim.

— Não sei por que está tendo todo esse trabalho para decorar — diz ela depois que Alver sai. — Você vai embora amanhã.

— Amanhã? — repito.

— Recebi uma resposta da sua irmã. Ela chegará ao amanhecer para buscar você. Precisa se encontrar com ela fora do acampamento. Há uma área rochosa onde Vivi pode aguardar em segurança. E quando você deixar um bilhete para seu pai, espero que seja convincente.

— Vou fazer o melhor possível — afirmo.

Ela aperta os lábios em uma linha fina. Talvez eu devesse ficar agradecida, mas estou irritada demais com ela. Se não tivesse desperdiçado a maior parte do meu dia, minha noite seria bem mais fácil.

Vou ter que lidar com os guardas de Fantasma. Não será possível entrar sorrateiramente dessa vez.

— Você pode me dar um pouco de papel? — peço e, quando ela concorda, pego um odre de vinho também.

Sozinha em minha nova barraca, esmago a docemorte e coloco um pouco no vinho, para ficar em infusão por pelo menos uma hora antes que eu possa remover os pedaços da planta. Deve ficar forte o bastante para fazê-los dormir por pelo menos um dia e uma noite, mas sem matar. Porém, estou ciente de que o tempo de preparação não está do meu lado. Meus dedos não têm destreza, o nervosismo me atrapalha demais.

— Taryn? — Madoc puxa a aba da barraca e me faz pular. Ele olha ao redor e admira a própria generosidade. Seu olhar volta a mim, e ele franze a testa. — Está tudo bem?

— Você me assustou — respondo.

— Venha jantar com a companhia.

Por um momento, tento inventar uma desculpa, dar a ele um motivo para eu ficar para trás e, assim, poder ir até a forja de Grimsen. Mas não posso me dar ao luxo de despertar sua desconfiança, não agora, com minha fuga tão próxima. Decido acordar à noite, bem antes do amanhecer, e ir nessa hora.

E, então, como com Madoc uma última vez. Belisco as bochechas para ficar corada e prendo o cabelo em uma nova trança. E, se ajo com mais gentileza do que o normal naquela noite, com mais deferência, se rio mais alto que o normal, é porque sei que nunca mais vou fazer aquilo. Ele nunca mais vai se comportar assim comigo. Só nessa última noite, ele é o pai de que melhor me lembro, em cuja sombra me tornei, para o bem ou para o mal, o que sou agora.

CAPÍTULO

13

Acordo com a pressão da mão de alguém na boca. Golpeio com o cotovelo na direção de onde acho que a pessoa está, e fico satisfeita ao ouvir uma inspiração profunda, como se eu tivesse acertado uma parte vulnerável. Há uma risada abafada à esquerda. São duas pessoas, então. E uma delas não está muito preocupada comigo, o que é alarmante. Enfio a mão embaixo do travesseiro para pegar a faca.

— Jude — diz Barata, ainda rindo. — Viemos te salvar. Gritar seria péssimo para o plano.

— Sorte sua que não enfiei a faca em você! — Minha voz sai mais rouca do que a intenção, a raiva disfarçando o tamanho de meu pavor.

— Eu falei para ele tomar cuidado — comenta Barata. Ouve-se um som rápido, e uma luz surge em uma caixinha, iluminando o rosto irregular de goblin do espião. Ele está sorrindo. — Mas ele quis ouvir? Eu teria dado uma ordem se não fosse um pequeno detalhe: ele é o Grande Rei.

— Cardan mandou você aqui? — pergunto.

— Não exatamente — responde Barata, movendo a luz para que eu veja a pessoa com ele, em quem dei uma cotovelada. O Grande Rei de Elfhame veste lã marrom comum, uma capa nas costas de um tecido tão escuro que parece absorver luz, a lâmina embainhada no quadril. Não usa a coroa na testa nem anéis nos dedos, nem tinta dourada iluminando as bochechas. Parece um espião da Corte das Sombras, até o sorriso malicioso no canto da linda boca.

Ao olhar para ele, me sinto meio tonta com uma combinação de choque e descrença.

— Você não devia estar aqui.

— Também falei isso — continua Barata. — Sinto falta da época em que quem mandava era você. Grandes Reis não deviam ficar perambulando por aí como rufiões comuns.

Cardan ri.

— Que tal rufiões incomuns?

Apoio as pernas no chão, e a risada para. Barata volta o olhar para o teto. Fico ciente, de repente, de que estou usando uma camisola que Oriana me emprestou, uma camisola totalmente transparente.

Minhas bochechas ficam tão quentes de raiva que mal sinto o frio.

— Como me encontraram? — Vou até o outro lado da barraca, tateio até o local onde deixei o vestido e o visto por cima da camisola. Enfio a faca em uma bainha.

Barata olha para Cardan.

— Sua irmã, Vivienne. Ela apareceu perante o Grande Rei com uma mensagem de sua madrasta. Estava com medo de ser uma armadilha. Eu também estava com medo de ser uma armadilha. Uma armadilha para *ele*. Talvez até para mim.

Foi por isso que eles se deram ao trabalho de me pegar em meu momento mais vulnerável. Mas por que vir até aqui? E considerando todos os disparates que minha irmã mais velha disse sobre Cardan, por que ela confiaria aquilo a ele?

— Vivi foi *te* procurar?

— Nós conversamos depois que Madoc levou você do palácio — começa Cardan. — E quem encontrei na casinha dela, se não Taryn? Tivemos muito a dizer uns para os outros.

Tento imaginar o Grande Rei no mundo mortal, parado na frente do nosso apartamento, batendo à porta. Que roupa ridícula ele vestiu? Será que se sentou no sofá caroçudo e tomou café, como se não desprezasse tudo que havia em volta?

Será que perdoou Taryn, quando se recusava a me perdoar?

Penso em Madoc e sua crença de que Cardan deseja ser amado. Pareceu besteira e parece mais besteira ainda agora. Ele encanta todo mundo, até minhas irmãs. É uma força gravitacional e atrai tudo em sua direção.

Mas não sou tão facilmente enganada agora. Se ele está aqui, tem objetivos próprios. Talvez permitir que sua rainha caia nas mãos dos inimigos seja perigoso para ele. O que quer dizer que tenho poder. Só preciso descobri-lo e encontrar um jeito de usá-lo contra ele.

— Não posso acompanhá-los ainda — aviso, vestindo uma meia-calça grossa e enfiando o pé em uma bota pesada. — Tenho uma coisa para fazer. E uma coisa que preciso que vocês me deem.

— Talvez possa permitir ser resgatada — diz Cardan. — Só desta vez. — Mesmo com as roupas comuns, a cabeça desprovida de qualquer coroa, ele não consegue disfarçar o quanto se acostumou ao papel de rei. Quando um monarca tenta lhe dar um presente, você não pode recusar.

— Talvez possa apenas me dar o que eu quero — declaro.

— O quê? — pergunta Barata. — Vamos botar as cartas na mesa, Jude. Suas irmãs e a amiga delas estão esperando com os cavalos. Temos que ser rápidos.

Minhas *irmãs*? As duas? E uma amiga... Heather?

— Vocês deixaram que viessem?

— Elas insistiram, e como eram elas que sabiam onde você estava, não tivemos escolha. — Barata está frustrado com a situação toda, dá para ver. É arriscado trabalhar com gente sem treinamento. É arriscado ter o Grande Rei agindo como seu soldado de infantaria. É arriscado que a pessoa que está tentando resgatar, possivelmente uma traidora, comece a se meter em seu plano.

Mas é problema dele, não meu. Eu me aproximo e pego a luz de sua mão para procurar o odre de vinho.

— Isto está batizado com poção do sono. Eu ia levar para uns guardas, roubar uma chave e libertar um prisioneiro. Nós íamos fugir juntos.

— Prisioneiro? — repete Barata com cautela.

— Eu vi os mapas na sala de guerra de Madoc — revelo. — Sei a formação na qual ele pretende velejar contra Elfhame e sei o número

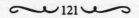

121

de navios. Sei quais são os soldados deste acampamento e quais cortes estão ao seu lado. Sei o que Grimsen está fazendo na forja. Se Cardan me prometer passagem livre até Elfhame e acabar com meu exílio quando chegarmos, darei tudo a vocês. Além do mais, receberão o prisioneiro em suas mãos antes que ele possa ser usado contra vocês.

— Se você estiver falando a verdade — diz Barata. — E não nos levando para uma rede feita por Madoc.

— Protejo meus interesses — rebato. — Você mais do que qualquer pessoa devia entender isso.

Barata olha para Cardan. O Grande Rei me encara de um jeito estranho, como se desejasse dizer alguma coisa, mas estivesse se controlando.

Por fim, ele pigarreia.

— Como você é mortal, Jude, não posso acreditar em suas promessas. Mas pode acreditar nas minhas: eu garanto passagem segura. Volte pra Elfhame comigo e lhe darei os meios para encerrar seu exílio.

— Os *meios* para encerrar? — pergunto. Se ele acha que não sei que não devo concordar com aquilo, esqueceu tudo que vale a pena saber sobre mim.

— Volte pra Elfhame, me conte o que quer contar e seu exílio vai terminar — diz ele. — Prometo.

Sinto triunfo seguido de cautela. Ele me enganou uma vez. Parada na frente de Cardan, lembro que acreditei que a proposta de casamento foi feita com sinceridade, o que faz eu me sentir pequena e insignificante e muito, muito mortal. Não posso me permitir ser enganada de novo.

Eu assinto.

— Madoc está com Fantasma como prisioneiro. Grimsen tem a chave de que precisamos...

Barata me interrompe.

— Você quer *soltar* Fantasma? Vamos estripá-lo como um hadoque. É mais rápido e bem mais satisfatório.

— Madoc sabe seu nome verdadeiro. Soube por Locke — conto a eles.

— Seja qual for a punição que Fantasma merece, vocês podem executá-la quando ele voltar à Corte das Sombras. Mas não é morte.

— Locke? — repete Cardan, e suspira. — Sim, tudo bem. O que temos que fazer?

— Eu planejava entrar sorrateiramente na forja de Grimsen e roubar a chave das correntes de Fantasma — revelo.

— Eu ajudo — diz Barata, e se vira para Cardan. — Mas você, senhor, não vai de jeito nenhum. Nos espere com Vivienne e as outras.

— Eu vou — insiste Cardan. — Você não pode me ordenar que não vá.

Barata balança a cabeça.

— Mas posso aprender com o exemplo de Jude. Posso pedir uma promessa. Se formos vistos, se houver uma emboscada, prometa que vai voltar para Elfhame imediatamente. Você deve fazer tudo em seu poder para chegar a um lugar seguro, custe o que custar.

Cardan me olha como se quisesse ajuda. Como fico em silêncio, ele franze a testa, irritado com nós dois.

— Apesar de vestido com a capa que Mãe Marrow fez para mim, a que desvia qualquer lâmina, ainda prometo fugir com o rabo entre as pernas. E como eu, literalmente, tenho rabo, deve ser divertido para todo mundo. Estão satisfeitos?

Barata grunhe em aprovação, e saímos da barraca. O odre de vinho cheio de veneno bate em meu quadril enquanto caminhamos pelas sombras. Apesar de ser tarde, alguns soldados andam entre barracas, reunidos para beber, jogar dados ou brincar de charadas. Outros cantam, acompanhando uma melodia dedilhada em um alaúde por um goblin vestido de couro.

Barata se move com facilidade de sombra em sombra. Cardan segue atrás, mais silencioso do que eu imaginaria. Não tenho prazer nenhum em admitir que ele me ultrapassou no quesito andar sorrateiro. Posso fingir que é porque feéricos têm uma habilidade natural, mas desconfio de que ele tenha praticado mais do que eu ultimamente. Esqueci muito do que aprendi, mas, para ser justa, gostaria de saber quanto tempo ele passou estudando todas as coisas que devia saber para ser *o governante de Elfhame*. Não, esses estudos ficaram sob minha responsabilidade.

Com esses pensamentos ressentidos girando na mente, nós nos aproximamos da forja. Está silenciosa, as brasas frias. Nenhuma fumaça nas chaminés de metal.

— E você *viu* essa chave? — pergunta Barata, aproximando-se de uma janela e limpando a sujeira para tentar ver pela vidraça.

— É de cristal e está pendurada na parede — respondo, sem ver nada pelo vidro embaçado. Está escuro demais lá dentro para meus olhos. — E ele começou uma espada nova para Madoc.

— Eu não me importaria de quebrá-la antes que seja colocada em meu pescoço — diz Cardan.

— Procure a maior — aviso. — É ela.

Barata franze a testa. Não tenho como descrever melhor; na última vez que a vi, era pouco mais que uma barra de metal.

— Bem maior — insisto.

Cardan ri.

— E temos que tomar cuidado — aconselho, pensando nas pedras preciosas dos brincos de Grimsen, que podem dar beleza ou roubá-la. — Deve haver armadilhas.

— Vamos entrar e sair rápido — diz Barata. — Mas eu me sentiria bem melhor se vocês dois ficassem de fora e me deixassem entrar sozinho.

Como nenhum de nós responde, o goblin se agacha para arrombar a fechadura da porta. Depois de aplicar um pouco de óleo nas engrenagens, elas se abrem silenciosamente.

Eu o sigo para dentro. O luar se reflete na neve de modo que até meus pobres olhos mortais conseguem enxergar na oficina. Há uma confusão de itens, alguns com pedras preciosas, alguns afiados, todos empilhados uns sobre os outros. Há várias espadas em um suporte de chapéus, uma com um cabo enrolado como uma cobra. Mas não dá para confundir qual é a de Madoc. Está em uma mesa, sem ter sido afiada nem polida ainda, o cheiro intenso. Há fragmentos de raiz pálidos como ossos ao lado, esperando para serem entalhados e encaixados no cabo.

Pego a chave de cristal na parede com cuidado. Cardan está ao meu lado, olhando a variedade de objetos. Barata vai até a espada.

Ele está na metade do caminho quando o som de um relógio toca. No alto da parede, duas portas embutidas se abrem e revelam um buraco redondo. Só tenho tempo de apontar e soltar um muxoxo de aviso antes que uma saraivada de dardos dispare em nossa direção.

Cardan se coloca a minha frente e puxa a capa. As agulhas de metal quicam no tecido e caem no chão. Por um momento, nos encaramos, os olhos arregalados. Ele parece tão surpreso quanto eu por ter me protegido.

Do buraco de onde os dardos saíram surge um pássaro de metal. O bico se abre e se fecha.

— Ladrões! — grita. — Ladrões! Ladrões!

Lá fora, ouço gritos.

Vejo Barata do outro lado da sala. Sua pele parece pálida. Ele está prestes a dizer alguma coisa, o rosto em sofrimento, quando cai sobre um dos joelhos. Os dardos devem tê-lo acertado. Corro até lá.

— O que tinha nos dardos que o acertaram? — pergunta Cardan.

— Docemorte — digo. Provavelmente tirado do mesmo canteiro que encontrei na floresta. — Bomba pode ajudar. Ela pode fazer um antídoto.

Espero que possa, pelo menos. Espero que haja tempo.

Com facilidade surpreendente, Cardan pega Barata nos braços.

— Me diga que esse não era seu plano — suplica ele. — Diga logo.

— Não — asseguro. — Claro que não. Eu juro.

— Então venha — diz ele. — Meu bolso está cheio de erva-de-santiago. Podemos voar.

Balanço a cabeça.

— *Jude* — avisa ele.

Não temos tempo de discutir.

— Vivi e Taryn ainda estão me esperando. Não vão saber o que houve. Se eu não for até elas, serão pegas.

Não sei se ele está em dúvida se deve acreditar, mas só levanta Barata para poder soltar a capa com uma das mãos.

— Pegue isto e *não pare* — ordena ele, a expressão feroz. E sai para a noite, carregando Barata nos braços.

Sigo para o bosque, sem correr e sem me esconder exatamente, mas andando rápido e amarrando a capa nos ombros no caminho. Olho para trás uma vez, e vejo os soldados em volta da forja... alguns entrando na barraca de Madoc.

Prometi ir direto até Vivi, mas menti. Vou para a caverna. Ainda há tempo, digo a mim mesma. O incidente na forja é uma distração excelente. Se estiverem procurando invasores ali, não vão me procurar aqui, com Fantasma.

Meu otimismo parece confirmado quando me aproximo. Os guardas não estão nos postos. Solto um suspiro de alívio e corro para dentro.

Mas Fantasma não está mais acorrentado. Simplesmente não está lá. No lugar dele vejo Madoc, vestindo armadura completa.

— Infelizmente, você chegou tarde — diz ele. — Muito tarde.

Ele desembainha a espada.

CAPÍTULO
14

O medo me rouba o fôlego. Além de não ter uma arma com o alcance da espada de Madoc, é inimaginável vencer uma batalha contra a pessoa que me ensinou quase tudo que sei. E, ao encará-lo, percebo que foi até o local para lutar.

Ajusto a capa em volta do corpo, mais agradecida do que sou capaz de expressar. Sem ela, eu não teria a menor chance.

— Quando soube que era eu, e não Taryn? — pergunto.

— Mais tarde do que deveria — responde ele casualmente, dando um passo em minha direção. — Mas eu não estava *procurando*, estava? Não, foi uma coisinha. Sua expressão quando viu aquele mapa das ilhas de Elfhame. Só isso e tudo que disse e fez ruiu, e vi que era coisa sua.

Fico agradecida em saber que ele não descobriu desde o começo. O que quer que ele tenha planejado teve que ser feito às pressas, pelo menos.

— Cadê Fantasma?

— *Garrett* — corrige ele, debochando de mim com uma parte do nome real de Fantasma, o nome que Fantasma nunca me contou, mesmo quando eu poderia tê-lo usado para neutralizar as ordens que ele recebeu de Madoc. — Mesmo que viva, nunca vai impedi-lo a tempo.

— Você o mandou atrás de quem? — Minha voz treme um pouco, imaginando Cardan fugindo do acampamento de Madoc só para ser alvejado em seu palácio, como quase foi certa vez, na própria cama.

O sorriso de Madoc é cheio de dentes afiados e satisfação, como se eu estivesse aprendendo uma lição.

— Você ainda é leal àquela marionete. Por quê, Jude? Não seria melhor se ele levasse uma flechada no coração em seu próprio salão? Você não pode acreditar que ele seja um Grande Rei melhor do que eu seria.

Encaro Madoc, e minha boca forma as palavras antes que eu consiga contê-las.

— Talvez eu acredite que seja hora de Elfhame ser governada por uma rainha.

Ele ri ao ouvir aquilo, um som de surpresa.

— Você acha que Cardan vai abrir mão do poder? Para você? Criança mortal, você sabe que não. Ele a exilou. Insultou. Ele jamais vai deixar de enxergá-la como inferior.

Não é nada em que eu mesma já não tenha pensado, mas suas palavras ferem como golpes.

— Aquele garoto é sua fraqueza. Mas não se preocupe — continua Madoc. — O reinado dele será curto.

Sinto certa satisfação no fato de que Cardan esteve aqui, debaixo do nariz de Madoc, e escapou. Mas todo o resto é horrível. Fantasma sumiu. Barata foi envenenado. Eu cometi erros. Nesse momento, Vivi e Taryn, e talvez Heather, estão me esperando na neve, ficando mais e mais preocupadas com o despontar da aurora no horizonte.

— Renda-se, criança — exige Madoc, parecendo sentir um pouco de pena de mim. — Está na hora de aceitar sua punição.

Dou um passo para trás. Minha mão vai até a faca por instinto, mas lutar com ele, sendo que ele está de armadura *e* tem uma arma com alcance superior, parece má ideia.

Madoc me olha com incredulidade.

— Vai me desafiar até o fim? Quando eu pegar você, vou mantê-la acorrentada.

— Jamais quis ser sua inimiga — digo. — Mas também não queria estar sob seu poder. — Com isso, saio correndo pela neve. Faço a única coisa que falei para mim mesma que nunca faria.

— Não fuja de mim! — grita ele, um eco horrível de suas palavras finais para minha mãe.

A lembrança de sua morte acelera minhas pernas. Nuvens de ar saem dos meus pulmões. Eu o ouço disparando atrás de mim, o grunhido de sua respiração.

Enquanto corro, minha esperança de despistá-lo na floresta diminui. Por mais que eu ziguezagueie, ele não desiste. Meu coração troveja no peito, e sei que, acima de tudo, não posso levá-lo até minhas irmãs.

Pelo visto, estou longe de parar de cometer erros.

Uma respiração, duas. Puxo a faca. Três respirações. Eu me viro.

Como não estava esperando, ele se choca contra mim. Passo por sua guarda, enfio a faca na lateral de seu corpo e acerto no ponto onde as placas da armadura se encontram. O metal ainda amortece a maior parte do golpe, mas o vejo fazer uma careta.

Ele ajeita o braço e me dá um tapa que me derruba na neve.

— Você sempre foi boa — diz ele, me olhando. — Só não o suficiente.

Ele está certo. Aprendi muito sobre espadas com ele, com Fantasma, mas não estudei durante *a maior parte de uma vida imortal*. E, durante bastante tempo do ano anterior, estive ocupada aprendendo a ser senescal. O único motivo para eu ter durado tanto em nosso último confronto foi porque ele havia sido envenenado. O único motivo para eu ter vencido Grima Mog foi porque ela não esperava que eu fosse minimamente boa. Madoc me conhece.

Além disso, contra Grima Mog, empunhava uma faca bem mais comprida.

— Você não vai querer tornar esse embate mais justo, vai? — pergunto, me levantando. — Você poderia lutar com uma das mãos nas costas para deixar as coisas mais equilibradas.

Ele sorri e me rodeia.

De repente, ele ataca, minha única opção é bloquear o golpe. Sinto o esforço reverberar por todo o braço. O que ele está fazendo é óbvio, mas, mesmo assim, terrivelmente eficiente. Está me cansando, me fazendo bloquear e desviar repetidamente, e, ao mesmo tempo, me impedindo de me aproximar o bastante para golpeá-lo. Ao me manter concentrada na defesa, ele está me exaurindo.

O desespero começa a me afetar. Eu poderia me virar e correr de novo, mas estaria na mesma situação que antes, correndo sem ter para onde fugir. Enquanto bloqueio os golpes com minha adaga patética, pondero as poucas opções que tenho, que só diminuem.

Não demora para que eu fraqueje. A espada acerta a capa que cobre meu ombro. O tecido da Mãe Marrow continua intacto.

Ele hesita, surpreso, e ataco sua mão. É um golpe baixo. Mas tiro sangue e ele berra.

Então pega a capa e enrola na mão a fim de me puxar para perto. As tiras me sufocam, depois se soltam. A espada penetra em meu flanco, na barriga.

Eu o encaro por um momento, os olhos arregalados.

Parece tão surpreso quanto eu.

Eu já devia saber, mas parte de mim ainda acreditava que Madoc não daria nenhum golpe mortal.

Madoc, que foi meu pai desde que matou meu pai. Madoc, que me ensinou a empunhar uma espada de forma a acertar a pessoa, e não só sua lâmina. Madoc, que me segurou no colo e leu para mim e me disse que me amava.

Caio de joelhos. Minhas pernas cedem sob mim. A lâmina do meu pai sai do meu corpo coberta com meu sangue. Minha perna está molhada. Estou me esvaindo em sangue.

Sei o que acontece agora. Ele vai desferir o golpe final. Vai cortar minha cabeça. Vai atravessar meu coração. Um golpe que, na verdade, é uma gentileza. Afinal, quem quer morrer devagar quando pode morrer rápido?

Eu.

Não quero morrer rápido. Não quero morrer.

Ele levanta a espada, hesita. Meus instintos animais entram em ação e me fazem ficar de pé. Minha visão dança um pouco, mas a adrenalina está do meu lado.

— Jude — diz Madoc, e pela primeira vez, desde que consigo lembrar, há medo em sua voz. Um medo que não entendo.

Nesse momento, três flechas pretas voam por mim através do campo gelado. Duas passam por cima de Madoc e a outra o acerta no ombro do braço da espada. Ele grita, muda a lâmina de mãos e procura quem o atacou. Por um momento, sou esquecida.

Outra flecha voa da escuridão. Essa o acerta no meio do peito. Penetra a armadura. Não fundo a ponto de matá-lo, mas deve ter doído.

De trás de uma árvore, Vivi aparece. Ao seu lado, está Taryn, com Cair da Noite no quadril. E, com elas, outra pessoa, que no fim das contas não é Heather.

Grima Mog, com a espada na mão, está montada em um pônei de erva-de-santiago.

CAPÍTULO
15

Eu me obrigo a me mover. Um passo atrás do outro, e cada um fazendo a lateral de meu corpo protestar.

— Pai — ordena Vivi. — Fique onde está. Se tentar impedi-la, tenho muitas outras flechas. Durante boa parte da minha vida, venho esperando o momento de te derrubar.

— Você? — pergunta Madoc, com desprezo. — O único jeito de você ser responsável por meu fim seria por acidente. — Ele estica a mão e quebra a haste de flecha que sai do peito. — Tenha mais cuidado. Meu exército está atrás da colina.

— Vá chamá-lo, então — declara Vivi, com a voz meio histérica. — Vá buscar seu maldito exército inteiro.

Madoc olha em minha direção. Deve ser uma visão e tanto me ver encharcada de sangue, a mão no flanco. Ele hesita de novo.

— Ela não vai conseguir. Me deixe...

Três outras flechas voam até ele em resposta. Nenhuma o atinge, o que não é um elogio à pontaria de Vivi. Mas espero que ele acredite que aquele erro foi proposital.

Sou dominada por uma onda de tontura. Eu me apoio em um dos joelhos.

— Jude. — A voz da minha irmã parece próxima. Não a de Vivi. A de Taryn. Ela está com Cair da Noite, a espada em uma das mãos, mantendo a outra esticada em minha direção. — Jude, você tem que se levantar. Fique comigo.

Minha expressão deve parecer a de quem vai desmaiar.

— Estou aqui — afirmo, segurando sua mão e deixando que ela sustente meu peso. Cambaleio para a frente.

— Ah, Madoc. — É a voz mordaz de Grima Mog. — Faz uma semana que sua filha me desafiou. Agora, sei quem ela realmente queria matar.

— Grima Mog — diz Madoc, baixando a cabeça de leve, indicando respeito. — Seja qual for o motivo que a fez vir até aqui, isso não tem nada a ver com você.

— Ah, não? — responde ela, farejando no ar. Provavelmente sentindo o cheiro do meu sangue. Eu devia ter alertado Vivi sobre ela quando tive oportunidade, mas, não importa como Grima veio parar aqui, estou feliz. — Estou sem trabalho, e parece que a Grande Corte está precisando de uma general.

Madoc parece momentaneamente confuso, sem perceber que ela viajou até lá com o próprio Cardan. Mas ele vê uma oportunidade.

— Minhas filhas são malvistas pela Grande Corte, mas tenho trabalho para você, Grima Mog. Vou cobri-la de recompensas, e você vai me ajudar a conquistar um trono. É só trazer minhas garotas para mim. — Esse final foi um rosnado, não em minha direção especificamente, mas na de todas nós. As filhas traidoras.

Grima Mog olha para além de Madoc, para onde seu exército está reunido. O rosto exibe uma expressão saudosa, provavelmente está pensando nas próprias tropas.

— Você combinou essa proposta com a Corte dos Dentes? — pergunto, com um olhar negligente para ele.

A expressão de Grima Mog fica rígida.

Madoc lança um olhar irritado em minha direção que se transforma em outra coisa, algo com um pouco mais de lamento.

— Talvez você prefira vingança a recompensas. Mas posso lhe dar ambos. É só me ajudar.

Eu sabia que ele não gostava de Nore e Jarel.

Mas Grima Mog balança a cabeça.

— Suas filhas me pagaram em ouro para protegê-las e lutar por elas. E pretendo fazer exatamente isso, Madoc. Há muito tempo me pergunto qual de nós venceria um embate. Vamos descobrir?

Ele hesita, olha para a espada de Grima Mog, para o enorme arco preto de Vivi, para Taryn e Cair da Noite. Por fim, olha para mim.

— Me deixe levá-la para o acampamento, Jude — diz Madoc. — Você está morrendo.

Balanço a cabeça.

— Vou ficar aqui.

— Adeus, então, filha — se despede Madoc. — Você teria sido uma ótima barrete vermelho.

Com isso, ele recua pela neve, sem virar as costas. Eu o observo, aliviada demais com sua retirada para sentir a raiva de ser ele o motivo da minha dor. Estou cansada demais para ter raiva. Ao meu redor, a neve parece macia, como camas com penas empilhadas. Imagino me deitar e fechar os olhos.

— Venha — diz Vivi para mim. Ela parece estar implorando um pouco. — A gente precisa levar você até nosso acampamento, onde estão os outros cavalos. Não é longe.

Minha lateral está pegando fogo. Mas tenho que me mover.

— Me costure — peço, tentando afastar a letargia crescente. — Me costure aqui.

— Ela está sangrando — alerta Taryn. — Muito.

Sou tomada de uma certeza cega de que, se não fizer alguma coisa agora, não vai restar nada a ser feito. Madoc está certo. Vou morrer aqui, na neve, diante das minhas irmãs. Vou morrer aqui, e ninguém vai saber que já houve uma Rainha do Reino das Fadas mortal.

— Coloque terra e folhas no ferimento e costure — ensino. Minha voz parece vir de longe, e não sei se o que digo faz sentido. Mas me lembro de Bomba falando que o Grande Rei está conectado à terra, que Cardan teve que usá-la para se curar. E me lembro que ela o fez comer um punhado de lama.

Talvez eu possa me curar também.

— Você vai ter uma infecção — informa Taryn. — Jude...

— Não sei se vai dar certo. Não sou mágica — digo para ela. Sei que estou deixando partes de fora. Sei que não estou explicando do jeito certo, mas tudo está meio solto agora. — Mesmo que eu seja a verdadeira rainha, a terra pode não ter nada a ver comigo.

— Verdadeira rainha? — repete Taryn.

— Porque ela se casou com Cardan — explica Vivi, parecendo frustrada. — É disso que ela está falando.

— O quê? — pergunta Taryn, atônita. — Não.

A voz de Grima Mog soa rouca e áspera.

— Faça. Você ouviu. Embora ela deva ser a criança mais tola do mundo para se meter nessa situação.

— Não entendi — replica Taryn.

— Não cabe a nós questionar, cabe? — argumenta Grima Mog. — Se a Grande Rainha de Elfhame nos dá uma ordem, nós a cumprimos.

Seguro a mão de Taryn.

— Você é boa com a agulha — acrescento, com um gemido. — Me costure. Por favor.

Ela assente, os olhos meio arregalados.

Não posso fazer nada além de ter esperanças quando Grima Mog tira a capa dos ombros e a abre na neve. Eu me deito e tento não fazer uma careta quando rasgam meu vestido para expor meu corpo.

Ouço alguém suspirar intensamente.

Olho para o céu do amanhecer e me pergunto se Fantasma chegou ao Palácio de Elfhame. Lembro do gosto dos dedos de Cardan sobre minha boca na hora que a dor explode em meu flanco. Engulo um grito e outro conforme a agulha vai mergulhando no ferimento. As nuvens passam no céu.

— Jude? — A voz de Taryn parece a de alguém tentando segurar as lágrimas. — Você vai ficar bem, Jude. Acho que está dando certo.

Mas, se está dando certo, por que ela está falando assim?

— Nada... — Consigo falar a palavra, mas por pouco. Eu me obrigo a sorrir. — Preocupada.

— Ah, Jude — diz ela. Sinto a mão de alguém em minha testa. Está tão quente, o que me faz pensar que devo estar muito gelada.

— Em toda a minha vida, nunca vi nada assim — declara Grima Mog com voz sussurrada.

— Ei — alerta Vivi, a voz trêmula. Não parece ela mesma. — O ferimento está fechado. Como você está se sentindo? Porque tem uma coisa estranha acontecendo.

Minha pele parece toda espetada de urtigas, mas a dor intensa e quente sumiu. Consigo me mexer. Rolo para o lado bom e fico de joelhos. A lã embaixo de mim está encharcada de sangue. Bem mais sangue do que estou preparada para acreditar que tenha saído de mim.

Em volta da bainha da capa, vejo pequeninas flores brancas nascendo na neve, a maioria ainda em botão, mas algumas se abrem sob meu olhar. Fico olhando fixamente, sem saber direito o que estou vendo.

Quando entendo, não consigo assimilar.

As palavras de Baphen sobre o Grande Rei me voltam à mente: *Quando o sangue dele cai, coisas crescem.*

Grima Mog se apoia em um dos joelhos.

— Minha rainha — diz ela. — Às suas ordens.

Não consigo acreditar que ela está dizendo essas palavras para mim. Não consigo acreditar que a terra me escolheu.

Eu tinha meio que me convencido de que estava fingindo ser Grande Rainha, assim como fingi ser senescal.

Um momento depois, tudo volta intensamente. Eu me levanto. Se não me mover agora, nunca vou chegar a tempo.

— Preciso chegar ao palácio. Você pode cuidar das minhas irmãs?

Vivi me olha com severidade.

— Você mal se aguenta em pé.

— Montarei o pônei de erva-de-santiago. — Indico o animal com a cabeça. — Vocês seguem com os cavalos que estão no acampamento.

— Onde está Cardan? O que houve com aquele goblin que estava viajando com ele? — Vivi parece pronta a gritar. — Eles tinham que tomar conta de você.

— O goblin disse que se chamava Barata — lembra Taryn.

— Ele foi envenenado — digo, dando alguns passos. Meu vestido está aberto na lateral, o vento sopra neve na pele exposta. Eu me obrigo a ir até o cavalo, a tocar na crina fina. — E Cardan teve que levá-lo correndo até um antídoto. Mas ele não sabe que Madoc mandou Fantasma atrás dele.

— Fantasma — repete Taryn.

— É ridículo todos agirem como se matar um rei tornasse o assassino um rei melhor — argumenta Vivi. — Imagine se, no mundo mortal, um advogado passasse no exame da ordem matando outro advogado.

Não tenho ideia do que minha irmã está falando. Grima Mog me olha com solidariedade e enfia a mão na jaqueta para tirar um frasco com rolha.

— Tome um gole disto — diz ela para mim. — Vai ajudar a seguir em frente.

Nem pergunto o que é. Já passei desse ponto. Só dou um gole grande. O líquido desce ardendo em minha garganta e me faz tossir. Com a queimação na barriga, monto no cavalo.

— Jude — alerta Taryn, botando a mão em minha perna. — Precisa tomar cuidado para não arrebentar os pontos. — Quando concordo, ela solta a bainha que carrega na cintura e a passa para mim. — Leve Cair da Noite.

Já me sinto melhor com uma arma na mão.

— A gente te encontra lá — avisa Vivi. — Não vá cair do cavalo.

— Obrigada — agradeço, esticando as mãos. Vivi segura uma, e Taryn a outra. Eu aperto as duas.

Quando o cavalo dispara pelo ar gelado, vejo as montanhas abaixo, assim como o exército de Madoc. Olho para minhas irmãs, correndo pela neve. Minhas irmãs que, apesar de tudo, vieram me salvar.

CAPÍTULO
16

O céu se aquece enquanto voo para Elfhame. Segurando-me na crina do cavalo de erva-de-santiago, engulo borrifadas de água do mar e vejo as ondas quebrando abaixo. Apesar de a terra ter me salvado da morte, não estou totalmente recuperada. Quando me mexo, a lateral do meu corpo dói. Sinto os pontos me mantendo inteira, como se eu fosse uma boneca de pano com o enchimento prestes a sair.

E quanto mais me aproximo, mais pânico sinto.

Não seria melhor se ele levasse uma flechada no coração em seu próprio salão?

É hábito de Fantasma planejar assassinatos como uma aranha de alçapão: encontra um lugar de onde atacar e espera que a vítima chegue. Ele me levou às vigas da Corte de Elfhame para meu primeiro assassinato e me mostrou como fazer. Apesar do sucesso daquele assassinato, nada no interior da enorme câmara mudou: sei porque, pouco depois, assumi o poder e fui eu que não mudei nada.

Meu primeiro impulso é me apresentar no portão e exigir ser levada ao Grande Rei. Cardan prometeu acabar com meu exílio, e independentemente de suas intenções, pelo menos eu poderia lhe avisar sobre Fantasma. Mas tenho medo de que algum cavaleiro ansioso se apresse em decidir que devo perder a vida primeiro e levar a mensagem depois, isso se levar.

Meu segundo pensamento é de entrar no palácio pelo antigo quarto da mãe de Cardan e, pela passagem secreta, chegar aos aposentos do Grande Rei. Mas, se ele não estiver lá, vou continuar presa, sem poder passar pelos guardas que protegem sua porta. E voltar seria uma grande perda de tempo. Um tempo que já está curto.

Com a Corte das Sombras bombardeada e nenhuma ideia de para onde o grupo se mudou, também não posso seguir esse caminho.

Só me resta uma opção: caminhar para dentro do castelo. Uma mortal com trajes de serva com certeza passaria despercebida, mas sou conhecida demais para esse truque funcionar, a não ser que eu esteja muito bem disfarçada. Só que tenho pouco acesso a roupas. Meus aposentos, no interior do palácio, são inalcançáveis. A casa de Taryn, antiga casa de Locke e com os servos de Locke ainda em seu interior, é perigosa demais. Mas a fortaleza de Madoc... abandonada, com roupas que eram de Taryn, de Vivi e minhas ainda penduradas em armários esquecidos...

Pode dar certo.

Voo baixo junto às árvores, feliz por ter chegado no fim da manhã, quando a maioria dos feéricos ainda está na cama. Pouso perto dos estábulos e desmonto do pônei. Ele se desfaz na mesma hora em erva-de-santiago, a magia já forçada ao extremo. Dolorida e bem devagar, sigo em direção à casa. Em minha cabeça, medos e esperanças colidem em uma repetição de palavras ininterruptas:

Que Barata esteja bem.

Que Cardan não seja atingido. Que Fantasma seja desajeitado.

Que eu entre com facilidade. Que eu consiga impedi-lo.

Não me distraio a fim de me perguntar por que estou tão desesperada para salvar uma pessoa pela qual jurei não mais alimentar qualquer sentimento. Não vou pensar no assunto.

Dentro da propriedade, boa parte dos móveis desapareceu. O que restou exibe o estofamento rasgado, como se houvesse fadinhas ou esquilos morando em seu interior. Meus passos ecoam quando subo a escadaria familiar, agora estranha com o vazio dos aposentos. Não vou até meu antigo quarto. Vou ao de Vivi, onde encontro o armário ainda cheio. Desconfiei de que ela devia ter deixado muitas coisas quando foi morar no mundo humano, e meu palpite foi positivo.

Encontro meias elásticas em tom cinza-escuro, uma calça e uma jaqueta justa. Está ótimo. Enquanto troco de roupa, sou acometida de uma onda de tontura e preciso me apoiar na moldura da porta até que passe e eu recupere o equilíbrio. Tiro a blusa e faço o que vinha evitando: examino o ferimento. Pontos de sangue seco grudaram na marca vermelha do golpe de Madoc, e a costura caprichada mantém o corte fechado. O trabalho ficou bonito e bem-feito, e agradeço a Taryn por isso. Mas basta um olhar e uma sensação fria e trêmula me invade. Principalmente nos pontos mais vermelhos, onde já há sinais de cicatrização.

Deixo o vestido cortado e ensanguentado em um canto, junto das botas. Com dedos trêmulos, prendo o cabelo em um coque apertado, que cubro com um lenço preto enrolado duas vezes na cabeça. Quando estiver escalando, não quero que nada chame atenção.

Na parte principal da casa, encontro um alaúde desafinado pendurado na sala de Oriana e alguns potes de maquiagem. Escureço a região em torno dos olhos de forma dramática e desenho uma asa, com as sobrancelhas acompanhando. Em seguida, pego uma máscara com feições de gárgula e prendo no rosto.

No arsenal, encontro um pequeno arco desmontável que consigo esconder. Com pesar, deixo Cair da Noite escondida da melhor forma possível no meio de outras espadas. Pego um pedaço de papel na antiga escrivaninha de Madoc e uso sua pena para escrever um bilhete de aviso:

Esperem uma tentativa de assassinato, provavelmente no grande salão. Deixem o Grande Rei em isolamento.

Se entregar o bilhete para que alguém dê a Baphen ou a um dos guardas pessoais de Cardan, talvez eu tenha mais chance de encontrar Fantasma antes de ele agir.

Com o alaúde na mão, caminho até o palácio. Não é longe, mas, quando chego, um suor frio cobre minha testa. É difícil saber até onde posso forçar meu corpo. Por um lado, a terra me curou, o que fez eu me sentir meio invulnerável. Por outro, quase morri e ainda estou bem machucada; o efeito do que Grima Mog me deu para beber está passando.

Encontro um grupinho de músicos e atravesso o portão com eles.

— Que alaúde lindo — comenta um dos instrumentistas, um garoto com cabelo verde da cor de folhas novas. Ele me olha de um jeito estranho, como se talvez nos conhecêssemos.

— Dou o instrumento a você — digo por impulso. — Se fizer uma coisa para mim.

— O quê? — Ele franze a testa.

Seguro sua mão e coloco o bilhete que escrevi na palma.

— Você pode levar isto para um dos membros do Conselho Vivo, de preferência Baphen? Prometo que você não vai ter problemas.

Ele hesita, inseguro.

É nesse momento infeliz que um dos cavaleiros me para.

— Você. Garota mortal de máscara — adverte ele. — Está com cheiro de sangue.

Eu me viro. Do jeito que estou frustrada e desesperada, digo a primeira coisa que me ocorre.

— Bom, eu sou *mortal*. E sou uma *garota*, senhor. Nós sangramos todos os meses, assim como a lua fica cheia.

Ele faz sinal para eu passar com repulsa no rosto.

O músico também parece meio horrorizado.

— Aqui — digo para ele. — Não esqueça o bilhete.

Sem esperar resposta, enfio o alaúde em seus braços. E me enfio no meio das pessoas. Não demora para eu ser engolida pela multidão e poder tirar a máscara. Vou para um canto escuro e começo a subir as vigas.

A subida é horrível. Fico nas sombras, me movendo devagar, o tempo todo tentando ver onde Fantasma pode estar escondido, o tempo todo com medo de Cardan entrar no salão e se tornar um alvo. Repetidas vezes, preciso parar e me localizar. Sinto tonturas de tempos em tempos. Na metade da subida, tenho certeza de que um de meus pontos arrebenta. Encosto a mão na lateral do corpo, e os dedos ficam vermelhos. Escondo-

-me em um emaranhado de raízes, solto o lenço da cabeça e o enrolo na cintura o mais apertado que consigo suportar.

Finalmente chego a um ponto alto na curva do teto, para onde várias raízes convergem.

Ali, monto o arco, arrumo as flechas e olho pela colina oca. Ele pode já ter chegado, se escondido em algum lugar próximo. Como Fantasma me disse enquanto me ensinava a ficar de tocaia — o tédio é a parte mais difícil. Manter-se alerta, não sucumbir ao enfado de forma a perder o foco e parar de prestar atenção em cada mudança nas sombras. Ou, no caso, me distrair com a dor.

Preciso encontrar Fantasma e, então, disparar nele. Não posso hesitar. O próprio Fantasma me diria que já perdi minha chance de matá-lo; melhor não perder de novo.

Penso em Madoc, que me criou em uma casa de assassinatos. Madoc, que se acostumou tanto com a guerra que matou a esposa e também teria me matado.

Se você enfiar uma espada aquecida em óleo, qualquer pequena falha vira uma rachadura. Mas, banhadas em sangue como vocês foram, nenhuma se partiu. Vocês só ficaram mais duras.

Se continuar assim, vou ficar como Madoc? Ou me partir?

Abaixo de mim, alguns cortesãos dançam em círculos que se juntam, se cruzam e se separam de novo. Quando estamos no meio da roda, a sensação é totalmente caótica, mas, daqui de cima, são triunfos da geometria. Olho para as mesas de banquete, cheias de pratos de frutas, queijos decorados com flores e decantadores de vinho de trevo. Meu estômago ronca quando o fim da manhã dá lugar ao começo da tarde e mais feéricos chegam à Corte.

Baphen, o Astrólogo Real, chega com Lady Asha, de braços dados. Eu os vejo contornar a plataforma, não muito longe do trono vazio. Sete danças depois, Nicasia surge no salão com alguns companheiros do Reino Submarino. Cardan entra em seguida, com a guarda ao redor e a Coroa de Sangue brilhando sobre os cachos negros.

Quando olho para ele, sinto uma dissonância vertiginosa.

Ele não parece a pessoa que atravessou a neve com um espião envenenado no colo, alguém que se enveredou por um acampamento inimigo. Alguém que colocou a capa mágica nas minhas mãos. Ele parece a pessoa que me empurrou na água e riu quando afundei. Que me enganou.

Aquele garoto é sua fraqueza.

Vejo brindes que não consigo ouvir e vejo pratos lotados de pombas assadas no espeto, doces enrolados em folhas e ameixas recheadas. Sinto-me estranha, a cabeça leve, e, quando olho, vejo que o lenço preto está quase encharcado com meu sangue. Mudo de posição.

E espero. E espero. E tento não sangrar em ninguém. Minha visão fica meio embaçada, e me obrigo a me concentrar.

Abaixo, vejo Randalin segurando algo, que está mostrando para Cardan. O bilhete que escrevi. O garoto deve tê-lo entregado, afinal. Aperto a mão no arco. Finalmente, vão tirá-lo dali e levá-lo para longe do perigo.

Mas Cardan não olha o papel. Faz um gesto de dispensa, como se talvez já o tivesse lido. Mas, se ele recebeu meu bilhete, o que está fazendo ali?

A não ser que, bancando o tolo, tenha decidido servir de isca.

Então percebo um leve movimento perto de algumas raízes. Por um segundo, penso que estou só vendo sombras que se movem. Mas noto Bomba no mesmo momento que seu olhar me encontra e seus olhos se apertam. Ela levanta o arco, a flecha já posicionada.

Percebo o que está acontecendo um pouco tarde demais.

O bilhete alertou a Corte sobre uma tentativa de assassinato, e Bomba foi procurar o assassino. Ela encontrou uma pessoa escondida nas sombras com uma arma. Alguém que teria todos os motivos para matar o rei: eu.

Não seria melhor que ele levasse uma flechada no coração em seu próprio salão?

Madoc armou para mim. Não enviou Fantasma para cá. Só me fez achar que o fez, para que eu viesse procurar alguém nas vigas. Para que eu me incriminasse. Madoc não precisava dar o golpe assassino. Só cuidou para que eu caminhasse direto para meu fim.

Bomba dispara, e eu me desvio. A flecha passa por mim, mas meu pé escorrega de lado em meu próprio sangue e eu caio. Da viga para o ar aberto.

Por um momento, a sensação é de voar.

Caio em uma mesa do banquete e derrubo romãs no chão. Elas rolam em todas as direções, em poças de cerveja derramada e cristal estilhaçado. Tenho certeza de que arrebentei muitos pontos. Tudo dói. Não consigo respirar.

Abro os olhos e vejo pessoas ao meu redor. Conselheiros. Guardas. Não tenho lembrança de fechar os olhos nem faço ideia de por quanto tempo fiquei inconsciente.

— Jude Duarte — diz alguém. — Violando o exílio para assassinar o Grande Rei.

— Vossa Majestade — pede Randalin. — Dê a ordem.

Cardan caminha em minha direção, a visão de um demônio ridiculamente magnífico. Os guardas se afastam para deixá-lo se aproximar, mas, se eu me mover, não tenho dúvida de que vão me trespassar.

— Perdi sua capa — digo para ele, a voz saindo sem fôlego.

Ele me olha de cima.

— Você é uma mentirosa — rebate ele, os olhos cintilando de fúria. — Uma mentirosa suja e mortal.

Fecho os olhos de novo pela dureza daquelas palavras. Mas ele não tem motivo para acreditar que não fui até ali para matá-lo.

Se ele me enviar para a Torre do Esquecimento, me pergunto se vai me visitar.

— Coloquem-na em correntes — ordena Randalin.

Nunca desejei tanto que houvesse uma forma de eu mostrar que estava falando a verdade. Mas não há. Nenhum juramento meu tem peso.

Sinto a mão de um guarda se fechar em meu braço. Mas a voz de Cardan soa.

— Não toque nela.

Um silêncio terrível se prolonga. Espero que ele declare meu julgamento. O que ele ordenar será feito. Seu poder é absoluto. Nem tenho forças para lutar.

— O que você quer dizer? — indaga Randalin. — Ela...

— Ela é minha esposa — revela Cardan, a voz se espalhando pela multidão. — A Grande Rainha de Elfhame por direito. E, definitivamente, não exilada.

O rugido chocado da multidão ecoa ao meu redor, mas ninguém está mais chocado que eu. Tento abrir os olhos, me sentar, mas a escuridão tolda os cantos de minha visão e me arrasta.

Livro dois

Contra as fadas do fogo com
espíritos das marés ela lutou
Guerra; e terra e ar; e mar a violência
aa batalha afetou.
Alto ela brandiu a cimitarra reluzente,
flexível como um junco oscilante,
A cimitarra que seu amante anão forjou,
dura e brilhosa como diamante;
Lutando ao lado do Rei Feérico,
o senhor da terra do fogo ela matou;
Todos os exércitos do fogo foram vencidos;
quem foi derrotado como rainha a coroou;
De volta à terra das fadas ela correu;
Em triunfo seu exército para casa voltou.

— Philip James Bailey,
"A Fairy Tale"

CAPÍTULO
17

Estou deitada na enorme cama do Grande Rei, sangrando na colcha majestosa. Tudo dói. Sinto uma pontada quente e intensa na barriga, e minha cabeça lateja.

Cardan está parado ao meu lado. Sua jaqueta jogada em uma cadeira próxima, o veludo encharcado de uma substância escura. As mangas brancas estão enroladas, e ele lava minhas mãos com um pano molhado; limpando o sangue.

Tento falar, mas minha boca parece cheia de mel. Resvalo novamente para a escuridão densa.

Não sei por quanto tempo durmo. Só sei que é muito tempo. Quando acordo, sinto uma sede enorme. Cambaleio para fora da cama, desorientada. Há várias velas acesas no quarto. Naquela luz, percebo que ainda estou no quarto de Cardan, em sua cama, e sozinha.

Encontro uma jarra de água e a levo aos lábios, sem me importar em usar o copo. Bebo e bebo e bebo, até me sentir satisfeita. Deito-me de novo no colchão e tento pensar no que aconteceu. Parece um sonho febril.

Não posso mais ficar na cama. Ignoro as dores no corpo e vou para o banheiro. A banheira está cheia e, quando a toco, a água cintila com o movimento de meus dedos. Também encontro um penico, e sinto uma gratidão imensa por isso.

Tiro as roupas com cuidado e entro na banheira. Esfrego o corpo com as unhas para a água tirar a sujeira e o sangue seco dos dias anteriores. Esfrego o rosto e enxaguo o cabelo. Quando saio, estou me sentindo bem melhor.

No quarto, vou até o armário. Procuro entre as fileiras e fileiras dos trajes absurdos de Cardan até determinar que, mesmo que coubessem em mim, nunca usaria qualquer um deles. Visto uma camisa volumosa de mangas bufantes e escolho a capa menos ridícula, de lã preta, forrada de pele de cervo e com bordado de folhas nas beiradas, para me enrolar. Então percorro o corredor até meus antigos aposentos.

Os cavaleiros do lado de fora do quarto de Cardan reparam em meus pés descalços e tornozelos expostos e na forma como seguro a capa. Não sei bem o que acham, mas me recuso a ficar constrangida. Conjuro meu novo status de Rainha de Elfhame e lanço um olhar fulminante que os faz desviar o rosto.

Quando entro em meus antigos aposentos, Tatterfell dá um sobressalto no sofá, onde está jogando Uno com Oak.

— Ah — digo. — Ops.

— Oi — cumprimenta Oak, inseguro.

— O que você está fazendo aqui? — Ele se encolhe, e me arrependo da dureza das palavras. — Me desculpe — falo, me aproximando do sofá e me inclinando para lhe dar um abraço. — Estou feliz que esteja aqui, só estou surpresa. — Não acrescento que estou preocupada, apesar de estar. A Corte de Elfhame é um lugar perigoso para todo mundo, mas especialmente para Oak.

Mesmo assim, inclino a cabeça na direção de seu pescoço e absorvo o aroma de argila e pinheiro. Meu irmãozinho, que está me apertando tanto que dói, mantém um dos chifres arranhando meu maxilar de leve.

— Vivi também está aqui — informa ele ao me soltar. — E Taryn. E *Heather*.

— *É mesmo?* — Por um momento, trocamos um olhar sugestivo. Eu tinha esperanças de que Heather voltasse com Vivi, mas estou perplexa que ela tenha aceitado fazer outra viagem a Elfhame. Eu achava que ela demoraria em aceitar mais que uma quantidade mínima do Reino das Fadas. — Onde elas estão?

— Jantando com o Grande Rei — responde Tatterfell. — Este aqui não quis ir, então mandaram uma bandeja. — Ela enche as palavras com uma reprovação familiar. Sei que ela acha que rejeitar a honra da companhia real é um sinal de que Oak é mimado.

Acho que é um sinal de que ele anda prestando atenção.

Mas estou mais interessada na bandeja de comida, com porções meio mordidas de coisas deliciosas em travessas de prata. Meu estômago ronca. Não sei há quanto tempo não como uma refeição de verdade. Sem pedir permissão, me aproximo e começo a comer pedaços frios de pato, queijo e figo. Tem um chá forte demais num bule, que também tomo, direto do bico.

Minha fome é tão grande que fico desconfiada.

— Por quanto tempo dormi?

— Bom, você foi drogada — responde Oak, dando de ombros. — Então acordou antes, mas não por muito tempo. Não assim.

Aquilo é perturbador, em parte porque não lembro e em parte porque devo ter ficado na cama de Cardan esse tempo todo, mas me recuso a ruminar o assunto, assim como me recusei a pensar ao sair dos aposentos do Grande Rei usando apenas uma camisa e uma capa. Escolho um dos meus antigos trajes de senescal, um vestido que é uma longa coluna preta com gola e punhos prateados. Talvez seja simples demais para uma rainha, mas Cardan é extravagante por nós dois.

Quando estou vestida, volto para a saleta.

— Você prende meu cabelo? — peço a Tatterfell.

Ela se levanta.

— Eu gostaria muito. Você não pode andar por aí do jeito que entrou aqui.

Sou levada de volta ao quarto, onde ela me acomoda em minha penteadeira. Ali, trança minhas mechas castanhas em um halo em volta da cabeça. Depois, pinta meus lábios e pálpebras de um leve tom rosado.

— Eu queria que seu cabelo indicasse uma coroa — explica ela. — Mas acho que você vai ter uma coroação de verdade em algum momento.

O pensamento faz minha cabeça girar, uma sensação de irrealidade a reboque. Não entendo o jogo de Cardan, e isso me preocupa.

Lembro que Tatterfell já tentou me persuadir a casar. A lembrança e minha certeza de que eu não me casaria tornam ainda mais estranha sua presença aqui, trançando meu cabelo como fazia na época.

— Você me deixou majestosa mesmo assim — digo, e seus olhos pretos de besouro se encontram com os meus no espelho. Ela sorri.

— Jude? — Ouço uma voz baixa. Taryn.

Ela está em outro aposento, com um vestido dourado. Está magnífica, com um rosado nas bochechas e um brilho nos olhos.

— Oi — cumprimento.

— Você acordou! — exclama ela, entrando correndo no quarto. — Vivi, ela acordou!

Vivi também entra, usando um terno de veludo verde-garrafa.

— Você quase morreu, sabia? Quase morreu *de novo*.

Heather a segue, usando um vestido azul-claro, com acabamentos do mesmo rosa que enfeita seus cachos. Ela abre um sorriso solidário, pelo qual sou grata. É bom ter uma pessoa que não me conhece tão bem a ponto de sentir raiva.

— Sim — concordo. — Eu sei.

— Você fica procurando o perigo — diz Vivi. — Você tem que parar de agir como se a política da Corte fosse uma espécie de esporte radical, e parar de correr atrás do pico de adrenalina.

— Não foi minha culpa que Madoc tenha me sequestrado — observo.

Vivi continua, me ignorando.

— É, e quando a gente se dá conta, o Grande Rei bate à nossa porta, com cara de quem está pronto para revirar o prédio todo atrás de você. E, quando finalmente temos notícias suas por Oriana, a gente sabe que não pode confiar em *ninguém*. Tivemos que contratar uma *barrete vermelho canibal* para nos acompanhar só por garantia. E que bom que fizemos isso...

— Ver você deitada na neve... você estava tão pálida, Jude — interrompe Taryn. — E, quando as coisas começaram a brotar e florescer a sua volta, eu não soube o que pensar. Flores e gavinhas abrindo caminho pelo gelo. A cor voltou a sua pele, e você se levantou. Não consegui acreditar.

— É — digo baixinho. — Também fiquei bem surpresa.

— Isso quer dizer que você é *mágica*? — pergunta Heather, uma pergunta justa. Mortais não possuem magia.

— Não sei — respondo.

— Ainda não acredito que você se casou com o príncipe Cardan — admite Taryn.

Sinto uma necessidade obscura de me justificar. Quero negar que houve desejo envolvido, quero alegar que fui totalmente prática quando aceitei. Quem não ia querer ser Rainha do Reino das Fadas? Quem não faria a barganha que eu fiz?

— É que... você *odiava* ele — argumenta Taryn. — Então descobri que ele estava sob seu controle o tempo todo. E achei que talvez você *ainda* o odiasse. Acho que é possível que você o odeie agora, e que ele odeie você, mas é confuso demais.

Uma batida na porta a interrompe. Oak corre para abri-la. Como se invocado por nossa discussão, o Grande Rei está lá, cercado pela guarda.

CAPÍTULO

18

Cardan está usando uma gola alta com pedras de azeviche em um gibão preto. Na ponta das orelhas, há coberturas douradas afiadas como facas, que combinam com o dourado nas bochechas. Sua expressão está distante.

— Ande comigo — diz ele, não deixando muito espaço para uma recusa.

— Claro. — Meu coração dispara, apesar de tudo. Odeio que ele tenha me visto quando eu estava mais vulnerável, tenha me deixado sangrar nos lençóis finos como seda de aranha.

Vivi segura minha mão.

— Você ainda não está completamente bem.

Cardan ergue as sobrancelhas pretas.

— O Conselho Vivo anseia em falar com ela.

— Sem dúvida — cedo, e olho para minhas irmãs, para Heather e para Oak atrás delas. — E Vivi devia estar feliz, porque o único risco de alguém morrer em uma reunião do Conselho é de tédio.

Solto minha irmã. Os guardas nos seguem. Cardan me dá o braço e me faz andar ao seu lado e não atrás, como eu faria quando senescal. Seguimos pelos corredores, e, quando passamos por cortesãos, eles se curvam. É extremamente irritante.

— Barata está bem? — pergunto, bem baixo para não ser ouvida.

— Bomba ainda não descobriu como despertá-lo — relata Cardan. — Mas há esperança de que vai descobrir.

Pelo menos, ele não está morto, digo a mim mesma. Mas, se ele dormir por cem anos, estarei no túmulo antes que volte a abrir os olhos.

— Seu pai enviou uma mensagem — informa Cardan, me olhando de esguelha. — Foi muito hostil. Parece me culpar pela morte da filha.

— Ah — digo.

— E enviou soldados para as cortes inferiores, com promessas de um novo regime. Pede que eles não hesitem e venham para Elfhame ouvir seu desafio à Coroa. — Cardan relata tudo isso em tom neutro. — O Conselho Vivo quer ouvir tudo que você sabe sobre a espada e os mapas de Madoc. Consideraram minhas descrições do acampamento lamentavelmente inadequadas.

— Eles podem esperar mais um pouco — replico, forçando as palavras. — Preciso falar com você.

Ele parece surpreso e meio indeciso.

— Não vai demorar. — A última coisa que quero é ter essa conversa, mas quanto mais eu adiá-la, mais vai tomar vulto em minha mente. Ele acabou com meu exílio... e, embora eu tenha lhe arrancado a promessa de fazer isso, Cardan não tinha motivo para me declarar rainha. — Seja qual for seu plano, seja lá o que esteja planejando usar contra mim, é melhor me contar agora, antes de nos apresentarmos diante do Conselho. Faça suas ameaças. Faça seu pior.

— Sim — admite ele, entrando em um corredor do palácio que leva para a área externa. — Precisamos conversar.

Não demora para chegarmos ao jardim real das rosas. Os guardas param no portão e nos deixam continuar sozinhos. Seguimos por um caminho de pedras de quartzo cintilantes, tudo em silêncio. O vento carrega aromas florais pelo ar, um perfume intenso que não existe fora do Reino das Fadas e que, no mesmo instante, me faz lembrar de casa e de ameaças.

— Suponho que não estivesse tentando atirar em mim — começa Cardan. — Considerando que o bilhete foi escrito com sua caligrafia.

— Madoc mandou Fantasma... — digo, mas paro e começo de novo. — Achei que haveria uma tentativa contra sua vida.

Cardan olha para uma roseira com pétalas tão pretas e brilhantes que parecem couro.

— Foi apavorante — começa ele — vê-la cair. Você já é apavorante normalmente, mas não estou acostumado a sentir medo *por* você. Depois, fiquei furioso. Não sei se já senti tanta raiva.

— Mortais são frágeis — argumento.

— Não você — diz ele, de uma forma que parece um lamento. — Você nunca se machuca.

Mas isso é ridículo, considerando como estou ferida. Eu me sinto como uma constelação de ferimentos, unida por linha e teimosia. Ainda assim, gosto de ouvir o que ele diz. Gosto demais de tudo que ele está dizendo.

Aquele garoto é sua fraqueza.

— Quando voltei fingindo ser Taryn, você disse que tinha enviado mensagens — relato. — E pareceu surpreso de eu não ter recebido nenhuma. O que havia nelas?

Cardan se vira para mim, as mãos unidas às costas.

— Súplicas, em geral. Pedindo que você voltasse. Várias promessas indiscretas. — Ele exibe aquele sorriso debochado, algo que ele diz nascer do nervosismo.

Fecho os olhos novamente contra uma frustração tão grande que me dá vontade de gritar.

— Pare com os joguinhos — retalio. — Você me exilou.

— Sim — confirma ele. — Isso. Não consigo parar de pensar no que me disse antes de Madoc levar você. Sobre ser um truque. Estava falando de quando me casei com você, a fiz rainha, a mandei para o mundo mortal, tudo, não é?

Cruzo os braços sobre o peito de forma protetora.

— *Claro que foi um truque.* Não foi isso que você disse em resposta?

— Mas é isso que você faz — argumenta Cardan. — Você engana as pessoas. Nicasia, Madoc, Balekin, Orlagh. Eu. Achei que me admiraria um pouco, por conseguir enganar *você*. Achei que ficaria com raiva, claro, mas não assim.

Olho para ele boquiaberta.

— O quê?

— Preciso lembrá-la de que eu não sabia que você tinha matado meu irmão, o embaixador do Reino Submarino, até aquela manhã — diz ele. — Meus planos foram feitos às pressas. E talvez eu estivesse meio irritado. Achei que acalmaria a Rainha Orlagh, ao menos até todas as promessas serem finalizadas no tratado. Quando você entendesse a resposta, as negociações já teriam acabado. Pense bem: *Eu exilo Jude Duarte ao mundo mortal. Até e só se ela for perdoada pela Coroa.* — Ele faz uma pausa. — *Perdoada pela Coroa.* Querendo dizer o Grande Rei do Reino das Fadas. Ou a rainha. Você poderia ter voltado quando quisesse.

Ah.

Ah.

Não foi descuidada sua escolha de palavras. Não foi infeliz. Foi deliberada. Uma charada feita só para mim.

Talvez eu devesse me sentir idiota, mas sinto uma alegria furiosa. Eu lhe dou as costas e saio andando, de forma rápida e sem direção, pelo jardim. Ele corre atrás de mim e segura meu braço.

Eu me viro e lhe dou um tapa. É um tapa forte, mancha o dourado de sua bochecha e deixa a pele vermelha. Nós nos encaramos por um longo momento, respirando com dificuldade. Seus olhos brilham com algo totalmente diferente de raiva.

Estou tonta. Estou me afogando.

— Eu não queria magoar você. — Ele segura minha mão, possivelmente para me impedir de lhe bater de novo. Nossos dedos se entrelaçam. — Não, não é isso, não exatamente. Eu não achava que *pudesse* magoar você. E não achei que você fosse ter medo de mim.

— E você gostou? — pergunto.

Ele desvia o olhar e tenho minha resposta. Talvez ele não queira admitir esse impulso, mas o sente.

— Bom, fiquei magoada e, sim, você me dá medo. — Enquanto falo, desejo engolir de volta as palavras. Talvez seja a exaustão ou a experiência de quase morte, mas a verdade sai de mim em uma torrente devastadora. — Você sempre me assustou. Você me deu todos os motivos para temer seus caprichos e crueldade. Eu tive medo de você, mesmo quando estava amarrado naquela cadeira na Corte das Sombras. Tive medo quando encostei uma faca em seu pescoço. E estou com medo de você agora.

Cardan parece mais surpreso do que ficou quando lhe dei o tapa.

Ele sempre foi um símbolo da Elfhame que eu não podia ter, tudo que nunca ia me querer. E lhe confessar aquilo é um pouco como tirar um peso dos ombros, só que o peso era minha armadura e, sem ele, tenho medo de estar totalmente exposta. Mas continuo falando mesmo assim, como se não tivesse mais controle da língua.

— Você me desprezava. Quando disse que me queria, pareceu que o mundo virou de cabeça para baixo. Mas me mandar para o exílio foi uma coisa que fez sentido.

Eu o encaro.

— Aquele foi um gesto condizente com Cardan. E me odiei por não ter me dado conta. E me odeio por não ver o que você vai fazer comigo agora.

Ele fecha os olhos. Quando abre, solta minha mão e se vira para que eu não possa ver seus olhos.

— Entendo por que você pensou o que pensou. Acho que não sou uma pessoa fácil de se confiar. E talvez eu não seja digno de confiança, mas quero dizer uma coisa: confio em *você*.

Ele respira fundo.

— Você talvez se lembre de que eu não queria ser Grande Rei. E que você não me consultou antes de botar esta coroa em minha cabeça. E talvez lembre também que Balekin não queria que eu ficasse com o título, e que o Conselho Vivo nunca ficou muito satisfeito comigo.

— Acho que sim — digo, embora nenhuma daquelas coisas pareça incomum. Balekin queria a coroa para si, e o Conselho Vivo desejava que Cardan comparecesse às reuniões, algo que ele raramente fazia.

— Uma profecia foi feita quando nasci. Em geral, Baphen é desnecessariamente vago, mas, nesse caso, deixou claro que, se eu governasse, seria um péssimo rei. — Ele faz uma pausa. — A destruição da coroa, a ruína do trono... muita linguagem dramática.

Lembro-me de que Oriana disse alguma coisa sobre a predestinação de Cardan, assim como Madoc, mas isso é mais do que azar. Faz com que eu pense na batalha que está por vir. Faz com que eu pense em meu sonho com o mapa astral e o pote de sangue derramado.

Cardan se vira para mim e me olha como fazia em minhas fantasias.

— Até você me obrigar a trabalhar para a Corte das Sombras, eu nunca tinha pensado nas coisas que sabia fazer, assustar e encantar pessoas, como *talentos*, menos ainda como coisas talvez valiosas. Mas *você* fez isso. Você me mostrou como usar meus dons para ser *útil*. Nunca me incomodei em ser um vilão menor, mas é possível que eu tivesse me transformado em outra coisa, um Grande Rei tão monstruoso quanto Dain. E se acontecesse, se eu cumprisse a profecia, eu *teria* que ser impedido. E acredito que você me impediria.

— Impedir você? — pergunto. — Claro. Se você for um grande idiota e uma ameaça a Elfhame, vou arrancar sua cabeça fora.

— Ótimo. — Sua expressão é melancólica. — Esse foi um dos motivos pelos quais não quis acreditar que você tinha se juntado a Madoc. O outro é que quero você aqui, ao meu lado, como minha rainha.

É um discurso estranho, com um quê de amor, mas também não parece enganação. E se dói um pouco ele me admirar mais por minha brutalidade, bom, pelo menos há certo alento no fato de ele me admirar. Ele me quer ao seu lado e talvez me queira de outras formas também. Desejar mais que isso é ganância.

Cardan abre um meio sorriso.

— Mas agora que você é Grande Rainha e está de volta ao comando, não vou fazer nada de grande consequência. Se eu destruir a coroa e arruinar o trono, será por negligência apenas.

Isso me arranca uma gargalhada.

— E essa é sua desculpa para não ter nenhum trabalho? Você deve ser mimado o tempo todo porque, se não estiver ocupado, pode acabar realizando uma profecia mequetrefe?

— Exatamente. — Ele toca meu braço e seu sorriso some. — Gostaria que eu informasse ao Conselho que você os verá em outra hora? Será novidade eu criar desculpas para você.

— Não. Estou pronta.

Minha cabeça gira com tudo que conversamos. A palma da minha mão está manchada de dourado. Quando o encaro, vejo que o restante do pó se espalhou por sua bochecha com o impacto do tapa. Não consigo parar de olhar, não consigo parar de pensar no jeito como Cardan me olhou quando segurou meus dedos. É a única desculpa que tenho para não perceber que ele me levou de volta a seus aposentos, que acho que também são meus, já que somos casados.

— Eles estão *aqui*? — pergunto.

— Acredito que havia uma emboscada planejada. — Ele me informa com a boca retorcida. — Como você sabe, eles são muito xeretas e odeiam a ideia de ficar de fora de qualquer coisa importante, inclusive um convalescimento real.

O que estou imaginando é como teria sido horrível ser despertada por todo o Conselho Vivo quando ainda estava amassada e imunda e nua. Concentro-me nessa raiva e espero que me faça parecer imperiosa.

Lá dentro, Fala, o Grande Bobo, cochila no chão perto do fogo. O restante do Conselho (Randalin, com os chifres de carneiro, Baphen, coçando a barba azul, o sinistro Mikkel, da Corte Unseelie, e a exótica Nihuar, da Corte Seelie) está sentado pelo aposento, sem dúvida irritado com a espera.

— Rainha Senescal — diz Fala, pulando de pé e fazendo uma reverência extravagante.

Randalin faz cara feia. Os outros começam a se levantar. Sinto-me tremendamente constrangida.

— Não, por favor — peço. — Fiquem onde estão.

Os conselheiros e eu tivemos um relacionamento conturbado. Como senescal de Cardan, com frequência eu lhes negava audiências com o Grande Rei. Acho que desconfiavam de que minha principal qualificação para o posto era a capacidade de mentir por ele.

Duvido que acreditem que tenho qualificações para minha nova posição.

Mas, antes que possam confirmar minhas suspeitas, inicio uma descrição do acampamento de Madoc. Em pouco tempo, recrio os mapas navais que vi e listo todas as facções lutando ao lado de meu pai. Explico o que vi na forja de Grimsen; Cardan inclui alguns detalhes dos quais se lembra.

Os números estão do lado de Elfhame. E independentemente de eu conseguir ou não usar o poder da terra, sei que Cardan consegue. Claro que ainda há a questão da espada.

— Duelo? — indaga Mikkel. — Talvez ele esteja confundindo o Grande Rei com alguém mais sedento por sangue. Você, talvez?

Vindo dele, não é exatamente um insulto.

— Bom, Jude foi se meter com *Grima Mog*. — Randalin jamais gostou muito de mim, e acho que os recentes eventos não melhoraram em nada seus sentimentos. — É típico dela passar o exílio recrutando carniceiras famosas.

— Então você matou *mesmo* Balekin? — pergunta Nihuar, sem conseguir mais conter a curiosidade.

— Matei — respondo. — Depois que ele envenenou o Grande Rei.

— Envenenou? — ecoa ela, atônica, e olha para Cardan.

Ele dá de ombros, reclinado em uma cadeira, com a costumeira expressão de tédio.

— Não se pode esperar que eu mencione todos os pequenos detalhes.

Randalin morde a isca e parece inflar de irritação.

— Vossa Majestade, fomos levados a crer que o exílio de Jude foi justificado. E que, se você desejasse se casar, consultaria...

— Talvez um de vocês pudesse ter nos contado... — diz Baphen, falando ao mesmo tempo que Randalin.

Então era isso que eles queriam mesmo discutir, aparentemente. Se havia alguma forma de impedirem o que já aconteceu e invalidar minha ascensão ao posto de Grande Rainha.

Cardan levanta a mão.

— Não, não, basta. É tudo chato demais para explicar. Declaro esta reunião encerrada. — Os dedos fazem um movimento na direção da porta. — Deixem-nos. Estou cansado de todos vocês.

Tenho um longo caminho a percorrer até alcançar esse nível de arrogância desavergonhada.

Mas funciona. Eles resmungam, mas se levantam e deixam o ambiente. Fala joga um beijo para mim quando sai.

Por um momento, ficamos sozinhos.

Mas há uma batida seca na porta secreta do quarto do Grande Rei. Antes que um de nós consiga se levantar, Bomba passa e entra no quarto com uma bandeja para servir chá. O cabelo branco está preso em um coque alto, e, se ela está cansada de sofrer, não deixa transparecer.

— Vida longa a Jude — diz com uma piscadela, pousando a bandeja em uma mesa com o tilintar de bules e pires e tudo mais. — Não graças a mim.

Abro um sorriso.

— Que bom que sua pontaria é péssima.

Ela levanta um pacotinho de ervas.

— Um cataplasma. Para afastar a febre e ajudar o paciente a se curar mais rápido. Infelizmente, não vai aplacar a mordacidade de sua língua. — Ela tira algumas ataduras do casaco e se vira para Cardan. — *Você tem que sair.*

— Este quarto é *meu* — observa ele, afrontado. — E esta é *minha* esposa.

— É o que você fica falando para todo mundo — argumenta Bomba. — Mas vou tirar os pontos da mortal e acho que não vai querer assistir.

— Ah, sei lá — interfiro. — Talvez ele goste de me ouvir gritar.

— Gostaria mesmo — reforça Cardan, se levantando. — E talvez um dia eu ouça. — Quando está saindo, leva a mão até meu cabelo. É um toque leve, quase inexistente, que logo passa.

CAPÍTULO

19

Tirar os pontos é lento e doloroso. Minha irmã é ótima com agulha e parece que bordou minha barriga e meu flanco, deixando Bomba com uma carreira infinita de pontos que precisam ser cortados individualmente, os fios puxados da pele, e depois o unguento aplicado.

— Ai! — gemo pelo que parece a milionésima vez. — Precisam mesmo ser tirados?

Bomba solta um longo suspiro sofrido.

— Deviam ter sido tirados há dias.

Mordo a língua para segurar outro uivo de dor. Quando consigo falar de novo, tento me distrair perguntando:

— Cardan disse que você está esperançosa em relação a Barata.

Inclinada sobre mim, ela tem cheiro de cordite e ervas amargas. A expressão é séria.

— Sempre tenho esperanças quando se trata de Barata.

Há uma batida leve na porta. Bomba olha para mim com expectativa.

— Pode entrar... — digo, baixando o vestido para cobrir a barriga.

Uma mensageira com asinhas de mariposa e uma expressão nervosa entra no quarto e me permite um alívio temporário naquela tortura. Ela se curva e parece prestes a desmaiar. Talvez seja a pequena pilha de linhas cobertas de sangue.

Penso em explicar, mas está abaixo da dignidade de uma rainha e deixaria as duas constrangidas. Então só abro o que espero ser um sorriso encorajador.

— Sim?

— Vossa Alteza — diz ela. — Lady Asha deseja vê-la. Ela mandou que eu a levasse diretamente ao quarto onde definha.

Bomba ri com deboche.

— Definha — articula ela, sem som.

— Diga a ela que a verei assim que eu puder — falo com o máximo de grandiosidade que consigo.

Apesar de não ser a resposta que sua mestra queria que eu desse, a mensageira não pode fazer nada para desafiá-la. Ela hesita por um momento e parece se dar conta do fato. Embaraçada, sai com outra reverência.

— Você é a Grande Rainha de Elfhame. Aja de acordo — diz Bomba, me olhando com expressão séria. — Não deve deixar ninguém dar ordens a você. Nem mesmo eu.

— Eu falei não! — protesto.

Ela começa a puxar outro ponto, e não de forma particularmente gentil.

— Lady Asha não ganha espaço *imediato* em sua agenda só porque pediu. E não devia fazer a rainha ir até ela. Principalmente porque *você* está ferida. Ela está deitada na cama, se recuperando do trauma de te ver cair do teto.

— Ai — digo, sem saber se estou reagindo ao puxão na pele, à repreensão perfeitamente justificada ou à avaliação contundente de Lady Asha.

Quando Bomba termina, ignoro seu excelente conselho e vou até os aposentos de Lady Asha. Não que eu discorde do conselho. Mas eu gostaria de dizer uma coisa para a mãe de Cardan e me parece um ótimo momento para isso.

Enquanto atravesso o corredor, sou parada por Val Moren, que coloca a bengala em meu caminho. Os olhos do senescal mortal do último Grande Rei estão carregados de malícia.

— Qual é a sensação de subir a uma altura tão vertiginosa? — pergunta ele. — Está com medo de sofrer outra queda?

Faço uma careta.

— Tenho certeza de que gostaria de saber.

— Hostil, minha rainha — diz ele com um grunhido. — Você não deveria ser gentil com o menor de seus súditos?

— Quer gentileza? — Eu tinha medo dele, dos avisos sombrios e dos olhos loucos, mas não sinto medo agora. — Todos aqueles anos... você podia ter me ajudado e ajudado minha irmã. Podia ter nos ensinado a sobreviver aqui como mortais. Mas deixou que descobríssemos sozinhas, apesar de sermos iguais.

Ele me encara com olhos semicerrados.

— *Iguais?* — pergunta ele. — Você acha que a semente plantada em solo goblin cresce sendo a mesma planta que seria no mundo mortal? Não, sementinha. Não sei o que você é, mas não somos iguais. Eu vim para cá adulto.

E, com isso, ele sai andando, me deixando com expressão de desprezo.

Encontro Lady Asha em uma cama de dossel, a cabeça apoiada em travesseiros. Os chifres não parecem ajudar na hora de arrumar uma posição confortável, mas acho que, quando os chifres são seus, você se acostuma.

Dois cortesãos, uma de vestido e o outro de calça e um casaco com abertura para as delicadas asas nas costas, estão sentados em cadeiras ao seu lado. Alguém lê uma coleção de sonetos de fofocas. A serva que levou a mensagem de Lady Asha acende velas, e os aromas de sálvia, cravo e alfazema se espalham pelo ar.

Quando entro, os cortesãos continuam sentados por bem mais tempo do que deveriam, e, quando se levantam para se curvar, o fazem com letargia deliberada. Lady Asha fica na cama, me olhando com um leve sorriso, como se compartilhássemos um segredo desagradável.

Penso em minha mãe, como não pensava havia muito tempo. Lembro como ela inclinava a cabeça para trás quando ria. Como nos deixava ficar acordadas até tarde no verão, correndo umas atrás das outras no quintal ao luar, minhas mãos grudentas de picolé derretido, o fedor da forja de meu pai pesado no ar. Lembro-me de acordar à tarde, de desenhos na televisão da sala e picadas de mosquito empelotando a pele. Penso em como ela me tirava do carro quando eu dormia em trajetos longos. Penso na sensação sonolenta e calorosa de ser carregada pelo ar.

Quem eu seria sem aquelas coisas?

— Não precisa se levantar — aviso a Lady Asha. Ela parece surpresa e ofendida pela mera sugestão de que me deve as cortesias da minha nova posição. O cortesão de casaco tem um brilho no olhar que me faz pensar que vai sair e contar para todo mundo o que testemunhou. Duvido de que sua versão me seja lisonjeira.

— Vamos conversar depois — diz Lady Asha para os amigos, um tom frígido na voz. Eles parecem achar a dispensa natural. Com outra reverência, feita cuidadosamente para nós duas, eles saem e nem esperam a porta se fechar para começarem a sussurrar entre si.

— Sua visita deve ser uma gentileza — diz a mãe de Cardan. — Com você tendo voltado para nós há tão pouco tempo. E tendo assumido o trono tão recentemente.

Obrigo-me a não sorrir. A incapacidade de mentir leva a frases interessantes.

— Venha — convida ela. — Sente-se um momento comigo.

Sei que Bomba diria que essa é outra ocasião em que estou deixando que ela me diga o que fazer, mas parece mesquinharia protestar contra uma arrogância tão pequena.

— Quando eu a trouxe da Torre do Esquecimento para meu covil de espiões — digo, caso ela precise lembrar por que deve se preocupar em não me irritar —, você disse que queria ficar longe do Grande Rei, seu filho. Mas vocês dois parecem ter feito as pazes. Deve estar muito feliz.

Ela faz beicinho.

— Cardan não foi uma criança fácil de amar, e só piorou com o tempo. Ele gritava para ser pego no colo, mas quando era atendido, mordia e chutava para sair dos meus braços. Ele encontrava um jogo qualquer e ficava obcecado até vencer, depois queimava todas as peças. Quando não for mais um desafio, ele vai passar a desprezá-la.

Eu a encaro.

— E você está me dando esse aviso graças à gentileza de seu coração?

Ela sorri.

— Estou dando esse aviso porque não importa. Você já está condenada, Rainha de Elfhame. Você já o ama. Já o amava quando me perguntou sobre ele e não sobre sua mãe. E você ainda vai amá-lo, garota mortal, bem depois que os sentimentos do Grande Rei evaporarem como orvalho da manhã.

Não consigo deixar de pensar no silêncio de Cardan quando perguntei se gostava que eu sentisse medo. Uma parte dele sempre encontrará prazer na crueldade. Mesmo que ele tenha mudado, sempre é possível mudar de novo.

Odeio ser idiota. Odeio a ideia de minhas emoções me vencerem e me deixarem fraca. Mas meu medo de ser idiota me tornou idiota. Eu deveria ter adivinhado a resposta à charada de Cardan bem antes. Mesmo que eu não entendesse que era uma charada, era um buraco que devia ter explorado. Mas estava tão envergonhada por ter caído em seu truque que parei de procurar outras alternativas. E, mesmo depois que descobri uma, não fiz nenhum plano para usá-la.

Talvez não seja a pior coisa do mundo querer ser amada, mesmo quando não se é. Mesmo se doer. Talvez ser humano não signifique sempre ser fraco.

Talvez o problema tenha sido a vergonha.

Só que meus medos não foram o único motivo para meu longo exílio.

— Foi por isso que interceptou as cartas que ele mandou? Para me proteger? Ou porque teve medo de que ele não se cansasse de mim? Porque, minha senhora, sempre serei um desafio.

Admito que é um palpite sobre ela e as cartas. Mas não são muitas pessoas que teriam acesso e poder para interceptar uma mensagem do Grande Rei. Nenhum embaixador de um reino estrangeiro. Talvez nem um membro do Conselho Vivo. E acho que Lady Asha não gosta muito de mim.

Ela me olha placidamente.

— Muitas coisas se perdem. Ou são destruídas.

Considerando sua incapacidade de mentir, é praticamente uma confissão.

— Entendo — digo. — Neste caso, aceito seu conselho no exato espírito que você o deu. — Quando olho para ela da porta, digo o que acredito ser a coisa que menos queira ouvir. — E, da próxima vez, espero uma reverência.

CAPÍTULO
20

Estou percorrendo o corredor quando uma cavaleira pixie corre até mim, a armadura tão polida que brilha a ponto de refletir a pele cerúlea.

— Vossa Majestade precisa vir rapidamente — informa ela, colocando a mão no coração.

— Fand? — Quando estávamos na escola do palácio, sonhávamos em ser cavaleiras. Parece que uma de nós conseguiu.

Ela me olha com surpresa por ter sido lembrada, apesar de não fazer tanto tempo. Acho que ela também acredita que subir a alturas vertiginosas talvez alterem até a memória.

— *Sir* Fand — me corrijo, e ela sorri. Eu sorrio para ela. Apesar de não sermos amigas na época, nos tratávamos *amigavelmente*... e, para mim, na Grande Corte, aquilo era raridade. — Por que tenho que ir depressa?

Sua expressão fica séria de novo.

— Um batalhão do Reino Submarino está na sala do trono.

— Ah! — exclamo, e permito que ela me acompanhe pelos corredores. Alguns feéricos se curvam quando passo. Outros fazem questão de não se mexer. Sem saber direito como me comportar, ignoro a todos.

— A senhora devia ter sua própria guarda — argumenta Sir Fand, ficando um passo atrás de mim.

Todo mundo parece gostar de me dizer como devo fazer meu trabalho. Mas, pelo menos nesse caso, meu silêncio parece ser uma resposta suficiente para mantê-la quieta.

Quando chegamos, a sala do trono está quase vazia. Randalin retorce as mãos enrugadas enquanto observa os soldados do Reino Submarino: selkies e os feéricos de pele pálida que me fazem pensar nos que eles chamavam de *afogados*. Nicasia está à frente, com uma armadura de escamas iridescentes, o cabelo decorado com dentes de tubarão, segurando as mãos de Cardan. Os olhos estão vermelhos e inchados, como se ela tivesse chorado. A cabeça escura do rei está inclinada na direção da feérica, e lembro que eles já foram amantes.

Ela se vira quando me vê, louca de raiva.

— Isso é coisa do seu pai!

Dou um passo para trás, surpresa.

— O quê?

— A Rainha Orlagh — responde Cardan com o que parece ser uma calma levemente exagerada. — Aparentemente, ela foi alvejada com algo como dardo de elfo. Penetrou fundo em sua pele, mas parece ter parado antes do coração. Quando são feitas tentativas de removê-lo, parece resistir a extrações mágicas e não mágicas. Move-se como se estivesse vivo, mas pode haver ferro no dardo.

Paro com a mente em turbilhão. Fantasma. Foi para lá que Madoc o enviou, para o mar. Não para *matar* a rainha, o que enfureceria o povo do mar e o levaria com mais firmeza para o lado de Cardan, mas para feri-la de tal forma que ele pudesse usar a morte contra ela. Como seu povo poderia correr o risco de lutar contra Madoc se ele impediria o dardo apenas se Orlagh ficasse quieta?

— Sinto muito. — É uma coisa totalmente humana de se dizer, e totalmente inútil, mas é o que digo mesmo assim.

Nicasia franze os lábios.

— Como deveria sentir. — Depois de um momento, ela solta a mão de Cardan com evidente hesitação. Houve uma época em que ela teria se casado com ele. Duvido muito que minha chegada a tenha feito desistir da ideia. — Tenho que voltar para o lado de minha mãe. A corte do Reino Submarino está em caos.

Nicasia e a mãe já me fizeram de prisioneira, me trancaram em uma jaula e tentaram usurpar minha vontade. Às vezes, em sonhos, ainda estou lá, ainda flutuando no escuro e no frio.

— Somos seus aliados, Nicasia — lembra Cardan. — Se precisar de nós.

— Conto com você para vingar minha mãe, pelo menos — diz ela. E, com outro olhar hostil em minha direção, ela se vira e sai do salão. Os soldados do Reino Submarino a seguem.

Não consigo nem ficar irritada com ela. Estou atordoada com o sucesso do plano de Madoc... e com a ambição envolvida. A morte de Orlagh não seria uma coisa pequena de se organizar; ela é um dos poderes antigos e estabelecidos do Reino das Fadas, mais antiga até do que Eldred. Mas feri-la dessa forma parece ainda mais difícil.

— Agora que Orlagh está fraca, é possível que haja pretendentes ao trono — diz Randalin com um certo lamento, como se duvidando que Nicasia estaria à altura do que lhe era requerido. — O mar é um lugar brutal.

— Pegaram o pretenso assassino? — pergunto.

Randalin franze a testa para mim, como costuma fazer quando faço uma pergunta cuja resposta ele não sabe, mas não quer admitir.

— Acredito que não. Se tivessem pegado, tenho certeza de que teriam nos contado.

O que quer dizer que ele pode vir para cá, afinal. O que significa que Cardan ainda está em perigo. E temos bem menos aliados do que antes. Esse é o problema de ficar na defesa: nunca se tem certeza de quando seu inimigo vai atacar, por isso se gasta mais recursos, tentando cobrir todas as possibilidades.

— Os generais vão querer ajustar os planos — argumenta Randalin com um olhar significativo na direção de Cardan. — Acho que devíamos chamá-los.

— Sim — concorda Cardan. — Sim, acho que devíamos mesmo.

Vamos para a sala de estratégia e somos recebidos por um jantar frio de ovos de pato, pão de groselha e porco selvagem assado servido em fatias finas como papel. A supervisora dos servos, uma mulher grande e aracnídea, está à nossa espera com os generais. A discussão logo assume um ar festivo, com metade dos participantes entretendo os lordes e ladies das cortes inferiores, e a outra metade planejando uma guerra.

O novo Grande General é um ogro chamado Yorn. Foi escolhido durante meu exílio. Desconheço sua reputação, mas ele tem um comportamento nervoso. Ele entra com três generais e muitas perguntas sobre os mapas e materiais que o Conselho Vivo lhe passou depois de falar comigo. Hesitante, ele começa a reimaginar nossa estratégia naval.

Mais uma vez, tento adivinhar qual pode ser o passo seguinte de Madoc. Tenho a sensação de que reuni muitas peças do quebra-cabeça, mas não consigo ver como se encaixam. O que sei é que ele está bloqueando as saídas, aparando as variáveis, reduzindo nossa capacidade de surpreendê-lo, para que seus planos tenham mais chance de sucesso.

Posso apenas ter esperanças de conseguir surpreendê-lo.

— Devíamos simplesmente atacar, assim que o navio de Madoc surgir no horizonte — sugere Yorn. — Não dar a ele a chance de tentar negociar. Vai ser mais difícil sem a ajuda do Reino Submarino, mas não impossível. Ainda teremos a maior força.

Devido ao costume de hospitalidade dos feéricos, se Madoc pedir, ele e um pequeno grupo serão recebidos em Elfhame com o objetivo de discutir as alternativas à guerra. Desde que não levante uma arma, pode comer e beber e conversar conosco pelo tempo que quiser. Quando estiver pronto para partir, o conflito vai recomeçar de onde tinha parado.

— Ele vai enviar uma ave primeiro — diz Baphen. — E os navios podem muito bem chegar escondidos sob a neblina ou sombras. Não sabemos que magias Madoc tem à disposição.

— Ele quer duelar — argumento. — Assim que puxar uma arma, ele vai romper os termos da negociação. E não vai poder trazer uma grande força para terra com o objetivo de discutir a paz.

— Melhor cercarmos as ilhas com navios — aconselha Yorn, novamente movendo peças de estratégia em volta do lindamente desenhado mapa de Insweal, Insmire, Insmoor e Insear sobre a mesa. — Podemos impedir que os soldados de Madoc desembarquem dos navios. Atirar em qualquer ave que venha em nossa direção. Temos aliados nas cortes inferiores que vão aumentar nossa força.

— E se Madoc conseguir a ajuda do Reino Submarino? — pergunto. Os outros me olham, atônitos.

— Mas nós temos um tratado — diz Randalin. — Talvez você não tenha ouvido isso porque...

— Sim, vocês têm um tratado *agora* — interrompo, sem querer ser lembrada do meu exílio novamente. — Mas Orlagh poderia passar a coroa para Nicasia. Se fizesse isso, a Rainha Nicasia teria liberdade de fazer uma nova aliança com Madoc, como ocorreu quando a Corte dos Dentes botou uma criança no trono e ficou livre para marchar contra Elfhame. E Nicasia talvez se alie a Madoc se ele puder salvar sua mãe.

— Acha que isso pode acontecer? — Yorn pergunta a Cardan, franzindo a testa sobre os planos.

O Grande Rei faz um gesto de descaso.

— Jude gosta de supor o pior, tanto dos inimigos quanto dos aliados. Sua recompensa é às vezes se enganar sobre nós.

— É difícil lembrar uma ocasião dessas — sussurro para ele.

Ele levanta uma única sobrancelha.

Fand entra na sala naquele momento, parecendo saber muito bem que ali não é seu lugar.

— Perdão, mas eu... eu tenho uma mensagem para a rainha — diz ela com um gaguejar nervoso na voz. — De sua irmã.

— Como pode ver, a rainha... — começa Randalin.

— Que irmã? — pergunto, indo até ela.

— Taryn — responde a cavaleira, parecendo bem mais calma agora que se dirige só a mim. Ela abaixa o tom de voz. — Pediu que você se encontrasse com ela na antiga residência do Grande Rei.

— Quando? — pergunto, meu coração acelerado. Taryn é uma pessoa cuidadosa, atenta aos costumes. Ela não gosta de mensagens crípticas nem de locais de encontro sinistros. Se quer que eu vá à Mansão Hollow, há algo muito errado.

— Assim que a senhora puder — responde Fand.

— Vou agora — decido, então me viro para os conselheiros, generais e para o Grande Rei. — Houve um problema familiar. Peço licença.

— Vou acompanhá-la — avisa Cardan, se levantando.

Abro a boca para listar todos os motivos pelos quais ele não pode. O problema é que, quando encaro os olhos delineados de dourado e ele pisca, fingindo inocência, não consigo pensar em nenhum que vá, de fato, impedi-lo.

— Que bom — diz ele, passando por mim. — Está decidido.

Yorn parece um pouco aliviado por estarmos partindo. Randalin, como era de esperar, parece irritado. Baphen se ocupa comendo um ovo de pato enquanto vários outros generais estão mergulhados numa conversa sobre quantas das cortes inferiores vão levar barcos e o que isso significa para os mapas.

No corredor, sou obrigada a andar mais rápido para alcançar Cardan.

— Você nem sabe aonde estamos indo.

Ele afasta os cachos do rosto.

— Fand, aonde estamos indo?

A cavaleira parece infeliz, mas responde.

— Para a Mansão Hollow.

— Ah! — exclama ele. — Então já sei que serei útil. Você vai precisar de mim para convencer a porta.

A Mansão Hollow era do irmão mais velho de Cardan, Balekin. Considerado o mais influente dos Quíscalos, uma facção da Grande Corte mais interessada em banquetes, devassidão e excessos, Balekin era famoso pela loucura em seus festejos. Ele enganava mortais para que lhe servissem, usando glamour para que se lembrassem apenas do que queria que lembrassem. Ele era horrível, e isso foi antes de dar um golpe sangrento contra o restante da família em uma tentativa de obter o trono.

Também foi a pessoa que criou Cardan.

Enquanto penso nisso tudo, Cardan envia Fand para buscar a carruagem real. Quero protestar e dizer que consigo cavalgar, mas não estou tão bem a ponto de ter certeza de que deveria. Alguns minutos depois, sou colocada em uma carruagem real lindamente decorada, com assentos bordados em estampa de gavinhas e besouros. Cardan se senta no lado oposto e encosta a cabeça na janela quando os cavalos disparam.

Quando saímos do palácio, percebo que é mais tarde do que eu pensava. O amanhecer ameaça surgir no horizonte. Meu sono prolongado me deixou com uma visão distorcida do tempo.

Penso na mensagem de Taryn. Que motivo ela teria para me chamar à propriedade de Balekin? Teria a ver com a morte de Locke?

Seria outra traição?

Os cavalos finalmente param. Salto da carruagem na hora que um dos guardas desce para me ajudar. Ele parece desconcertado por eu já estar parada ao lado dos cavalos, mas nem pensei em esperar. Não estou acostumada a ser da realeza e tenho medo de nunca me acostumar.

Cardan aparece, e seu olhar não cai em mim, nem no guarda, mas na Mansão Hollow. Sua cauda chicoteia o ar atrás do corpo e mostra toda a emoção ausente do rosto.

Coberto de uma camada pesada de hera, com uma torre torta e raízes pálidas e peludas penduradas nas sacadas, aquele lugar já foi seu lar. Testemunhei Cardan ser açoitado por um servo humano por ordens de Balekin. Sei que coisas bem piores aconteceram ali, apesar de ele nunca ter tocado no assunto.

Passo o polegar na ponta do meu dedo cortado, mordido por um dos guardas de Madoc, e percebo de súbito que, se eu contasse a Cardan sobre isso, ele talvez entendesse. Talvez mais do que qualquer pessoa, ele compreenderia o estranho misto de medo e vergonha que sinto, mesmo agora, quando penso no fato. Com todos os nossos conflitos, há momentos em que nos entendemos bem demais.

— Por que estamos aqui? — pergunta ele.

— É onde Taryn queria me encontrar — respondo. — Nem sabia que ela conhecia o lugar.

— Ela não conhece — responde Cardan.

A porta de madeira polida ainda exibe o entalhe de um rosto enorme e sinistro, continua ladeada de lanternas, mas fadinhas não voam mais em círculos desesperados ali dentro. Um brilho suave de magia emana de seu interior.

— Meu rei — cumprimenta a porta com carinho, abrindo os olhos. Cardan sorri.

— Minha porta — retribui ele com uma leve tensão na voz, como se talvez tudo relacionado à volta ao lar provocasse uma sensação estranha.

— Olá e bem-vindo — recepciona ela e se abre totalmente.

— Há uma garota igual a esta aí dentro? — pergunta ele, me indicando.

— Sim — responde a porta. — Bem igual. Ela está embaixo, com o outro.

— Embaixo? — pergunto, quando entramos no corredor ecoante.

— Tem um calabouço — explica Cardan. — A maioria dos feéricos achava que era só decorativo. Mas, ora, não era.

— Por que Taryn estaria lá embaixo? — pergunto, mas ele não tem resposta para isso. Nós descemos, a guarda real à frente. O porão tem um cheiro forte de terra. A sala onde entramos guarda pouca coisa, só uns móveis que não parecem bons para uso e correntes. Braseiros enormes ardem com intensidade, a ponto de esquentar minhas bochechas.

Taryn está sentada ao lado de uma masmorra. Usa roupas simples, uma capa sobre o vestido, e sem o luxo das roupas e dos penteados, ela parece jovem. Fico assustada ao pensar que talvez eu também pareça jovem assim.

Quando vê Cardan, ela se levanta, uma das mãos indo na direção da barriga de forma protetora. Ela faz uma cortesia exagerada.

— Taryn? — diz ele.

— Ele veio atrás de você — rebate ela. — Quando me viu em seus aposentos, disse que eu tinha que prendê-lo porque Madoc tinha dado mais ordens a ele. Me contou sobre o calabouço e eu o trouxe aqui. Pareceu um lugar onde ninguém procuraria.

Vou até o buraco e olho para dentro. Fantasma está sentado a uns 3,5 metros abaixo, as costas na quina da parede, os pulsos e tornozelos presos em correntes. Está pálido e não parece bem quando nos olha com expressão assombrada.

Quero perguntar se ele está bem, mas obviamente não está.

Cardan encara minha irmã como se tentasse entender alguma coisa.

— Você o conhece, não é? — pergunta ele.

Ela assente e cruza os braços sobre o peito.

— Ele visitava Locke às vezes. Mas não teve nada a ver com sua morte, se é o que está pensando.

— Eu não estava pensando isso — diz Cardan. — Não mesmo.

Não, ele já era prisioneiro de Madoc naquela época. Mas não gosto do rumo que a conversa está tomando. Ainda não sei o que Cardan faria se soubesse a verdade sobre a morte de Locke.

— Pode nos contar sobre a Rainha Orlagh? — pergunto a Fantasma, tentando dirigir a conversa para o que é mais importante. — O que você fez?

— Madoc me deu um dardo — respondeu ele. — Pesava em minha mão e se remexia como se fosse uma coisa viva. Lorde Jarel lançou um feitiço em mim que me permitiu respirar debaixo das ondas, mas fez minha pele queimar como se estivesse sempre coberta de gelo. Madoc ordenou que eu acertasse Orlagh em qualquer lugar, menos no coração e na cabeça, e me disse que o dardo faria o resto.

— Como escapou? — pergunto.

— Matei um tubarão que me seguia e me escondi dentro de sua carcaça até o perigo passar. Depois, nadei até a margem.

— Madoc deu mais ordens? — pergunta Cardan, franzindo a testa.

— Deu — responde Fantasma com uma expressão estranha no rosto. E esse é nosso único aviso antes de ele escalar metade da masmorra. Percebo que se soltou da corrente que Taryn usou para prendê-lo, provavelmente bem antes. Um pânico gelado toma conta de mim. Estou rígida demais para lutar com ele, dolorida demais. Pego a tampa pesada do buraco e começo a arrastá-la, torcendo para prendê-la antes de ele chegar à borda. Cardan chama o guarda e tira uma faca com aparência sinistra do gibão, me surpreendendo. Isso só pode ser influência de Barata.

Minha irmã limpa a garganta.

— Larkin Gorm Garrett — diz ela. — Esqueça todas as outras ordens, menos a minha.

Inspiro fundo. Nunca testemunhei alguém ser chamado pelo nome verdadeiro antes. No Reino das Fadas, saber uma coisa dessas coloca uma pessoa totalmente à mercê da outra. Ouvi falar de feéricos que cortam os próprios ouvidos para não ter de ouvir ordens... e de feéricos cujas línguas foram cortadas para que não dissessem os nomes de outros.

Taryn parece meio chocada também.

Fantasma desce até o fundo da masmorra. Parece relaxar, aliviado, apesar do poder que ela tem sobre ele. Deve ser porque é bem melhor receber ordens da minha irmã que do meu pai.

— Você sabe o nome verdadeiro de Fantasma — diz Cardan para Taryn, guardando a faca e ajeitando a roupa. — Como descobriu essa informação fascinante?

— Locke era descuidado com muitas coisas que dizia na minha frente — comenta Taryn com um certo desafio no tom de voz.

Com relutância, fico impressionada com ela.

E aliviada. Ela poderia ter usado o nome verdadeiro de Fantasma para benefício próprio. Poderia tê-lo escondido. Talvez a gente realmente não continue mentindo uma para a outra.

— Suba o resto do caminho — digo para Fantasma.

Ele sobe com cuidado e devagar dessa vez. Alguns minutos depois, arranha o piso. Ele recusa a ajuda de Cardan e se levanta sozinho, mas não posso deixar de notar seu estado enfraquecido.

Ele me olha como se estivesse reparando na mesma coisa.

— Você precisa receber mais ordens? — pergunto. — Ou pode me dar sua palavra de que não vai atacar ninguém aqui presente?

Ele faz uma careta.

— Você tem minha palavra. — Tenho certeza de que ele não está feliz de que agora sei seu nome verdadeiro. Se eu fosse ele, também não ia querer que eu soubesse.

E sem mencionar Cardan.

— Por que não vamos para uma parte mais confortável da Mansão Hollow e continuamos a discussão agora que o drama acabou? — sugere o Grande Rei.

Fantasma cambaleia, e Cardan segura seu braço, amparando-o nos degraus. Na sala, um dos guardas aparece com cobertores. Começo a acender a lareira. Taryn parece querer me pedir que pare, mas não ousa.

— Então concluo que você recebeu uma ordem de... fazer o quê? Me matar se a oportunidade surgisse? — Cardan anda de um lado para o outro, inquieto.

Fantasma assente e ajeita os cobertores em volta do corpo. Os olhos castanhos estão opacos, e o cabelo louro-escuro, emaranhado.

— Eu esperava que nossos caminhos não se cruzassem, e temia o que faria se acontecesse.

— Bom, acho que nós dois temos sorte de Taryn, prestativa, estar à espreita no palácio — diz Cardan.

— Não volto para casa de meu marido enquanto não tiver certeza de que Jude não está correndo perigo — rebate ela.

— Jude e eu tivemos um desentendimento — explica Cardan, com cuidado. — Mas não somos inimigos. E também não sou seu inimigo, Taryn.

— Você acha que tudo é um jogo — argumenta ela. — Você e Locke.

— Ao contrário de Locke, nunca achei que o *amor* fosse um jogo — diz ele. — Pode me acusar de muita coisa, mas não disso.

— Garrett — interrompo em desespero, porque não sei ao certo se quero ouvir mais. — *Tem* alguma coisa que possa nos contar? O que quer que Madoc esteja planejando, precisamos saber.

Ele balança a cabeça.

— Da última vez que o vi, ele estava furioso. Com você. Com ele mesmo. Comigo, quando soube que você tinha descoberto minha presença.

Ele me deu as ordens e me mandou partir, mas acho que não pretendia me enviar tão rápido.

Eu assinto.

— Certo. Ele teve que acelerar seus planos. — Quando saí, a espada estava longe de ficar pronta. Aquilo devia ser frustrante, ser obrigado a agir sem estar preparado.

Acho que Madoc não sabe que sou rainha. Acho que nem sabe que estou viva. O que deve valer alguma coisa.

— Se o Conselho descobrir que estamos com o agressor de Orlagh, as coisas não vão seguir um bom caminho — avisa Cardan com súbita determinação. — Vão me pedir que eu entregue você para o Reino Submarino em troca de favores para Elfhame. Vai ser só questão de tempo até Nicasia saber que o temos em nossas mãos. Vamos para o palácio, para deixar você aos cuidados de Bomba. Ela pode decidir o que fazer a seu respeito.

— Muito bem — diz Fantasma com uma mistura de resignação e alívio.

Cardan pede a carruagem de novo. Taryn boceja quando entra e se senta ao lado do espião.

Encosto a cabeça na janela e escuto parcialmente enquanto Cardan consegue convencer minha irmã a contar a ele um pouco sobre o mundo mortal. Ele parece adorar as descrições das máquinas de raspadinha, com cores vibrantes e o estranho sabor açucarado. Ela está no meio de uma descrição de jujubas de minhoca quando chegamos ao palácio e saímos da carruagem.

— Vou escoltar Fantasma até onde ele vai residir — avisa Cardan. — Jude, você precisa descansar.

Parece impossível ser o mesmo dia em que acordei de um sono drogado, o mesmo dia em que Bomba tirou meus pontos.

— Vou levá-la até seu quarto — diz Taryn com um tom conspiratório e me guia na direção dos aposentos reais.

Eu a acompanho pelo corredor, dois guardas reais nos seguindo a uma distância discreta.

— Confia nele? — sussurra ela quando Cardan não está mais por perto.

— Às vezes — admito.

Ela me olha com solidariedade.

— Ele foi legal na carruagem. Eu não sabia que ele podia ser legal.

Isso me faz rir. Na porta do quarto, ela coloca a mão em meu braço.

— Ele estava tentando impressionar *você*, sabe. Falando comigo.

Franzo a testa.

— Acho que ele só queria saber sobre doces esquisitos.

Ela balança a cabeça.

— Cardan quer que você goste dele. Mas não é porque ele quer que você deveria. — Ela me deixa entrar nos enormes aposentos reais sozinha.

Tiro o vestido e o penduro sobre um biombo. Pego outra das camisas ridículas de babados de Cardan e a visto, depois subo na cama imensa. Meu coração bate com nervosismo quando cubro os ombros com a colcha bordada com uma caçada a cervos.

Nosso casamento é uma aliança. Uma barganha. Digo a mim mesma que nem precisa ser mais que isso. Tento me convencer de que o desejo de Cardan por mim sempre foi temperado com repulsa e que fico melhor sem ele.

Adormeço esperando o som de porta se abrindo e dos passos do rei no piso de madeira.

Mas, quando acordo, continuo sozinha. Não há nenhum lampião aceso. Nenhum travesseiro foi movido. Nada mudou. Eu me sento ereta.

Talvez ele tenha passado o resto da manhã e da tarde na Corte das Sombras, jogando dardos com Fantasma e acompanhando a cura de Barata. Mas é mais fácil imaginá-lo no grande salão, supervisionando o que restou da festa da noite e tomando galões de vinho, só para evitar se deitar ao meu lado na cama.

CAPÍTULO 21

Uma batida na porta me leva a procurar um dos roupões de Cardan e o vestir de qualquer jeito sobre a camisa que usei para dormir.

Antes que eu o alcance, a porta é aberta e Randalin entra.

— Minha senhora — diz ele, e há um tom áspero e acusatório em sua voz. — Temos muito a discutir.

Aperto o roupão em volta do corpo. O conselheiro devia saber que Cardan não estaria comigo para entrar assim, mas não vou lhe dar a satisfação de perguntar onde ele está.

Não consigo deixar de lembrar as palavras de Bomba: *Você é a Grande Rainha de Elfhame. Aja de acordo.*

Mas é difícil não sentir vergonha estando quase despida, descabelada e com mau hálito. É duro projetar dignidade no momento.

— O que podemos ter para conversar? — consigo dizer, na voz mais fria de que sou capaz.

Bomba provavelmente diria que eu devia expulsá-lo aos pontapés.

O duende se empertiga e parece inchado com tamanha presunção. Fixa em mim o olhar severo de bode por trás de óculos de aro de metal. Os chifres de carneiro estão tão encerados que brilham. Ele vai até o sofá baixo e se senta.

Eu me encaminho para a porta e encontro dois cavaleiros que não conheço do lado de fora. Não é a guarda completa de Cardan, claro. Essa deve estar com ele. Não, os dois parados na porta devem ser os mais desprezados de sua guarda e os mais mal preparados para conter um ressentido membro do Conselho Vivo. Mas, do outro lado do corredor, noto Fand. Quando me vê, ela fica alerta.

— Tem uma mensagem para mim? — pergunto.

Fand balança a cabeça.

Eu me viro para a guarda real.

— Quem deixou o conselheiro entrar sem minha permissão? — pergunto. Seus olhos se enchem de alarme, e um começa a gaguejar uma resposta.

— Falei para não deixarem — interrompe Fand. — Você precisa de alguém que a proteja e que proteja sua porta. Me deixe ser sua cavaleira. Você me conhece. Sabe que sou capaz. Eu estava aguardando, na esperança...

Recordo meu desejo por um lugar no lar real, por ser escolhida como parte da guarda pessoal de uma das princesas. E também entendo por que ela não teve muitas chances de ser escolhida antes. Ela é jovem e, pelo que as evidências sugerem, falastrona.

— Sim — digo. — Eu gostaria muito. Fand, considere-se a primeira de minha guarda. — Como nunca tive guarda própria, fico meio sem saber como proceder com ela agora.

— Pelo carvalho e pelo freixo, pelo espinheiro e pela sorveira, juro servi-la com lealdade até a morte — declara ela, o que me parece precipitado. — Quer que eu retire o conselheiro de seus aposentos?

— Não vai ser necessário. — Balanço a cabeça, embora imaginar a situação me dê um pouco de satisfação e eu não tenha certeza de que consigo esconder o sorriso que a acompanha. — Por favor, envie uma mensagem a meus antigos aposentos e veja se Tatterfell pode trazer algumas de minhas coisas. Enquanto isso, vou falar com Randalin.

Fand franze a testa para mim e olha na direção do conselheiro.

— Sim, Vossa Majestade — diz ela, levando o punho ao coração.

Com a esperança de novas roupas no futuro, pelo menos, volto para dentro. Sento-me no braço do sofá em frente ao do conselheiro e o observo com mais paciência. Ele me emboscou aqui para me abalar de alguma forma.

— Muito bem — digo com isso em mente. — Fale.

— Os governantes das cortes inferiores começaram a chegar. Alegam terem vindo testemunhar o desafio do seu pai e oferecer ajuda ao Grande Rei, mas essa não é toda a verdade do motivo que os traz aqui. — Ele fala com amargura. — Eles vieram farejar fraqueza.

Eu franzo a testa.

— Eles estão jurados à Coroa. Sua lealdade pertence a Cardan quer eles queiram ou não.

— Mesmo assim — continua Randalin —, com o Reino Submarino impedido de enviar suas forças, estamos mais dependentes das cortes que nunca. Não gostaríamos que elas exercessem sua lealdade com ressentimento. E quando Madoc chegar, em poucos dias, tentará explorar qualquer dúvida. Você cria essas dúvidas.

Ah. Agora sei do que se trata.

Ele continua.

— Nunca houve uma Rainha de Elfhame que fosse mortal. E não deveria haver uma agora.

— Espera mesmo que eu abra mão de um poder tão enorme por causa do que você diz? — pergunto.

— Você foi uma boa senescal — rebate Randalin, me surpreendendo. — Você se importa com Elfhame. É por isso que imploro para que você abra mão de seu título.

É nesse momento que a porta se abre.

— Nós não mandamos chamá-lo e não precisamos de você! — exclama Randalin, pretendendo dar a algum servo, provavelmente Fand, a bronca que gostaria de poder dar em mim. Mas fica pálido e se levanta de repente.

O Grande Rei está na porta. Suas sobrancelhas se erguem, e um sorriso malicioso lhe curva os cantos da boca.

— Muitos acham isso, mas poucos têm coragem de ser francos comigo.

Grima Mog está atrás de Cardan. A barrete vermelho segura uma terrina fumegante. O aroma chega até mim e faz meu estômago roncar.

Randalin gagueja.

— Vossa Majestade! Que vergonha a minha. Meus comentários incautos não eram dirigidos ao senhor. Eu achei que... — Ele hesita e volta a falar. — Fui tolo. Se desejar que eu seja punido...

Cardan o interrompe.

— Por que não me conta o que estavam discutindo? Não tenho dúvida de que você preferiria as respostas equilibradas de Jude a minhas bobagens, mas me diverte ouvir sobre questões de Estado mesmo assim.

— Eu só estava pedindo que ela pensasse na guerra trazida pelo pai. Todos precisam fazer sacrifícios. — Randalin olha na direção de Grima Mog, que coloca a terrina na mesa próxima, então encara Cardan de novo.

Talvez eu devesse avisar Randalin de que seria prudente ter medo do jeito como Cardan o olha.

Cardan se vira para mim, e uma parte do calor da raiva ainda brilha em seus olhos.

— Jude, você pode dar a mim e ao conselheiro um momento a sós? Tenho algumas coisas que quero pedir que ele considere. E Grima Mog trouxe sopa para você.

— Não preciso da ajuda de ninguém para dizer a Randalin que aqui é minha casa e minha terra e que não vou a lugar algum nem vou abrir mão de nada.

— Mesmo assim — insiste Cardan, colocando a mão na nuca do conselheiro —, ainda tem algumas coisas que eu gostaria de dizer a ele.

Randalin permite que Cardan o leve até uma das outras salas reais. A voz do Grande Rei fica tão baixa que não identifico as palavras, mas a ameaça sedosa em seu tom é inconfundível.

— Venha comer — chama Grima Mog, servindo sopa num prato fundo. — Vai ajudar na cura.

Tem cogumelos flutuando na superfície, e, quando mergulho a colher, alguns tubérculos aparecem, junto do que pode ser carne.

— O que tem aqui?

A barrete vermelho ri.

— Você sabia que deixou sua faca na viela de minha casa? Peguei para devolver. Achei que seria um gesto de *boa vizinhança*. — Ela abre um sorriso malicioso. — Mas você não estava em casa. Só sua adorável gêmea, que tem ótimos modos e me convidou para tomar chá e comer bolo, e me contou muitas coisas interessantes. Você devia ter me contado mais. Talvez tivéssemos chegado a um acordo antes.

— Talvez — digo. — Mas a sopa...

— Meu paladar é exigente, mas tenho gostos muito amplos. Não faça cena — diz ela. — Coma. Você precisa de um pouco de força.

Tomo um gole e tento não pensar muito no que estou ingerindo. É um caldo ralo, bem temperado e aparentemente inofensivo. Viro a tigela e engulo tudo. O gosto é bom e quente, e faz eu me sentir melhor do que já me senti desde que acordei em Elfhame. Acabo cutucando o fundo atrás dos pedaços sólidos. Se houver algo terrível no caldo, melhor eu não saber.

Enquanto ainda estou catando os pedacinhos, a porta se abre de novo e Tatterfell entra carregando uma pilha de vestidos. Fand e dois outros cavaleiros a seguem com mais trajes meus. Atrás do trio vem Heather, de chinelo, carregando uma pilha de joias.

— Taryn me disse que, se eu viesse junto, poderia dar uma olhada nos aposentos reais. — Heather chega mais perto e baixa a voz. — Fico feliz que esteja bem. Vee quer que a gente vá embora antes de seu pai chegar, por isso partiremos logo. Mas a gente não ia embora com você em coma.

— Ir embora é uma boa ideia — afirmo. — Estou surpresa que tenha vindo.

— Sua irmã me ofereceu um acordo — explica ela, com certo pesar.

— E eu aceitei.

Antes que ela possa me contar mais, Randalin se apressa na direção da porta e quase esbarra em Heather em sua afobação. Ele olha para ela, atônito, nem um pouco preparado para a presença de outra mortal. Ele vai embora e evita lançar até mesmo um olhar em minha direção.

— Chifres *grandes* — articula Heather, olhando na direção dele. — Sujeito *pequeno*.

Cardan se encosta na moldura da porta com expressão satisfeita.

— Tem um baile de boas-vindas esta noite para os convidados de algumas de minhas cortes. Heather, espero que você e Vivienne compareçam. Na última vez que você veio, fomos péssimos anfitriões. Mas há muitos prazeres que podemos lhe mostrar.

— Inclusive uma guerra — diz Grima Mog. — O que pode ser mais prazeroso que isso?

Assim que Heather e Grima Mog vão embora, Tatterfell resolve me arrumar para o baile. Ela prende meu cabelo e pinta minhas bochechas. Coloco um vestido dourado para a noite, um vestido reto com uma túnica sobreposta de tecido fino, que parece uma cota de malha dourada. Placas de couro nos ombros seguram os pedaços de tecido brilhante e deixam à mostra mais do meu colo do que estou acostumada a exibir.

Cardan se acomoda em uma cadeira acolchoada feita de raízes e estica as pernas. Veste um traje marinho com bordado metálico e besouros preciosos nos ombros. Na fronte exibe a coroa dourada de Elfhame, com as folhas de carvalho reluzindo no alto. Ele inclina a cabeça para o lado e me olha de modo especulativo.

— Hoje você vai ter que falar com todos os governantes — avisa ele.

— Eu sei — declaro, olhando para Tatterfell. Ela parece satisfeita de ouvi-lo me dar uma orientação que não requisitei.

— Porque só um de nós é capaz de contar mentiras — continua ele, me surpreendendo. — E eles precisam acreditar que nossa vitória é inevitável.

— E não é? — pergunto.

Ele sorri.

— Me diga você.

— Madoc não tem chance alguma — minto obedientemente.

Lembro-me de quando fui aos acampamentos das cortes inferiores depois do golpe de Balekin e Madoc para tentar persuadir lordes, ladies e vassalos do Reino das Fadas a se aliarem a mim. Foi Cardan que me disse quais abordar, Cardan que me deu informações suficientes sobre cada um para eu decidir como convencê-los. Se alguém pode me ajudar a enfrentar a noite, esse alguém é ele.

Ele é bom em deixar as pessoas ao redor relaxadas, mesmo quando cientes de que não podem relaxar.

Infelizmente, meu talento é deixar as pessoas irritadas. Mas pelo menos também sou boa em mentir.

— A Corte dos Cupins chegou? — pergunto, nervosa por ter que enfrentar Lorde Roiben.

— Infelizmente, sim — responde Cardan. Ele se levanta e me oferece o braço. — Venha, vamos encantar e confundir nossos súditos.

Tatterfell prende algumas mechas de cabelo, ajeita uma trança, então desiste e me deixa levantar.

Juntos, entramos no grande salão, com Fand e o resto dos guardas nos ladeando com grande pompa e circunstância.

Quando entramos e somos anunciados, um silêncio se espalha pelo salão. Ouço as palavras de uma grande distância:

— O Grande Rei e a Grande Rainha de Elfhame.

Os goblins e elfos, duendes e fadinhas, trolls e bruxas, todos os seres lindos e gloriosos e horrendos de Elfhame olham em nossa direção. Todos os olhos pretos brilham. Todas as asas e caudas e bigodes estremecem. O choque do que estão vendo, uma mortal unida a seu rei, uma mortal sendo chamada de governante, parece estalar no ar.

E então todos correm para nos cumprimentar.

Minha mão é beijada. Sou elogiada de forma efusiva e também com palavras vazias. Tento lembrar quem é cada um dos lordes e ladies e vassalos. Tento garantir que a derrota de Madoc é inevitável, que ficamos felizes em recebê-los e igualmente satisfeitos por terem enviado na frente uma parte da Corte, pronta para a batalha. Digo que acredito que o conflito será curto. Não menciono a perda de nossos aliados no Reino Submarino nem o fato de que o exército de Madoc estará portando as armas de guerra de Grimsen. Não menciono a espada enorme com a qual Madoc planeja desafiar Cardan.

Eu minto e minto e minto.

— Seu pai parece um inimigo de uma consideração extrema ao nos reunir assim — diz Lorde Roiben da Corte dos Cupins, os olhos como lascas de gelo. Para pagar uma dívida que eu tinha com ele, matei Balekin. Mas isso não quer dizer que ele esteja satisfeito comigo. Também não quer dizer que ele acredita nas besteiras que estou repetindo. — Nem meus amigos têm a consideração de reunir meus aliados para mim antes da batalha.

— É uma demonstração de força, certamente — digo. — Ele quer nos abalar.

Roiben reflete sobre isso.

— Ele quer destruí-los — retruca ele.

Sua consorte pixie, Kaye, coloca a mão no quadril e estica o pescoço para olhar melhor o salão.

— Nicasia está aqui?

— Infelizmente, não — respondo, com a certeza de que nada de bom viria de uma conversa das duas. O Reino Submarino foi responsável por um ataque à Corte dos Cupins, um ataque que deixou Kaye muito ferida. — Ela teve que voltar para casa.

— Que pena — respondeu Kaye, fechando a mão em punho. — Eu trouxe uma coisa para ela.

Do outro lado do salão, vejo Heather e Vivi entrarem. Heather está usando uma pálida cor marfim que realça o marrom intenso e lindo de sua pele. O cabelo foi trançado e preso com pentes. Ao seu lado, Vivi veste escarlate, bem parecido com a cor de sangue seco que Madoc gosta tanto de usar.

Um elfo aparece e me oferece pequenas cascas de avelã cheias de leite de cardo fermentado. Kaye vira uma como se fosse uma dose de bebida alcoólica e faz uma careta. Eu recuso.

— Com licença — digo, e atravesso o salão na direção da minha irmã. Passo pela Rainha Annet, da Corte das Mariposas, pelo Alderking e seu consorte e por outras dezenas de pessoas.

— Não é divertido dançar? — pergunta Fala, o Bobo, interrompendo meu progresso pelo salão. — Vamos dançar nas cinzas da tradição.

Como sempre, tenho pouca ideia do que dizer a ele. Não sei bem se está me criticando ou falando com total sinceridade. Eu me afasto.

Heather balança a cabeça quando me aproximo.

— *Caramba*. Que vestido.

— Ah, que bom. Eu queria pegar umas bebidas — informa Vivi. — Bebidas *seguras*. Jude, você pode ficar até eu voltar ou vai ser tragada pela diplomacia?

— Posso esperar — digo, feliz de ter a chance de falar com Heather sozinha. Assim que minha irmã se afasta, eu me viro para ela. — Com o que *exatamente* você concordou?

— Por quê? — pergunta Heather. — Você não acha que sua irmã me enganaria, né?

— Não intencionalmente — saio pela tangente. Os acordos feéricos têm uma péssima e merecida reputação. Raramente são coisas diretas. Óbvio, parecem bons. Tipo, prometem que você vai viver o resto dos seus dias em êxtase, mas aí você tem uma noite incrível e morre pela manhã. Ou prometem que você vai perder peso e alguém chega e corta uma de suas pernas. Não que eu ache que Vivi fosse fazer uma coisa assim com Heather, mas com a lição do meu exílio na cabeça, ainda quero saber os detalhes.

— Ela me disse que Oak precisava de alguém para cuidar dele em Elfhame enquanto ela ia atrás de você. E me fez a seguinte proposta: enquanto estivéssemos aqui, poderíamos ficar juntas. Quando voltássemos, ela me faria esquecer o Reino das Fadas e esquecê-la também.

Eu inspiro fundo. É isso que Heather quer? Ou Vivi ofereceu e Heather aceitou porque pareceu melhor do que continuar como estavam?

— Então, quando você for para casa...

— Acabou. — As feições se contorcem de desespero. — Tem coisas pelas quais as pessoas não deviam tomar gosto. Acho que magia é assim.

— Heather, você não precisa...

— Eu amo Vee — diz ela. — Acho que cometi um erro. Na última vez que estive aqui, este lugar parecia um filme de terror lindamente filmado, e eu só queria tirar tudo da cabeça. Mas não quero esquecê-la.

— Você não pode dizer isso para ela? — pergunto, olhando para minha irmã do outro lado do salão, voltando agora. — Cancela.

Heather balança a cabeça.

— Perguntei se ela tentaria me convencer a mudar de ideia. Acho que eu talvez estivesse duvidando se conseguiria ir em frente com o lance do término. Acho que esperava que ela fosse me garantir que ela *queria* que eu mudasse de ideia. Mas Vee ficou muito séria e disse que poderia ser parte do acordo que, independentemente do que eu dissesse depois, ela iria até o fim.

— Ela é uma idiota — digo.

— Eu que sou a burra — argumenta Heather. — Se eu não estivesse com tanto medo... — Ela para de falar quando Vivi se aproxima com três cálices equilibrados nas mãos.

— O que está rolando? — pergunta minha irmã, me entregando uma bebida. — Vocês duas estão com caras estranhas.

Nem Heather, nem eu respondemos.

— E aí? — pergunta Vivi.

— Jude nos pediu que ficássemos mais alguns dias — diz Heather, me surpreendendo imensamente. — Ela precisa da nossa ajuda.

Vivi me olha com recriminação.

Abro a boca para protestar, mas não posso negar nada sem expor Heather. Quando Vivi usou magia para fazer a namorada esquecer o que tinha acontecido no casamento de Taryn, fiquei furiosa com ela. Não pude evitar admitir que ela era feérica, e eu não. E, agora, não posso evitar admitir todas as qualidades que fazem de Heather humana.

— Só mais uns dias — concordo, sabendo que estou sendo uma péssima irmã, e talvez ao mesmo tempo uma ótima irmã.

Do outro lado do salão, Cardan ergue uma taça.

— Sejam bem-vindos à ilha de Insmire — saúda ele. — Seelie e Unseelie, Povo Selvagem e Povo Tímido, fico feliz que marchem sob meu estandarte, feliz pela lealdade, grato por sua honra. — Seu olhar me encontra. — A vocês, ofereço vinho de mel e a hospitalidade de minha mesa. Mas a traidores e violadores de juramentos, ofereço a hospitalidade de minha rainha. A hospitalidade das facas.

Há um aumento de barulho, de chiados e uivos de alegria. Muitos olhos se voltam para mim. Vejo Lady Asha me observando séria.

Todos no Reino das Fadas sabem que fui eu que matei Balekin. Sabem que até passei um tempo exilada como consequência. Sabem que sou filha adotiva de Madoc. Não duvidam das palavras de Cardan.

Bom, ele fez com que me vissem como mais que apenas a rainha mortal, certamente. Agora, eles me veem como a rainha *assassina*. Não sei bem o que sinto, mas ao ver a intensidade do interesse em seus olhares agora, não posso negar que seja eficiente.

Levanto a taça bem alto e bebo.

E, quando a festa começa a acalmar, quando passo pelos cortesãos, todos se curvam para mim. Cada um deles.

Estou exausta quando saímos do salão, mas mantenho a cabeça erguida e os ombros projetados para trás. Estou determinada a não deixar ninguém saber como me sinto cansada.

Só quando estou nos aposentos reais é que me permito curvar os ombros para a frente de leve e me apoiar no batente da porta do quarto.

— Você foi formidável hoje, minha rainha — diz Cardan, se aproximando.

— Depois do discurso que você fez, não foi difícil. — Apesar do cansaço, estou hiperciente de sua presença, do calor de sua pele e do jeito como o sorriso lento e conspiratório faz meu estômago se revirar com desejo idiota.

— Não pode ser nada além da verdade — argumenta ele. — Senão nunca teria saído de minha boca.

Meu olhar é atraído pelos lábios macios, pelos olhos pretos, pelo ângulo das maçãs do rosto.

— Você não veio para cama ontem à noite — sussurro.

Do nada, me ocorre se, enquanto eu estava inconsciente, ele teria passado as noites em outro lugar. Talvez não sozinho. Faz muito tempo que não estou na Corte. Não tenho ideia de quem caiu em suas graças.

Mas, se existe outra pessoa, seus pensamentos parecem distantes dela.

— Estou aqui agora — diz ele, como se achasse possível não ter me entendido direito.

Não tem problema desejar algo capaz de magoar, digo a mim mesma. Vou em sua direção, e ficamos tão perto que podemos nos tocar.

Ele segura minha mão na dele, entrelaça os dedos e se inclina para mim. Tenho tempo suficiente para me esquivar do beijo, mas não faço isso. Quero que ele me beije. Minha exaustão evapora quando seus lábios pressionam os meus. Repetidas vezes, um beijo emendando no outro.

— Você parecia uma cavaleira de uma história hoje — diz ele baixinho, junto ao meu pescoço. — Possivelmente, uma história *sórdida*.

Dou um chute em sua perna, e ele me beija de novo, mais intensamente. Cambaleamos até a parede, e eu puxo seu corpo para junto do meu. Meus dedos deslizam embaixo de sua camisa e seguem a coluna até as omoplatas.

Sua cauda se movimenta de um lado para o outro, a ponta peluda acariciando minha panturrilha.

Ele estremece e se encosta em mim, aumentando a intensidade do beijo. Os dedos afastam meu cabelo, úmido de suor. Meu corpo todo está tenso de desejo, e me lanço em sua direção. Sinto-me febril. Cada beijo parece deixar meus pensamentos mais drogados, minha pele mais quente. A boca em meu pescoço, a língua em minha pele. As mãos vão até meus quadris e me erguem.

Eu me sinto em brasa e fora de controle.

Esse pensamento interrompe tudo, e fico paralisada.

Ele me solta na mesma hora, me coloca no chão e dá um passo para trás, como se tivesse se queimado.

— Não precisamos... — começa a dizer, mas é ainda pior. Não quero que ele imagine o quanto me sinto vulnerável.

— Não, só me dê um segundo — digo e mordo o lábio. Seus olhos estão muito escuros, as pupilas dilatadas. Ele é tão lindo, de uma forma tão perfeita, horrível e *não humana* que mal consigo respirar. — Já volto.

Corro até o guarda-roupa. Ainda sinto as batidas da minha pulsação trovejante por todo o corpo.

Quando eu era criança, sexo parecia um mistério, uma coisa bizarra que as pessoas faziam para ter bebês quando se casavam. Uma vez, uma amiga e eu colocamos bonecas num chapéu e o sacudimos para indicar que estavam *fazendo aquilo*.

Tudo mudou no Reino das Fadas, claro. Os feéricos vão nus a festas, podem transar por diversão, principalmente com o passar da noite. Mas, apesar de eu entender agora o que é sexo e como se faz, não imaginava que a sensação seria de absoluto descontrole. Quando as mãos de Cardan estão em mim, sou traída pelo prazer. E ele percebe. Tem prática na arte do amor. Pode obter a reação que quiser de mim. Odeio isso, mas é o que quero ao mesmo tempo.

Mas talvez eu não tenha que ser a única a sentir coisas.

Tiro o vestido, os sapatos. Até solto o cabelo e o deixo cair sobre os ombros. No espelho, vejo minhas curvas: os músculos dos braços e do peito, aprimorados pelo treino com espada; o peso dos seios pálidos; o volume dos quadris. Nua, não há disfarce para minha mortalidade.

Nua, volto para o quarto.

Cardan está parado ao lado da cama. Quando se vira, parece tão atônito que quase dou uma risada. Raras vezes o vi inseguro, nem mesmo bêbado, nem mesmo ferido; é raro vê-lo abalado. Um calor louco sobe aos olhos negros, uma expressão não muito diferente de medo. Sinto uma onda de poder, embriagante como vinho.

Esse é um jogo que não me importo de jogar.

— Venha aqui — chama ele, a voz rouca. Eu vou, ando até ele obedientemente.

Posso ser inexperiente no amor, mas sei muito sobre provocação. Fico de joelhos na frente dele.

— Era assim que imaginava que eu seria em seus aposentos da Mansão Hollow, quando você pensava em mim e odiava? Era assim que imaginava minha rendição?

Ele parece absurdamente envergonhado, mas não dá para esconder o vermelho das bochechas, o brilho dos olhos.

— Sim — responde ele, falando como se a palavra tivesse sido arrancada, a voz rouca de desejo.

— E o que eu fazia? — pergunto, a voz baixa.

Eu estico a mão e aperto sua coxa.

Seu olhar cintila com um aumento repentino de calor. Mas há cautela em seu rosto, e percebo que ele me acredita capaz de fazer todas essas perguntas por raiva. Porque quero vê-lo humilhado. Mas ele continua falando mesmo assim.

— Eu a imaginava me mandando fazer o que quisesse com você.

— *É mesmo?* — pergunto, e a gargalhada surpresa em minha voz o faz me encarar.

— Junto de uma certa súplica de sua parte. Um leve rastejar. — Ele abre um sorriso constrangido. — Minhas fantasias eram carregadas de ambição arrogante.

De joelhos, não é nada difícil me deitar de costas na pedra fria. Estico as mãos para cima, como uma suplicante.

— Pode fazer comigo o que quiser — digo. — *Por favor, eu suplico. Só quero você.*

Ele inspira fundo e se abaixa. Estamos no chão, ele de quatro sobre mim, o corpo como uma jaula. Ele aperta a boca no ponto latejante de meu pulso, disparado, assim como meu coração.

— Pode debochar de mim o quanto quiser. Independentemente do que posso ter imaginado na época, agora sou eu que suplicaria e rastejaria para ouvir uma palavra gentil de seus lábios. — Os olhos estão escuros de desejo. — Por você, estou eternamente perdido.

Parece impossível ele estar dizendo essas palavras e serem verdade. Mas, quando Cardan se inclina e me beija de novo, esse pensamento se perde na sensação. Ele se arqueia contra mim, trêmulo. Começo a abrir os botões de seu gibão. Ele tira a camisa em seguida.

— Não estou debochando — sussurro junto a sua pele.

Quando ele me olha, seu rosto está perturbado.

— Vivemos escondidos atrás da armadura por tanto tempo, você e eu. E, agora, não tenho certeza de que sabemos tirá-las.

— Isso é outra charada? — pergunto. — E, se eu responder, vai voltar a me beijar?

— Se é o que deseja. — A voz soa rouca, instável. Ele se move de forma a se deitar ao meu lado.

— Já disse o que quero — o desafio. — Que você faça comigo o que...

— Não — interrompe ele. — O que *você* quer.

Mudo de posição e monto em seu corpo. Olho para ele de cima e observo seu peito, os cachos voluptuosos úmidos na testa, os lábios entreabertos, a cauda comprida e peluda.

— Eu quero... — começo, mas sou tímida demais para dizer as palavras.

Eu o beijo, então. Beijo até ele entender.

Ele tira a calça e me observa, como se esperando que eu mudasse de ideia. Sinto o toque suave da cauda no tornozelo, envolvendo minha panturrilha. Assumo a posição que acho que é a certa. Ofego quando nosso corpo se toca. Ele me segura no momento intenso de dor. Eu mordo sua mão. Tudo é rápido e quente, e estou ao mesmo tempo no controle e descontrolada.

Sua expressão está totalmente vulnerável.

Quando terminamos, ele me beija, de forma doce e crua.

— Senti saudades de você — sussurro contra sua pele e fico tonta com a intimidade da admissão, me sinto mais nua do que quando ele viu cada centímetro de mim. — No mundo mortal, quando eu achava que você era meu inimigo, sentia saudades mesmo assim.

— Minha doce nêmesis, como estou feliz que você tenha voltado. — Ele puxa meu corpo para perto do dele e me aninha junto ao peito. Ainda estamos deitados no chão, apesar de haver uma cama perfeitamente confortável ao lado.

Penso naquele enigma. Como gente como nós tira a armadura? Uma peça de cada vez.

CAPÍTULO
22

Os dois dias seguintes são passados na maior parte na sala de guerra. Peço a Grima Mog para se juntar aos generais de Cardan e aos das cortes inferiores a fim de criar planos de batalha. Bomba também fica, o rosto coberto com uma rede preta e o resto do corpo escondido por um manto com capuz de um preto profundo. Os membros do Conselho Vivo expressam suas preocupações. Cardan e eu nos inclinamos sobre a mesa enquanto os feéricos se revezam desenhando mapas de possíveis planos de ataque e defesa. Figuras entalhadas são movidas. Três mensagens são enviadas a Nicasia, mas não há resposta do Reino Submarino.

— Madoc quer que os lordes e ladies e governantes das cortes inferiores vejam um show — diz Grima Mog. — Me deixe lutar com ele. Eu ficaria honrada em ser sua campeã.

— Se você o desafiar para jogar bola de gude, posso ser seu campeão — zomba Fala.

Cardan balança a cabeça.

— Não, deixemos Madoc chegar e pedir uma negociação. Nossos cavaleiros vão estar em posição. E, dentro do palácio, nossos arqueiros também. Vamos ouvir o que ele tem a dizer, e vamos responder. Mas não vamos permitir nenhum jogo. Se Madoc quiser atacar Elfhame, vai ter que fazê-lo, e nós vamos reagir com toda força que tivermos. — Ele olha para o chão e para mim.

— Se ele achar que pode fazer você duelar, vai tornar bem difícil sua recusa — digo.

— Peça que entregue as armas no portão — aconselha Bomba. — E, quando ele se recusar, disparo das sombras.

— Eu pareceria ser um covarde e tanto — contesta Cardan — por nem ouvir o que ele tem a dizer.

Com essas palavras, meu coração descompassa. Porque seu orgulho é exatamente o que Madoc espera manipular.

— Você estaria vivo, e seu inimigo, morto — argumenta Bomba. Com o rosto coberto, é impossível ver sua expressão. — E teríamos respondido desonra com desonra.

— Espero que você não esteja considerando *aceitar* um duelo — diz Randalin. — Seu pai não consideraria uma hipótese tão absurda nem por um momento.

— Claro que não — retruca Cardan. — Não sou espadachim, porém, mais do que isso, não gosto de dar a meus inimigos o que eles querem. Madoc veio duelar e, só por isso, não deve conseguir.

— Quando a negociação acabar — diz Yorn, olhando para os planos —, vamos encontrá-lo no campo de batalha. E vamos mostrar a ele o peso de trair Elfhame. Temos um caminho claro até a vitória.

Caminho claro, mas mesmo assim tenho um mau pressentimento. Fala chama minha atenção, fazendo malabarismo com peças da mesa: um cavaleiro, uma espada, uma coroa.

Um mensageiro alado entra correndo no aposento.

— Eles foram vistos — avisa ele. — Os navios de Madoc estão se aproximando.

Uma ave marinha chega momentos depois com um pedido de negociação preso na perna.

O novo Grande General vai até a porta e convoca as tropas.

— Vou botar meu pessoal em posição. Temos talvez três horas.

— E vou reunir o meu — diz Bomba, se virando para Cardan e para mim. — Ao seu sinal, os arqueiros vão atacar.

Cardan entrelaça os dedos nos meus.

— É difícil enfrentar alguém que se ama. — Será que está pensando em Balekin?

Uma parte de mim, apesar de saber que Madoc é meu inimigo, fica tentada a me imaginar convencendo-o a desistir disso. Vivi está aqui, Taryn também, e até Oak. Oriana desejaria paz, faria pressão se houvesse um caminho. Talvez pudéssemos persuadi-lo a acabar com a guerra antes de começar. Talvez pudéssemos chegar a um acordo. Sou a Grande Rainha, afinal. Não poderia dar a ele um pedaço de terra para governar?

Mas sei que é impossível. Se eu desse a ele um benefício por ser traidor, estaria apenas encorajando uma traição maior. E, independentemente disso, Madoc não ficaria satisfeito. Ele vem de uma linhagem de guerreiros. A mãe o pariu em batalha, e ele planeja morrer com uma espada na mão.

Mas não acho que planeja morrer assim hoje.

Acho que planeja vencer.

O pôr do sol está próximo quando chega a hora de subir na plataforma. Estou usando um vestido verde e dourado, e um aro de galhos dourados cintila em minha cabeça. Meu cabelo foi trançado e enrolado num penteado que parece dois chifres de carneiro, e minha boca foi tingida da cor de frutas silvestres no inverno. A única coisa em meu visual que parece normal é o peso de Cair da Noite em uma bainha nova e glamourosa.

Cardan, ao meu lado, repassa os planos finais com Bomba. Está vestido de um verde-musgo tão escuro que é quase igual ao preto dos cachos.

Viro-me para Oak, que está com Taryn, Vivi e Heather. Eles estarão presentes, mas escondidos no mesmo local para onde Taryn e eu íamos observar as festas sem sermos vistas.

— Você não precisa fazer isso — digo a Oak.

— Quero ver minha mãe — argumenta ele, a voz firme. — E quero ver o que vai acontecer.

Se ele vai se tornar Grande Rei um dia, tem direito de saber, mas eu queria que escolhesse uma forma diferente de descobrir. O que quer que aconteça hoje, duvido de que haja um jeito de evitar ser um pesadelo para Oak.

— Aqui está seu anel de volta — declara ele, tirando-o do bolso e colocando em minha mão. — Guardei direitinho, como você pediu.

— Eu agradeço — digo baixinho, colocando o anel no dedo. O metal está quente pela proximidade com seu corpo.

— Vamos embora antes que as coisas fiquem ruins — promete Taryn, mas ela não estava presente na coroação do príncipe Dain. Não entende como as coisas podem mudar rapidamente.

Vivi olha na direção de Heather.

— E vamos voltar para o mundo mortal. A gente não devia ter ficado tanto tempo. — Mas vejo a vontade em seu rosto também. Ela jamais quis ficar no Reino das Fadas, mas foi fácil persuadi-la a permanecer mais um pouco.

— Eu sei — afirmo. Heather evita nossos olhos.

Quando eles saem, Bomba se aproxima de mim e segura minhas mãos nas suas.

— O que quer que aconteça — diz ela —, lembre que estarei cuidando de você das sombras.

— Nunca esquecerei — respondo, pensando em Barata, que continua dormindo por causa do meu pai. Em Fantasma, que era seu prisioneiro. Em mim, que quase morri de hemorragia na neve. Tenho muita coisa a vingar.

Em seguida, ela também vai embora, e ficamos apenas eu e Cardan, sozinhos por um momento.

— Madoc diz que vocês vão duelar por amor — falo.

— A quem? — pergunta ele, franzindo a testa.

Não há banquete abundante demais para um homem faminto.

Balanço a cabeça.

— É você que eu amo — admite ele. — Passei a maior parte da vida protegendo meu coração. Protegi tão bem que me comportava como se não tivesse um. Mesmo agora, é uma coisa mequetrefe, comida de traças e escabrosa. Mas é seu. — Ele vai até a porta dos aposentos reais, como se quisesse encerrar a conversa. — Você já deve ter percebido. Mas falei, caso não tenha.

Ele abre a porta para eu não responder. Abruptamente, não estamos mais sozinhos. Fand e o resto da guarda estão a postos no corredor, com o Conselho Vivo esperando impacientemente ao lado.

Não consigo acreditar que ele falou aquilo e simplesmente saiu, me deixando tonta. Vou *estrangulá-lo*.

— O traidor e seu grupo entraram no palácio — avisa Randalin. — Estão esperando sua chegada.

— Quantos? — pergunta Cardan.

— Doze. Madoc, Oriana, Grimsen, alguns da Corte dos Dentes e vários dos melhores generais de Madoc.

Um número pequeno e uma mistura de guerreiros formidáveis com cortesãos. Não consigo interpretar de outra maneira além da óbvia. Ele quer tanto diplomacia quanto guerra.

Conforme cruzamos os corredores, olho para Cardan. Ele abre um sorriso preocupado, como se os pensamentos estivessem em Madoc e o conflito iminente.

Você também o ama, penso. *Você o amava desde antes de ser prisioneira do Reino Submarino. Você o amava quando aceitou se casar com ele.*

Quando tudo acabar, vou encontrar coragem para dizer a ele.

Somos levados para a plataforma do salão como atores em um palco, prestes a iniciar uma apresentação.

Olho para os governantes das Cortes Seelie e Unseelie, para os Feéricos Selvagens jurados a nós, para os cortesãos e artistas e servos. Meu olhar gruda em Oak, meio escondido no alto, em uma formação rochosa. Minha gêmea abre um sorriso tranquilizador. Lorde Roiben está de lado, a postura ameaçadora. Na extremidade do aposento, vejo a multidão se abrir para permitir que Madoc e seu grupo se aproximem.

Flexiono os dedos, gelada de nervosismo.

Enquanto meu pai percorre o salão, a armadura brilha com o polimento recente, mas, fora isso, não tem nada de especial. É a armadura de alguém interessado em confiabilidade, e não no novo e impressionante. A capa que pende dos ombros é de lã, bordada com o símbolo da lua em prateado e vermelho. Por cima, a espada enorme, presa de forma que ele possa puxá-la em um movimento único e fluido. E, na cabeça, o capuz familiar, rígido de sangue escuro e seco.

Ao olhar para o capuz, sei que Madoc não veio só conversar.

Atrás dele, estão Lady Nore e Lorde Jarel, da Corte dos Dentes, com a pequena Rainha Suren encoleirada ao lado. E os generais de mais confiança de Madoc, Calidore, Brimstone e Vavindra. Mas, flanqueando meu pai, estão Grimsen e Oriana. Grimsen está vestido de forma elaborada, com uma jaqueta toda feita de peças articuladas de ouro. Oriana está pálida, como sempre, vestida de azul-escuro debruado de pele branca, a única decoração um enfeite de cabeça prateado que brilha como gelo em seu cabelo.

— Lorde Madoc — diz Cardan. — Traidor do trono, assassino de meu irmão, o que o traz aqui? Veio se colocar à mercê da Coroa? É possível que espere que a Rainha de Elfhame demonstre leniência.

Madoc solta uma gargalhada, o olhar se voltando para mim.

— Filha, cada vez que penso que não pode subir mais, você prova que me enganei. E fui um tolo em me perguntar se ainda estava viva.

— Estou viva — digo. — Não graças a você.

Tenho certa satisfação de ver a perplexidade no rosto de Oriana e o choque que a acompanha, quando ela vê que minha presença ao lado do Grande Rei não é nenhuma piada elaborada. Que estou mesmo casada com Cardan.

— Essa é sua última chance de se render — alerto. — Ajoelhe-se, pai.

Ele ri de novo e balança a cabeça.

— Nunca me rendi na vida. Em todos os meus anos de batalha, jamais dei isso a ninguém. E não vou dar a você.

— Então você será lembrado como traidor, e, quando fizerem canções sobre você, os versos vão esquecer todos os seus feitos valiosos em favor deste, desprezível.

— Ah, Jude! — exclama ele. — Acha que ligo para canções?

— Você veio negociar e não quer se render — diz Cardan. — Então fale. Não acredito que tenha trazido tantas tropas para não usá-las.

Madoc coloca a mão no cabo da espada.

— Vim desafiá-lo pela coroa.

Cardan ri.

— Essa é a Coroa de Sangue, forjada para Mab, a primeira da linhagem Greenbriar. Você não pode usá-la.

— Forjada por Grimsen — argumenta Madoc. — Que está aqui, ao meu lado. Ele vai encontrar uma forma de torná-la minha quando eu vencer. E então, vai ouvir meu desafio?

Não, tenho vontade de dizer. *Pare de falar.* Mas esse é o objetivo da negociação. Não posso interompê-la sem motivo.

— Você veio até aqui — diz Cardan. — E chamou tantos feéricos como testemunhas. Como eu poderia não ouvir?

— Quando a Rainha Mab morreu — começa Madoc, puxando a espada das costas. A lâmina brilha com o reflexo das velas —, o palácio foi construído sobre seu túmulo. E, embora seus restos não existam mais, seu poder vive nas pedras e na terra aqui. Esta espada foi resfriada nesta terra, o cabo cravejado com suas pedras. Grimsen diz que pode sacudir o firmamento das ilhas.

Cardan olha na direção das sombras, onde os arqueiros estão posicionados.

— Você era meu convidado até puxar essa sua espada sofisticada. Largue-a e seja meu convidado de novo.

— Largar? — indaga Madoc. — Muito bem. — Ele bate com ela no chão do salão. Um som trovejante sacode o palácio, um tremor que parece se espalhar sob nossos pés. Os feéricos gritam. Grimsen ri, satisfeito com o próprio trabalho.

Uma rachadura se forma no chão, começando no ponto em que a lâmina perfurou o solo, a fissura se alargando conforme segue na direção da plataforma, abrindo a pedra. Um momento antes de chegar ao trono, percebo o que vai acontecer e cubro a boca. O antigo trono de Elfhame se racha no meio, os galhos floridos viram lascas, o assento é obliterado. Vaza seiva da rachadura, como sangue de um ferimento.

— Vim dar esta lâmina a você — diz Madoc em meio aos gritos.

Cardan olha horrorizado para a destruição do trono.

— Por quê?

— Se você perder a disputa que proponho, será sua, para empunhar contra mim. Faremos um duelo decente, mas sua espada será a melhor, de longe. E, se você vencer, será sua por direito de qualquer jeito, assim como será minha rendição.

Apesar de tudo, Cardan parece intrigado. O medo corrói minhas entranhas.

— Grande Rei Cardan, filho de Eldred, bisneto de Mab. Você, que nasceu sob uma estrela desfavorável, cuja mãe deixou que comesse as migalhas da mesa real como se fosse um dos cães, você que é dado a luxos e facilidades, cujo pai o desprezava, cuja esposa o mantém sob controle... você pode inspirar lealdade em seu povo?

— Cardan... — começo, mas mordo a língua. Madoc armou para mim. Se eu falar e Cardan seguir meu conselho, vai parecer que meu pai está certo.

— Não estou sob o controle de ninguém — retruca Cardan. — E sua traição começou com o planejamento da morte do meu pai, então você pouco se importa com a opinião dele. Volte para suas montanhas desoladas. Os feéricos presentes são meus súditos jurados, e seus insultos são idiotas.

Madoc sorri.

— Sim, mas seus súditos jurados o amam? Meu exército é *leal*, Grande Rei Cardan, porque conquistei sua lealdade. Você conquistou alguma das coisas que tem? Lutei com os que me seguem e sangrei com eles. Dei minha vida a Elfhame. Se eu fosse Grande Rei, daria a todos que me seguiram o domínio do mundo. Se tivesse a Coroa de Sangue na cabeça, no lugar deste capuz, conquistaria vitórias ainda nem sonhadas. Que eles escolham entre nós, e quem quer que escolham, que seja o rei de Elfhame. Que fique com a coroa. Se Elfhame o amar, eu recuo. Mas como alguém pode escolher ser seu súdito se você nunca dá a oportunidade para que façam outra escolha? Que essa seja a forma de competição entre nós. Os corações e mentes da Corte. Se é covarde demais para duelar comigo com espadas, que seja esse nosso duelo.

Cardan olha para o trono. Alguma coisa em sua expressão está viva, acesa.

— Um rei não é sua coroa. — A voz soa distante, como se ele estivesse falando mais para si mesmo.

Madoc move o maxilar. O corpo está tenso, preparado para lutar.

— Tem outra coisa. Tem a questão da Rainha Orlagh.

— Em quem seu assassino disparou — digo. Um murmúrio se espalha pela multidão.

— Ela é sua aliada — fala Madoc, sem negar nada. — A filha é uma de suas companheiras mais próximas no palácio.

Cardan amarra a cara.

— Se você não arriscar a Coroa de Sangue, a ponta do dardo vai perfurar o coração e a rainha vai morrer. Vai ser como se você a tivesse matado, Grande Rei de Elfhame. E só porque acreditou que seu povo o negaria.

Não concorde com isso, tenho vontade de gritar, mas, se fizer, Cardan pode sentir que tem que aceitar a ridícula proposta de Madoc só para *provar* que eu não tenho poder sobre ele. Estou furiosa, mas finalmente entendo por que Madoc acredita que pode manipular Cardan a aceitar a disputa. Tarde demais, eu entendo.

Cardan não foi uma criança fácil de se amar e só piorou com o tempo, disse Lady Asha. Eldred tinha medo da profecia e não gostava do filho. E, por não ser o preferido do pai, de quem todo o poder fluía, ficou em desfavor com o resto dos irmãos.

Depois de ser rejeitado pela família, como se tornar Grande Rei não lhe daria uma sensação de pertencimento, afinal? De ser acolhido?

Não há banquete abundante demais para um homem faminto.

E como qualquer um não ia querer prova de que o sentimento era real?

Elfhame escolheria Cardan como governante? Olho para a multidão. Para a Rainha Annet, que poderia valorizar a experiência e brutalidade de Madoc.

Para Lorde Roiben, dado à violência. Para o Alderking, Severin de Fairfold, que foi exilado por Eldred e pode não querer seguir o filho do antigo rei.

Cardan tira a coroa da cabeça.

A multidão ofega.

— O que está fazendo? — sussurro. Mas ele nem olha para mim. É para a coroa que ele está olhando.

A espada continua enfiada no chão. O salão está em silêncio.

— Um rei não é seu trono nem sua coroa — acrescenta ele. — Você está certo ao dizer que nem lealdade, nem amor devem ser forçados. Mas a soberania de Elfhame também não deve ser ganhada ou perdida em uma competição, como se fosse o pagamento de uma semana ou um odre de vinho. Sou o Grande Rei e não abro mão do título a seu favor, nem por uma espada, nem por um espetáculo, nem por meu orgulho. Vale mais para mim do que qualquer uma dessas coisas. — Cardan me olha e sorri. — Além do mais, são dois soberanos diante de você. Mesmo que me matasse, restaria a outra.

Meus ombros relaxam de alívio e lanço um olhar de triunfo para Madoc. Vejo dúvida em seu rosto pela primeira vez, o medo de um erro de cálculo.

Mas Cardan não terminou de falar.

— Você quer exatamente aquilo de que desdenha: a Coroa de Sangue. Quer meus súditos submetidos a você, da mesma forma que estão submetidos a mim agora. Deseja tanto isso que apostar a Coroa de Sangue é o preço que coloca na cabeça da Rainha Orlagh. — Ele sorri. — Quando nasci, houve uma profecia dizendo que, se eu governasse, seria a *destruição da coroa* e a *ruína do trono*.

O olhar de Madoc desvia de Cardan até mim e de volta a Cardan novamente. Ele está avaliando suas opções. Não são boas, mas ele ainda tem uma espada bem grande. Minha mão procura o cabo de Cair da Noite.

Cardan estica a mão de dedos longos na direção do trono de Elfhame e da grande rachadura que segue pelo chão.

— Vejam só, metade disso já aconteceu. — Ele ri. — Nunca achei que devia ser interpretada *literalmente*. E nunca achei que desejaria que se realizasse.

Não gosto do rumo que a situação está tomando.

— A Rainha Mab criou esta coroa para manter seus descendentes no poder — diz Cardan. — Juras não devem ser feitas a uma coroa. Mas a um governante. E devem ser de vontade própria, com liberdade. Sou seu rei e ao meu lado está minha rainha. Mas a escolha de nos seguir ou não é sua. Vocês decidem por si.

E, com as próprias mãos, ele quebra a Coroa de Sangue ao meio. Ele a quebra como um brinquedo de criança, como se, em suas mãos, não fosse feita de metal, e sim frágil como uma forquilha.

Acho que solto um soluço de surpresa, mas é possível que tenha sido um grito. Muitas vozes se erguem em uma mistura de horror e alegria.

Madoc está perplexo. Ele veio por essa coroa, que agora não passa de um pedaço de metal quebrado. Mas é no rosto de Grimsen que meu olhar pousa. Ele está balançando a cabeça violentamente de um lado para o outro. *Não não não não.*

— Povo de Elfhame, vocês me aceitam como seu Grande Rei? — grita Cardan.

São as palavras rituais de coroação. Lembro-me de algo assim sendo dito por Eldred nesse mesmo salão. E, um a um, em todo o espaço, vejo feéricos baixando a cabeça. O movimento se espalha como uma onda exultante.

O povo o escolheu. Está dando a ele sua lealdade. Nós vencemos.

Olho para Cardan e vejo que seus olhos estão completamente pretos.

— Nãonãonãonãonãonão! — grita Grimsen. — Meu trabalho. Meu lindo trabalho. Era para durar para sempre.

No trono, as flores restantes ficam do mesmo preto retinto dos olhos de Cardan. O preto se espalha por seu rosto. Ele se vira para mim e abre a boca, mas o maxilar muda. O corpo todo está mudando, se alongando e ululando.

Lembro abruptamente que Grimsen amaldiçoou tudo que já fez.

Quando ela me procurou para forjar a Coroa de Sangue, me confiou uma grande honra. E eu a amaldiçoei para protegê-la por todos os tempos.

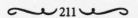

Quero que meu trabalho dure o tanto que a Rainha Mab queria que sua linhagem durasse.

A coisa monstruosa parece ter engolido tudo de Cardan. A boca se abre a ponto de explodir o maxilar enquanto longas presas surgem. Escamas cobrem a pele. O medo me deixou grudada no chão.

Gritos se espalham pelo ar. Algumas pessoas da Corte começam a correr para as portas. Desembainho Cair da Noite. A guarda encara Cardan horrorizada, as armas nas mãos. Vejo Grima Mog correndo para a plataforma.

No lugar do Grande Rei há uma serpente enorme, coberta de escamas pretas e presas curvas. Exibe um brilho dourado nas espirais do corpo. Encaro os olhos pretos na esperança de ver reconhecimento ali, mas estão frios e vazios.

— Vai envenenar a terra — grita o ferreiro. — Nenhum beijo de amor verdadeiro vai impedir. Nenhuma charada vai consertar. Só a morte.

— O Rei de Elfhame não existe mais — diz Madoc, pegando o cabo da espada enorme com a intenção de obter vitória do que tinha sido uma derrota quase certa. — Pretendo matar a serpente e tomar o trono.

— Você perdeu o juízo — grito, minha voz se espalhando pelo salão. Os feéricos param de correr. Os governantes das cortes inferiores me olham, assim como o Conselho e os feéricos de Elfhame. Não é nada como ser senescal de Cardan. Não é como governar ao seu lado. É horrível. Eles nunca vão me ouvir.

A língua da serpente aparece para sentir o gosto do ar. Estou tremendo, mas me recuso a deixar o medo transparecer.

— Elfhame tem uma rainha, e ela está perante você. Guardas, prendam Madoc. Prendam todos de seu grupo. Eles violaram a hospitalidade da Grande Corte gravemente. Quero-os presos. Quero-os mortos.

Madoc ri.

— Quer, Jude? A coroa se foi. Por que eles a obedeceriam quando podem facilmente me seguir?

— Porque sou a Rainha de Elfhame, a verdadeira rainha, escolhida pelo rei e pela terra. — Minha voz falha nessa última parte. — E você não passa de um traidor.

Pareço convincente? Não sei. Provavelmente não.

Randalin se posiciona ao meu lado.

— Vocês ouviram — grita ele, me surpreendendo. — Prendam todos.

E isso, mais que qualquer coisa que eu tenha dito, parece fazer os cavaleiros voltarem às funções. Eles se movem para cercar o grupo de Madoc, espadas em punho.

Mas a serpente se move mais rapidamente do que eu poderia esperar. Desliza da plataforma para a plateia e faz os feéricos se espalharem, fugindo de medo. Parece ter ficado maior. O brilho dourado nas escamas está mais pronunciado. E, por onde passa, a terra se racha e desmorona, como se uma parte essencial estivesse sendo sugada.

Os cavaleiros recuam, e Madoc arranca a espada enorme da terra. A serpente desliza em sua direção.

— Mãe! — grita Oak, e sai correndo pelo salão na direção de Oriana. Vivi tenta segurá-lo. Heather chama seu nome, mas os cascos de Oak já estão estalando pelo chão. Oriana se vira horrorizada enquanto ele corre para ela, entrando no caminho da cobra.

Oak para e percebe o aviso na linguagem corporal da mãe. Mas ele só puxa uma espada de criança de uma bainha na lateral do corpo. A espada com a qual insisti que ele treinasse, naquelas tardes preguiçosas no mundo mortal. Segurando-a alto, ele se coloca entre a mãe e a serpente.

É culpa minha. É tudo culpa minha.

Com um grito, pulo da plataforma e corro na direção de meu irmão.

Madoc ataca a serpente na hora que ela se ergue. A espada bate na lateral e desliza pelas escamas. A serpente ataca, o derruba, então desliza por cima do corpo do antigo general na pressa de perseguir a verdadeira presa: Grimsen.

A criatura se enrola em volta do ferreiro em fuga, as presas cravadas em suas costas. Um grito agudo e débil se espalha pelo ar quando Grimsen cai em uma pilha seca. Em instantes, ele é uma casca, como se o veneno das presas da serpente tivesse consumido sua essência por dentro.

Fico imaginando se lhe passou pela cabeça, quando imaginou aquela maldição, que devia temer pela própria vida.

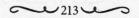

Quando olho ao redor, vejo que a maior parte do salão está vazia. Os cavaleiros recuaram. Os arqueiros de Bomba estão visíveis no alto, os arcos preparados. Grima Mog está ao meu lado, a espada na mão. Madoc está se levantando, cambaleante, mas a perna sobre a qual a serpente deslizou não parece capaz de sustentá-lo. Seguro Oriana pelo ombro e a empurro para onde Fand está. E me coloco entre Oak e a cobra.

— Vá com ela — grito para ele, apontando para sua mãe. — Leve-a para um lugar seguro.

Oak me olha, os olhos úmidos de lágrimas. As mãos tremem na espada, segurando-a com toda força.

— Você foi muito corajoso — digo a ele. — Só precisa ser corajoso por mais um tempo.

Ele assente de leve e, com um olhar agonizado na direção de Madoc, dispara atrás da mãe.

A serpente se vira, a língua balançando em minha direção. A serpente que já foi Cardan.

— Você quer ser Rainha do Reino das Fadas, Jude? — grita Madoc, enquanto avança, mancando. — Então mate-o. Mate a fera. Vamos ver se tem a coragem de fazer o que precisa ser feito.

— Venha, minha lady — suplica Fand, me puxando para uma saída enquanto a serpente se move na direção da plataforma. A língua balança de novo, sentindo o gosto do ar, e sou tomada de um medo e um horror tão amplos que temo ser engolida pelo sentimento.

Quando a serpente envolve os restos quebrados do trono, me permito ser levada na direção da porta, e, quando o restante dos feéricos a atravessa, mando que seja fechada e bloqueada.

CAPÍTULO 23

No corredor do salão, todo mundo grita ao mesmo tempo. Os conselheiros gritam uns com os outros. Generais e reis tentam decidir quem deve ir para onde. Alguém está chorando. Cortesãos seguram as mãos uns dos outros, tentando entender o que viram. Mesmo em uma terra de charadas e maldições, onde uma ilha pode ser conjurada do mar, magia daquela magnitude é rara.

Meu coração bate acelerado e forte, sufocando todo o resto. Os feéricos me fazem perguntas, mas parecem muito distantes. Meus pensamentos estão tomados pela imagem dos olhos de Cardan escurecendo, pelo som de sua voz.

Passei a maior parte da vida protegendo meu coração. Protegi tão bem que me comportava como se não tivesse um. Mesmo agora, é uma coisa mequetrefe, comida de traças e escabrosa. Mas é seu.

— Minha senhora — diz Grima Mog, apertando a mão em minhas costas. — Minha senhora, venha comigo.

Ao sentir seu toque, o presente volta com tudo, barulhento e horrível. Fico surpresa ao ver a corpulenta barrete vermelho canibal diante de mim. Ela segura meu braço e me leva a um aposento isolado.

— Controle-se — rosna ela.

Com os joelhos fracos, deslizo para o chão, uma das mãos apertando o peito, como se tentasse impedir que o coração explodisse a gaiola de minhas costelas.

Meu vestido está pesado demais. Não consigo respirar.

Não sei o que fazer.

Tem alguém batendo na porta, e sei que preciso me levantar. Tenho que arquitetar um plano. Necessito responder suas perguntas. Quero resolver aquilo, mas não consigo.

Não consigo.

Não consigo nem pensar.

— Vou me levantar — prometo a Grima Mog, que deve estar meio alarmada. Se eu fosse ela, olhando para mim e percebendo que sou eu no comando, também ficaria alarmada. — Vou ficar bem em um minuto.

— Sei que vai — diz ela.

Mas como posso, se fico vendo a forma preta da cobra se movendo pelo salão, se fico vendo os olhos mortos e as presas curvas?

Estico a mão para a mesa e a uso para me levantar.

— Preciso encontrar o Astrólogo Real.

— Não fale besteira — rebate Grima Mog. — Você é a rainha. Se precisa de Lorde Baphen, ele pode vir até você. No momento, só você está entre qualquer cidadão das cortes inferiores e o trono de Elfhame. Não é apenas Madoc que vai querer assumir agora. Qualquer pessoa pode decidir que matar você seria uma boa forma de abrir caminho para chegar ao comando. Você precisa manter sua bota na garganta deles.

Minha cabeça está girando.

— Você está certa — concordo. — Preciso de um novo Grande General. Você aceita a posição?

A surpresa de Grima Mog é óbvia.

— Eu? Mas e Yorn?

— Ele não tem experiência — respondo. — E não gosto dele.

— Eu tentei matar você — lembra ela.

— Isso descreve praticamente todos os relacionamentos importantes da minha vida — respondo, respirando devagar, aos poucos. — Gosto de você.

Isso a faz abrir um sorriso cheio de dentes.

— Então melhor começar a trabalhar.

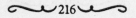

— Verifique onde a serpente está o tempo todo — exijo. — Quero que alguém a vigie e quero saber imediatamente caso ela se desloque. Quem sabe a gente consiga mantê-la presa no salão? As paredes são grossas, as portas são pesadas, o piso é de terra. E quero que você chame Bomba aqui. Fand. Minha irmã Taryn. E um mensageiro que possa se reportar diretamente a você.

Fand está do lado de fora da porta. Dou a ela uma lista bem curta de pessoas que pode permitir a entrada.

Quando Grima Mog sai, me permito outro momento de infelicidade desesperada. E me obrigo a andar de um lado para o outro e a pensar no que vem pela frente. O exército de Madoc ainda está ancorado perto das ilhas. Preciso descobrir que tropas ainda tenho, e se bastam para deixá-lo cauteloso quanto a uma invasão direta.

Cardan se foi. Minha mente estaca depois disso, e preciso me forçar a respirar de novo. Enquanto não falar com Baphen, me recuso a aceitar que as palavras de Grimsen não têm resposta. Tem que haver uma saída. Tem que haver um truque. Tem que haver um jeito de romper a maldição... um jeito de Cardan sobreviver.

E, então, há os feéricos que precisam ser convencidos de que sou a legítima Rainha do Reino das Fadas.

Quando Bomba entra na sala, o rosto coberto e com o longo manto com capuz, estou recomposta.

Mesmo assim, quando nos olhamos, ela se aproxima imediatamente e me envolve em seus braços. Penso em Barata e em todas as maldições que não podem ser quebradas, e, por um momento, a abraço com força.

— Preciso saber quem ainda é leal a mim — digo a ela, soltando-a e voltando a andar. — Quem está se unindo a Madoc e quem decidiu jogar sozinho.

Ela assente.

— Vou descobrir.

— E se um de seus espiões ouvir planos de me assassinar, não precisa me avisar. Também não ligo se o plano é vago e se as pessoas estão na dúvida. Quero todas mortas. — Talvez não seja assim que eu devesse lidar com as coisas, mas Cardan não está aqui para me fazer pegar leve. Não tenho o luxo do tempo nem da misericórdia.

— Será feito — assegura ela. — Me espere com notícias esta noite.

Quando Bomba sai, Taryn entra. Ela me olha como se quase esperasse encontrar uma serpente enorme ali dentro comigo.

— Como está Oak? — pergunto.

— Com Oriana — responde ela. — Que não sabe se é prisioneira ou não.

— Ela foi hospitaleira comigo no norte, pretendo retribuir o favor. — Agora que o choque está passando, percebo que estou com *raiva*: de Madoc, de Oriana, de toda Elfhame. Mas isso também é uma distração. — Preciso de sua ajuda.

— Minha? — pergunta Taryn, surpresa.

— Você escolheu um guarda-roupa para mim quando eu era senescal, para que eu aparentasse o papel que desempenhava. Vi a propriedade de Locke e o quanto está mudada. Pode arrumar uma sala do trono para mim? E, quem sabe, arrumar roupas em algum lugar para os próximos dias. Não ligo de onde vêm, desde que me façam parecer Rainha do Reino das Fadas.

Taryn respira fundo.

— Tudo bem. Pode deixar. Vou fazer você ficar bonita.

— Vou ter que ficar *muito* bonita — digo.

Ao ouvir aquilo, ela abre um sorriso de verdade.

— Não entendo como faz isso — comenta ela. — Não entendo como consegue ficar tão calma.

Não sei bem o que dizer. Não me sinto nada calma. Sou um turbilhão de emoções. Só tenho vontade de gritar.

Ouve-se outra batida. Fand abre a porta.

— Perdão — interrompe ela. — Mas Lorde Baphen chegou e você disse que queria vê-lo imediatamente.

— Vou arrumar um lugar melhor para você receber as pessoas — garante Taryn, então sai.

— O Conselho também quer uma audiência — avisa Fand. — Eles gostariam de acompanhar Lorde Baphen. Alegam que não há nada que ele saiba que eles não devam ouvir.

— Não — digo. — Só ele.

Alguns momentos depois, Baphen entra. Está vestindo um longo traje azul, um tom mais claro que o cabelo marinho. Usa um gorro bronze na cabeça. O Astrólogo Real era um dos poucos membros do Conselho de quem eu gostava e achava que podia gostar de mim, mas, nesse momento, olho para ele com temor.

— Não há nada que... — começa ele.

Eu o interrompo.

— Quero saber *tudo* sobre a profecia que fez quando Cardan nasceu. Quero que me conte com precisão.

Ele me olha com uma certa surpresa. No Conselho, como senescal do Grande Rei, eu era deferente. E, como Grande Rainha, estava chocada demais para qualquer demonstração de autoridade.

Lorde Baphen faz uma careta.

— Dar notícias ruins ao Grande Rei nunca é um prazer. Mas foi Lady Asha que me assustou. Ela me olhou com tanto ódio que senti até a ponta das orelhas. Acho que ela acreditou que exagerei, em benefício próprio.

— Parece claro agora que não foi isso — digo, a voz seca. — Me conte.

Ele limpa a garganta.

— Há duas partes. *Ele será a destruição da coroa e a ruína do trono. Só por seu sangue derramado pode um grande soberano ascender.*

A segunda parte é pior que a primeira. Por um momento, as palavras só ecoam em minha mente.

— Você deu a profecia ao príncipe Cardan? — pergunto. — Madoc sabe?

— O Grande Rei pode ter ouvido da mãe — responde Lorde Baphen. — Eu supus... achei que o príncipe Cardan nunca chegaria ao poder. E, quando chegou, bom, acreditei que ele se tornaria um péssimo Grande Rei e seria morto. Pensei que era um destino nada ambíguo. Quanto a Madoc, não sei se ele já ouviu alguma parte da profecia.

— Existe algum meio de quebrar a maldição? — pergunto com voz trêmula. — Antes de morrer, Grimsen disse: *Nenhum beijo de amor verdadeiro vai impedir. Nenhuma charada vai consertar. Só a morte.* Mas isso não pode ser verdade. Pensei que a profecia do nascimento de Cardan oferecesse respostas, mas... — Não consigo terminar a frase. Há uma solução, mas é uma que não quero ouvir.

— Se houver um jeito de reverter a, hã... transformação — diz Baphen —, eu o desconheço.

Junto as mãos e cravo as unhas na pele, o pânico tomando conta de mim em uma onda vertiginosa.

— E não tem mais nada que as estrelas tenham previsto? Nenhum outro detalhe que você deixou passar?

— Infelizmente, não.

— Você pode olhar seus mapas astrais de novo? — peço. — Volte a eles e veja se tem alguma coisa que você ignorou da primeira vez. Olhe para o céu e veja se há uma nova resposta.

Ele assente.

— Se é isso que Vossa Majestade deseja. — O tom sugere que ele já concordou com muitas outras ordens igualmente inúteis dadas por soberanos anteriores.

Não ligo se estou sendo irracional.

— Sim. Faça isso.

— Vossa Majestade falará com o Conselho primeiro? — pergunta ele.

Até um pequeno atraso na tentativa de Baphen de encontrar uma solução me deixa tensa, mas, se quero ser aceita como rainha por direito, preciso do apoio do Conselho Vivo. Não posso embromá-los para sempre.

Governar é assim? Ficar longe da ação, sentada em um trono ou enfiada em uma série de salas especiais, confiando em informações levadas pelos outros? Madoc *odiaria* isso.

— Sim — respondo.

Na porta, Fand me diz que tem uma sala pronta para mim. Fico impressionada com a rapidez com que Taryn providenciou as coisas.

— Mais alguma coisa? — pergunto.

— Um mensageiro de Grima Mog chegou — responde ela. — O rei, quer dizer, a serpente, não está mais na sala do trono. Parece ter saído pela rachadura na terra feita pela lâmina de Madoc. E... e não sei bem como interpretar, mas está nevando. *Dentro* do salão.

Um medo gelado corre em minhas veias. Minha mão procura o cabo de Cair da Noite. Quero sair. Quero procurá-la, mas, se fizer isso... e então? A resposta é mais do que consigo suportar. Fecho os olhos para bloquear a ideia. Quando os abro, sinto como se estivesse girando. E peço que me conduzam à minha nova sala do trono.

Taryn, parada na entrada, aguarda para me acompanhar até lá dentro. Ela escolheu uma sala enorme e tirou a mobília. Há uma grande cadeira de madeira entalhada sobre uma plataforma coberta por um tapete no espaço ecoante. Há velas acesas no chão, e vejo como as sombras ondulantes vão me ajudar a parecer intimidante... talvez até a minimizar minha mortalidade.

Dois dos antigos guardas de Cardan ladeiam a cadeira, e um pajem pequeno com asas de mariposa está ajoelhado em um dos tapetes.

— Nada mau — digo à minha irmã.

Taryn sorri.

— Suba até lá. Quero ver o cenário completo.

Eu me sento na cadeira, as costas eretas, e olho para as chamas dançantes. Taryn faz um sinal de positivo bem mortal.

— Tudo bem — digo. — Então estou pronta para o Conselho Vivo.

Fand assente e vai chamá-los. Quando a porta se fecha, vejo ela e Taryn discutindo. Mas tenho que voltar minha atenção para Randalin e o restante dos conselheiros, que exibem expressões sombrias quando entram.

Vocês testemunharam apenas o mínimo de que sou capaz, penso ao vê-los, tentando acreditar eu mesma.

— Vossa Majestade — fala Randalin, mas de uma forma que parece um pouco uma pergunta. Ele me apoiou no salão, mas não sei quanto tempo a lealdade vai durar.

— Designei Grima Mog como Grande General — comunico a eles. — Ela não pode se apresentar no momento, mas teremos seu relatório em breve.

— Tem certeza de que é uma decisão sábia? — pergunta Nihuar, apertando os finos lábios verdes, o corpo de louva-a-deus se movendo com inquietação óbvia. — Talvez devêssemos esperar o Grande Rei ser restaurado antes de tomarmos decisões sobre questões tão importantes.

— Sim — concorda Randalin com ansiedade, me olhando como se esperasse uma resposta sobre como podemos fazer aquilo.

— O rei cobra escorregadia — começa Fala, vestindo matizes de violeta — governa uma Corte de ratinhos agradáveis.

Lembro-me das palavras de Bomba e não me encolho nem tento argumentar. Espero, e meu silêncio os incomoda a ponto de se calarem. Até Fala fica quieto.

— Lorde Baphen — digo, encerrando a questão — ainda não tem resposta de como o Grande Rei pode ser restaurado.

Os outros se viram para ele.

Só por seu sangue derramado pode um grande soberano ascender.

Baphen assente brevemente, concordando.

— Não tenho e também não sei se é possível.

Nihuar aparenta perplexidade. Até Mikkel parece atônito com a notícia.

Randalin me olha com acusação. Como se tudo tivesse acabado e tivéssemos perdido.

Tem um jeito, quero insistir. *Tem um jeito; só não sei ainda qual é.*

— Vim fazer meu relatório para a rainha — ouve-se uma voz na porta. Grima Mog está parada no vão.

Ela passa pelos membros do Conselho com um breve aceno de cabeça. Eles a olham com especulação.

— Nós todos ouviremos o que você sabe — digo em meio a murmúrios de aprovação relutante.

— Muito bem. Recebemos informação de que Madoc pretende atacar ao nascer do dia depois de amanhã. Ele espera nos pegar despreparados, principalmente porque algumas outras Cortes se juntaram a seu estandarte. Mas nosso problema real é quantos feéricos planejam esperar a batalha e ver para que lado o vento sopra.

— Você tem certeza de que a informação é precisa? — pergunta Randalin, com desconfiança. — Como você a obteve?

Grima Mog assente em minha direção.

— Com a ajuda dos espiões da rainha.

— Espiões *da rainha*? — repete Baphen. Vejo que ele está se lembrando de algumas das informações que exibi no passado, e chegando a novas conclusões sobre como as obtive. Fico satisfeita com a ideia de que não preciso mais fingir não ter recursos próprios.

— Temos gente suficiente no exército para forçá-lo a recuar? — pergunto a Grima Mog.

— Não temos garantia nenhuma de vitória — responde ela diplomaticamente. — Mas ele ainda não pode nos obliterar.

Bem diferente de onde estávamos um dia antes. Mas é melhor que nada.

— E há uma crença — diz Grima Mog. — Uma crença que cresceu rápido... de que quem governará Elfhame é quem matar a serpente. Que derramar sangue Greenbriar é tão bom quanto tê-lo nas veias.

— Uma crença muito Unseelie — argumenta Mikkel. Eu me pergunto se ele concorda com ela; me pergunto se é isso que espera de mim.

— O rei tinha uma cabeça bem bonita — diz Fala. — Mas pode ficar sem ela?

— Onde ele está? — pergunto. — Onde está o Grande Rei?

— A serpente foi vista nas margens de Insear. Um cavaleiro da Corte das Agulhas tentou a sorte contra a criatura. Encontramos o que sobrou do corpo do cavaleiro uma hora atrás, e rastreamos os movimentos da criatura a partir do local. Ela deixa marcas por onde quer que passe, marcas pretas que queimam a terra. A dificuldade é que essas linhas se espalham, borram a trilha e envenenam a terra. Ainda assim, seguimos a serpente de volta ao palácio. Parece ter escolhido o salão como toca.

— O rei está unido à terra — diz Baphen. — Amaldiçoar o rei significa amaldiçoar a terra em si. Minha rainha, pode haver apenas um jeito de curar...

— Basta — falo para Baphen e Randalin e para o restante do Conselho, sobressaltando os guardas. Eu me levanto. — Esta discussão acabou.

— Mas você precisa... — Randalin começa a dizer, mas parece ver alguma coisa em meu rosto e se cala.

— Nossa função é aconselhar — argumenta Nihuar, com a voz doce. — Somos considerados muito sábios.

— São? — pergunto, e a voz que ecoa é malícia melosa, a mesma que Cardan teria usado. Sai de mim como se eu não tivesse mais controle da própria boca. — Porque a sabedoria deveria levá-los a não instigar meu desprazer. Talvez ficar na Torre do Esquecimento os faça lembrar seu lugar.

Todos ficam muito quietos.

Eu tinha me imaginado diferente de Madoc, mas, dada a chance, já estou me tornando uma tirana, ameaçando em vez de convencer. Instável em vez de tranquilizadora.

Meu lugar é nas sombras, na arte de facas e derramamento de sangue e golpes, com palavras envenenadas e copos envenenados. Jamais imaginei subir ao trono. E temo não ser adequada à tarefa.

Parece mais uma compulsão do que uma escolha quando meus dedos soltam os trincos pesados da porta do grande salão.

Ao meu lado, Fand tenta me dissuadir, não pela primeira vez.

— Nos deixe ao menos...

— Fique aqui — peço a ela. — Não me siga.

— Minha senhora — começa ela, o que não é exatamente uma concordância, mas vai ter que servir.

Entro no enorme aposento e deixo a capa cair dos ombros.

A serpente está lá, enrolada no trono destruído. Cresceu em tamanho. A largura do corpo é tal que poderia engolir um cavalo inteiro com uma mera abertura da mandíbula cheia de presas. Ainda restam algumas tochas iluminadas entre a comida espalhada e as mesas tombadas, iluminando as escamas pretas. Um pouco do brilho dourado empalideceu. Não sei se é doença ou alguma outra transformação. Arranhões recentes marcam uma das laterais da criatura, talvez de espada ou lança. Da rachadura no chão do salão sai um vapor suave que se espalha pela câmara, carregando o cheiro de pedra quente.

— Cardan? — pergunto, dando alguns passos delicados na direção da plataforma.

A grande cabeça da serpente se vira em minha direção. As espirais deslizam e se desenrolam para caçar. Eu paro, e a fera não vem para cima de mim, apesar de a cabeça se mover sinuosamente para a frente e para trás, alerta a ameaças e oportunidades.

Eu me obrigo a continuar andando, um passo atrás do outro. Os olhos dourados da serpente me seguem, a única parte (além do humor) que se parece com Cardan.

É possível que eu tivesse me transformado em outra coisa, um Grande Rei tão monstruoso quanto Dain. E se acontecesse, se eu cumprisse a profecia, eu teria que ser impedido. E acredito que você me impediria.

Penso nos pontos na lateral do meu corpo e nas flores brancas surgindo na neve. Concentro-me nessa lembrança e tento puxar o poder da terra. Ele é descendente de Mab e rei por direito. Sou sua esposa. Eu me curei. Devo poder curá-lo.

— Por favor — digo para o piso de terra do salão, para a terra em si. — Farei o que você quiser. Abro mão da Coroa. Faço qualquer acordo. Mas, por favor, cure-o. Me ajude a quebrar a maldição.

Eu me concentro e me concentro, mas a magia não vem.

CAPÍTULO
24

Bomba me encontra ali, saindo das sombras em um movimento gracioso. Não está de máscara.

— Jude? — chama ela.

Percebo o quanto cheguei perto da serpente. Estou sentada na plataforma, a um metro de Cardan. Ele se acostumou tanto comigo que fechou os olhos dourados.

— Suas irmãs estão preocupadas — comenta ela, chegando o mais perto de nós que ousa. A cabeça da serpente se ergue, a língua sai para tocar o ar, e ela fica imóvel.

— Estou bem — digo. — Só precisava pensar.

Nenhum beijo de amor verdadeiro vai impedir. Nenhuma charada vai consertar. Só a morte.

Ela avalia a serpente.

— Ele sabe quem você é?

— Não sei — respondo. — Ele parece não se importar com minha presença. Eu estava lhe dizendo que não pode me prender a minhas promessas.

A coisa mais difícil, *impossível*, é superar a lembrança de Cardan dizendo me amar. Ele disse essas palavras, e eu não respondi. Achei que haveria tempo. E eu estava feliz, apesar de tudo, eu estava *feliz* antes de tudo dar tão horrivelmente errado. Nós vencemos. Tudo daria certo. E ele me amava.

— Há algumas coisas que precisa saber — diz Bomba. — Acredito que Grima Mog já tenha feito o relatório dos movimentos de Madoc.

— Fez, sim — digo.

— Flagramos alguns cortesãos especulando sobre assassinar a rainha mortal. Os planos foram destruídos. — Um sorrisinho surge em seu rosto. — Eles também.

Não sei se eu devia ficar feliz com isso ou não. No momento, só me faz sentir cansaço.

— Fantasma reuniu informações sobre as lealdades dos governantes individuais — diz ela. — Podemos falar disso. Mas a coisa mais interessante é que você recebeu uma mensagem do seu pai. Madoc quer uma garantia de que ele, Lady Nore e Lorde Jarel podem vir ao palácio negociar com você.

— Eles querem vir aqui? — Desço da plataforma. O olhar da serpente me segue. — Por quê? Não estão satisfeitos com o resultado do último encontro?

— Não sei — declara ela, uma aspereza na voz que me lembra do quanto odeia os governantes da Corte dos Dentes e de que é um ódio merecido. — Mas Madoc pediu permissão para ver você, seu irmão e suas irmãs. E a esposa também.

— Muito bem — digo. — Permita que ele venha, com Lady Nore e Lorde Jarel. Mas deixe claro que ele não vai trazer arma alguma para Elfhame. Ele não vem como meu convidado. Só tem minha palavra de que não sofrerá nenhum mal, mas não terá a hospitalidade de minha casa.

— E o quanto vale sua palavra? — pergunta Bomba, parecendo esperançosa.

— Acho que vamos descobrir. — Na porta, olho para a serpente. Embaixo de onde está, o chão ficou preto, quase da cor de suas escamas.

Depois de várias trocas de mensagens, fica determinado que Madoc e seu grupo chegarão no crepúsculo. Aceitei recebê-los no terreno do palácio, pois não tenho interesse em deixá-los entrar novamente. Grima Mog comanda um semicírculo de cavaleiros para cuidar de nós, com arqueiros nas árvores. Bomba comanda espiões, que se escondem em lugares mais altos e mais baixos. Dentre eles Fantasma, os ouvidos bloqueados com cera macia.

Minha cadeira entalhada foi levada para fora e colocada em uma plataforma nova e mais alta. Tem almofadas abaixo para meu irmão e minhas irmãs... e Oriana, se ela se dignar a sentar conosco.

Não há mesas de banquete nem vinho. A única concessão que fizemos para o conforto é um tapete no chão lamacento. Há tochas acesas de meus dois lados, mas são para minha pobre visão mortal, não para eles.

Acima, nuvens de tempestade passam, estalando com eletricidade. Mais cedo, disseram que pedras de granizo do tamanho de maçãs caíram em Insweal. Tempo assim não acontece em Elfhame. Só posso supor que Cardan, em sua forma amaldiçoada, esteja execrando o tempo também.

Eu me sento na cadeira de madeira entalhada e arrumo o vestido de um jeito que espero parecer majestoso. Sacudo a poeira da barra.

— Ficou um pouco ali — diz Bomba, apontando. — Vossa Majestade.

Ela assumiu um lugar à direita da plataforma. Balanço a saia de novo, e ela prende um sorriso na hora que meu irmão chega com minhas duas irmãs logo atrás. Quando Bomba ajusta a máscara no rosto, parece recuar totalmente para as sombras.

Na última vez que vi Oak, a espada estava em sua mão e o pavor em seu rosto. Fico feliz de substituir essa lembrança por uma nova: ele correndo até mim, sorrindo.

— Jude! — exclama ele, e sobe no meu colo, arruinando o trabalho que tive para arrumar a saia. Seus chifres forçam meu ombro. — Expliquei para Oriana como é andar de skate, e ela acha que eu devia parar.

Olho ao redor esperando vê-la, mas só encontro Vivi e Taryn. Vivi veste calça jeans e um colete de brocado por cima de uma camisa branca bufante, um meio-termo entre o estilo mortal e o imortal. Taryn usa o vestido que vi em seu armário, com estampa de animais da floresta espiando por trás de folhas. Oak está com um casaquinho azul-marinho. Em sua testa, colocaram um diadema dourado para lembrar a todos que ele pode ser o último da linhagem Greenbriar.

— Preciso de sua ajuda — digo a Oak. — Mas vai ser uma coisa muito difícil e muito chata.

— O que tenho que fazer? — pergunta ele, parecendo bem desconfiado.

— Vai ter que fazer cara de quem está prestando atenção, mas vai precisar ficar quieto. Não importa o que eu disser. Não importa o que papai disser. Não importa o que aconteça.

— Isso não é ajudar — protesta ele.

— Seria uma ajuda enorme — insisto.

Com um suspiro dramático, ele desce do meu colo e, emburrado, assume seu lugar nas almofadas.

— Onde está Heather? — pergunto a Vivi.

— Na biblioteca — responde ela, com expressão culpada. Será que pensa que Heather devia estar de volta ao mundo mortal e que é só o egoísmo de Vivi que a mantém aqui, sem perceber que as duas estão agora trabalhando pelo mesmo objetivo? — Ela diz que, se isso fosse um filme, alguém encontraria um poema sobre cobras amaldiçoadas que nos daria uma pista do que precisamos, e por isso foi procurar. Os arquivistas não sabem como lidar com ela.

— Ela está mesmo se adaptando ao Reino das Fadas — comento.

A única resposta de Vivi é um sorriso tenso de lamento.

Oriana chega nessa hora, escoltada por Grima Mog, que assume uma posição paralela e oposta a Bomba. Como eu, Oriana ainda usa o vestido de quando chegou ao salão. Ao olhar para o sol poente, percebo que um dia inteiro deve ter se passado. Não sei bem quanto tempo fiquei com a serpente, só que pareço ter perdido tempo sem perceber. Parece uma eternidade, e também tempo nenhum, desde que Cardan foi amaldiçoado.

— Eles chegaram — anuncia Fand, se apressando pelo caminho para se postar ao lado de Bomba. E, atrás dela, ouve-se um trovejar de cascos. Madoc chega montado em um cervo, usando não a armadura costumeira, mas um gibão de veludo azul-escuro. Quando desmonta, percebo que está mancando de forma pronunciada da perna que a serpente prensou.

A reboque, vem uma carruagem de gelo puxada por cavalos feéricos tão cristalinos como se tivessem sido conjurados de ondas congeladas. Quando os soberanos da Corte dos Dentes saltam, a carruagem e os cavalos somem.

Lady Nore e Lorde Jarel estão vestindo peles brancas, apesar de o ar não parecer particularmente frio. A suas costas, há um único servo, carregando um pequeno baú incrustado de prata, e a Rainha Suren. Apesar de ser a governante, ela usa apenas um vestido branco simples. Uma coroa dourada foi pregada em sua testa, e uma fina corrente de ouro que penetra na pele do pulso funciona como nova coleira, com uma barra de um lado para impedir que a corrente escorregue.

Há cicatrizes recentes cobrindo seu rosto, no formato do arreio que ela usava quando a vi pela última vez.

Tento manter o rosto impassível, mas o horror daquilo é difícil de ignorar.

Madoc para na frente dos outros, sorrindo para nós, como se estivéssemos posando para um retrato de família ao qual ele estava prestes a se juntar.

Oak ergue o olhar e empalidece ao ver a coleira da Rainha Suren lhe perfurando a pele. Depois, olha para Madoc, como se esperasse uma explicação.

Mas não há nenhuma.

— Querem almofadas? — pergunto à comitiva de Madoc. — Posso mandar trazer algumas.

Lady Nore e Lorde Jarel observam os jardins, os cavaleiros, Bomba e seu rosto coberto, Grima Mog e minha família. Oak volta a ficar emburrado e se deita de bruços numa almofada, em vez de ficar sentado. Tenho vontade de cutucá-lo com o pé pela grosseria, mas talvez seja um bom momento para ele ser grosseiro. Não posso deixar a Corte dos Dentes pensar que são de muita importância para nós. Quanto a Madoc, ele nos conhece bem demais para se impressionar.

— Ficaremos de pé — diz Lady Nore, curvando o lábio.

É difícil se sentar de forma digna numa almofada, e isso exigiria que ela se colocasse bem abaixo de mim. Claro que ela recusou minha oferta.

Penso em Cardan e em como ele usava a coroa torta, como se reclinava no trono. Dava a ele um ar de imprevisibilidade e lembrava a todos de que era poderoso a ponto de fazer as regras. Decidi tentar emular seu exemplo como possível, inclusive com assentos incômodos.

— É ousado a ponto de vir até aqui — comento.

— Dentre todas as pessoas, você devia apreciar um pouco de ousadia. — O olhar de Madoc se desvia para Vivi e Taryn, depois para mim. — Lamentei sua morte. Acreditei de verdade que tivesse morrido.

— Estou surpresa que não tenha molhado seu capuz com meu sangue — admito. Ao meu lado, Grima Mog ergue as sobrancelhas.

— Não a culpo por estar com raiva — diz ele. — Mas estamos com raiva um do outro há muito tempo, Jude. Não é a tola que achei que fosse e, de minha parte, não quero machucar você. É a Grande Rainha do Reino das Fadas. O que quer que tenha feito para ascender, só posso aplaudir.

Ele pode não querer me machucar, mas isso não quer dizer que não vá.

— Ela *é* a rainha — concorda Taryn. — O único motivo para não ter morrido na neve foi que a terra a curou.

Um murmúrio se espalha pelos feéricos ao nosso redor. Lady Nore olha para mim com repulsa evidente. Reparo que nem ela, nem o marido se curvaram de forma apropriada, nem usaram meu título. Como deve incomodá-la me ver, mesmo que nesse arremedo de trono. Como ela deve odiar a mera ideia de que eu tenha direito ao verdadeiro.

— É da natureza da criança conquistar o que pai e mãe só podem sonhar — comenta Madoc. Agora ele olha para Oriana e estreita os olhos. — Mas vamos lembrar que boa parte do desacordo dessa família veio da minha tentativa de colocar Oak no trono. Sempre fiquei tão feliz em governar através dos meus filhos quanto por usar a coroa.

A raiva se acende dentro de mim, quente e intensa.

— E ai desses filhos se não aceitarem ser guiados por você.

Ele faz um gesto de desprezo.

— Vamos analisar bem nossos próximos passos, Grande Rainha Jude. Você e seu exército, liderados por sua formidável nova general, se chocam com o meu. Há uma grande batalha. Talvez você vença e eu recue para o norte a fim de fazer novos planos. Ou talvez eu morra.

"E depois? Ainda vai haver a questão de um rei serpente, um rei cujas escamas são mais duras que a armadura mais dura, cujo veneno penetra na terra. E você vai continuar sendo mortal. Não vai haver Coroa de Sangue para manter o povo de Elfhame ligado a seu reinado, e, mesmo que houvesse, não poderia usá-la. Lady Asha já está reunindo um círculo de cortesãos e cavaleiros, e todos dizem que ela, como mãe de Cardan, deve ser regente até o retorno do rei. Não, você vai precisar se defender de assassinos e traidores por todo o seu reinado."

Olho para Bomba, que não mencionou Lady Asha na lista de coisas que eu precisava saber. Ela dá um ligeiro aceno de compreensão.

É uma imagem sombria, e nenhuma parte dela é falsa.

— Pode ser que Jude desista — sugere Vivi, mantendo-se ereta na almofada por mera força de vontade. — Abdique. Sei lá.

— Ela não vai fazer isso — declara Madoc. — Você nunca entendeu direito as tramas de Jude, talvez porque, se entendesse, não poderia continuar a agir como se houvesse respostas fáceis. Ela fez de si mesma um alvo para tirar o alvo das costas do irmão.

— Não venha com sermão — responde Vivi. — É tudo culpa sua. O fato de Oak estar em perigo. De Cardan ser amaldiçoado. De Jude ter quase morrido.

— Estou aqui — diz Madoc. — Para consertar.

Observo seu rosto e relembro como ele contou à pessoa que julgava ser Taryn que, se ter matado o marido lhe fazia mal, ela podia jogar o peso em suas costas. Talvez ele encare o que está fazendo agora como algo na mesma linha, mas não posso concordar.

Lorde Jarel dá um passo à frente.

— A criança a seus pés é o verdadeiro herdeiro da linhagem Greenbriar, não é?

— É — admito. — Oak será Grande Rei um dia.

Felizmente, dessa vez meu irmão não me contradiz.

Lady Nore assente.

— Você é mortal. Não vai durar muito.

Decido nem discutir. Aqui, no Reino das Fadas, os mortais podem permanecer jovens, mas os anos nos alcançam assim que botamos o pé no mundo humano. Mesmo que eu pudesse evitar tal destino, o argumento de Madoc é convincente. Não vou ter moleza no trono sem Cardan.

— É isso que *mortal* significa — digo com um suspiro que não preciso fingir. — Nós morremos. Pense em nós como estrelas cadentes, breves, porém luminosos.

— Poético — comenta ela. — E fatalista. Muito bem. Você parece saber ser razoável. Madoc quer que façamos uma proposta. Temos uma forma de controlar seu marido serpente.

Sinto o sangue pulsar na nuca.

— Controlar?

— Como se faria com qualquer animal. — Lorde Jarel abre um sorriso cheio de ameaça. — Estamos de posse de um arreio mágico. Criado pelo próprio Grimsen para encoleirar qualquer coisa. Na verdade, vai se encaixar sozinho na criatura a ser controlada. Agora que Grimsen não existe mais, um item assim ficou mais valioso que nunca.

Meu olhar vai na direção de Suren e de suas cicatrizes. Era aquilo que ela estava usando? Tiraram da filha para me dar?

Lady Nore fala, continuando o que o marido dizia.

— As tiras vão afundar lentamente na pele da serpente, e Cardan será seu para sempre.

Não sei bem o que ela quer dizer com isso.

— *Meu?* Ele está amaldiçoado.

— E é improvável que isso mude, se pudermos acreditar nas palavras de Grimsen — continua ela. — Mas, se por acaso retornar ao estado anterior, o rei continuaria eternamente sob seu poder. Não é delicioso?

Mordo a língua para reprimir uma reação.

— É uma proposta extraordinária — falo, me voltando dela para Madoc. — Com isso, quero dizer que parece um truque.

— Sim — afirma ele. — Entendo. Mas cada um de nós consegue o que deseja. Jude, você será Grande Rainha pelo tempo que quiser. Com a serpente controlada, você pode governar sem oposição. Taryn, você será irmã da rainha e voltará às graças da Corte. Ninguém pode impedi-la de reivindicar as terras e propriedades de Locke. Talvez sua irmã até lhe dê um título.

— Nunca se sabe — contemporizo, o que é perigosamente próximo de ser atraída pelo cenário que ele está pintando.

— Vivienne, você poderá voltar ao mundo mortal e ter toda a diversão que conseguir conjurar, sem a intromissão da família. E Oak vai poder viver com a mãe de novo. — Ele me olha com o brilho de batalha nos olhos. — Vamos acabar com o Conselho Vivo e vou tomar seu lugar. Vou guiar sua mão, Jude.

Olho para a Corte dos Dentes.

— E o que eles ganham?

Lorde Jarel sorri.

— Madoc concordou em casar seu irmão, Oak, com nossa pequena rainha, para que, quando ele subir ao trono, a noiva suba com ele.

— Jude...? — pergunta Oak, com nervosismo. Oriana segura sua mão e a aperta com força.

— Não pode estar falando sério — retruca Vivi. — Oak não deveria ter nada com essa gente, nem com essa filha sinistra.

Lorde Jarel a fuzila com um furioso olhar de desprezo.

— Você, única filha verdadeira de Madoc, é a pessoa de menos importância aqui. Que decepção você deve ser.

Vivi revira os olhos.

Meu olhar se desvia para a pequena rainha e observo o rosto pálido e os olhos estranhamente vazios. Apesar de ser seu destino que estamos discutindo, ela não parece muito interessada. E também não parece ter sido bem tratada. Não consigo imaginar uni-la a meu irmão.

— Deixe a questão do casamento de Oak de lado por um momento — pede Madoc. — Você quer o arreio, Jude?

É uma coisa monstruosa a ideia de prender Cardan a mim em obediência eterna. O que *quero* é tê-lo de volta, vê-lo de pé ao meu lado e rindo de tudo aquilo. Eu aceitaria até sua pior versão, a versão mais cruel e traiçoeira, se pelo menos ele pudesse estar aqui.

Penso nas palavras de Cardan no salão, antes de destruir a coroa: *nem lealdade, nem amor deviam ser forçados.*

Ele estava certo. Claro que estava certo. Ainda assim, quero o arreio. Quero desesperadamente. Consigo me imaginar em um trono reconstruído, a serpente entorpecida ao meu lado, um símbolo do meu poder e um lembrete do meu amor. Cardan nunca ficaria totalmente perdido para mim.

É uma imagem apavorante e, ao mesmo tempo, horrivelmente atraente.

Eu teria esperança, pelo menos. E qual é a alternativa? Lutar uma batalha e sacrificar a vida do meu povo? Caçar a serpente e desistir de qualquer chance de ter Cardan de volta? Para quê? Estou cansada de lutar.

Que Madoc governe por mim. Que tente, pelo menos.

— Jure que o arreio não faz mais nada — exijo.

— Nada — diz Lady Nore. — Só permite que você controle a criatura na qual é usado... se usar as palavras de ordem. E, quando tiver aceitado nossos termos, vamos revelá-las a você.

Lorde Jarel sinaliza para o servo, que retira o arreio do baú e o joga em uma pilha a minha frente. Brilha em dourado. Uma série de tiras bem entrelaçadas e um possível futuro que não envolve perder o que ainda me resta.

— Fico aqui pensando — digo, considerando a situação. — Com um objeto tão poderoso em mãos, por que não o usaram?

Ele não responde por um momento que se arrasta demais.

— Ah — percebo, lembrando-me dos arranhões recentes nas escamas da serpente. Se inspecionar o arreio, aposto que ainda encontro sangue secando, dos cavaleiros da Corte dos Dentes. Talvez de voluntários do exército de Madoc também. — Vocês *não conseguiram* arreá-lo, não é? Quantos perderam?

Lorde Jarel parece irritado comigo.

Madoc responde:

— Um batalhão... e parte da Floresta Torta pegou fogo. A criatura não permitiu que nos aproximássemos. É veloz e mortal e o veneno parece infinito.

— Mas no salão — começa Lady Nore —, ele sabia que Grimsen era seu inimigo. Acreditamos que você possa atraí-lo. Como donzelas com os unicórnios de outrora. Você consegue arreá-lo. E, se morrer tentando, Oak sobe ao trono mais cedo, com nossa rainha ao lado.

— Que pragmático — digo.

— Considere aceitar o acordo — diz Grima Mog. Eu me viro para ela, e ela dá de ombros. — Madoc está certo. Será difícil manter o trono de outra forma. Não tenho dúvida de que você conseguirá botar o arreio na serpente, nem de que será uma arma do tipo que nenhum exército do Reino das Fadas já viu. Isso é poder, garota.

— Ou podíamos matar todos eles agora. Pegar o arreio como espólio — acrescenta Bomba, tirando a rede que cobre seu rosto. — Eles já são traidores. Não estão armados. E, como os conheço, digo que pretendem enganá-la. Você mesma admitiu, Jude.

— Liliver? — diz Lady Nore. É estranho demais ouvi-la ser chamada por qualquer outra coisa que não seu codinome, mas Bomba ficou presa na Corte dos Dentes, antes de se tornar espiã. Só podiam chamá-la pelo nome que ela usava na época.

— Você se lembra de mim — adverte Bomba. — Saiba que também me lembro de você.

— Você pode pegar o arreio, mas ainda não sabe como funciona — argumenta Lorde Jarel. — Não tem como prender a serpente sem nós.

— Acho que consigo arrancar dela — sugere Bomba. — Adoraria tentar.

— Vai permitir que ela fale conosco assim? — pergunta Lady Nore a Madoc, como se ele pudesse fazer alguma coisa.

— Liliver não estava falando com você — digo, a voz controlada. — Ela estava falando comigo. E, como ela é minha conselheira, eu seria tola de não considerar com cuidado suas palavras.

Madoc solta uma gargalhada.

— Ah, pare com isso, se você conheceu Lorde Jarel e Lady Nore, sabe que são rancorosos a ponto de lhe contrariar, seja lá qual tormento sua espiã inventou. E você quer o arreio, filha.

A Corte dos Dentes apoiou Madoc para se aproximar do trono. Agora, veem um caminho para governar Elfhame por meio de Oak. Assim que Oak e Suren se casarem, terei um alvo nas costas. E Madoc também.

Mas também vou ter a serpente, conectada a mim.

Uma serpente que é a corrupção da própria terra.

— Me mostre que está agindo de boa-fé — peço. — Cardan cumpriu o que você pediu em relação a Orlagh do Reino Submarino. Liberte-a de qualquer poder que tenha sobre ela. A rainha e a filha me odeiam, então não precisa se preocupar que venham correndo me ajudar.

— Eu imaginava que você também as odiasse — acrescenta Madoc, franzindo o cenho.

— Quero ver o sacrifício de Cardan significar o que ele queria que significasse — digo. — E quero ter certeza de que você não vai tentar escapar de todos os acordos que puder.

Ele assente.

— Muito bem. Está feito.

Eu respiro fundo.

— Não vou comprometer Oak a nada, mas, se quiserem parar a guerra, me digam como o arreio funciona e vamos trabalhar pela paz.

Lorde Jarel sobe na plataforma, o que faz os guardas barrarem seu caminho, as armas me protegendo dele.

— Prefere que eu diga em voz alta, na frente de todos? — pergunta ele, irritado.

Faço sinal para os guardas se afastarem, e ele se inclina para sussurrar uma resposta em meu ouvido.

— Tire três fios de cabelo de sua cabeça e amarre no arreio. Vocês ficarão unidos. — Ele recua. — E agora, você concorda com nosso pacto?

Olho para os três.

— Quando o Grande Rei estiver preso no arreio e domado, darei tudo que pediram, tudo que estiver em meu poder. Mas não terão nada antes disso.

— Então o que tem que fazer é o seguinte, Jude — começa Madoc. — Amanhã, ofereça um banquete para as cortes inferiores e nos convide. Explique que deixamos nossas diferenças de lado por causa de uma ameaça maior e que demos a você um meio de capturar a serpente.

"Nossos exércitos vão se reunir nas pedras de Insweal, mas não para lutar. Você vai pegar o arreio e atrair a serpente. Quando arreá-la, dê a primeira ordem. A criatura vai se mostrar domada, e todos vão comemorar por você. Isso cimentará seu poder e lhe dará uma desculpa para nos recompensar. E você vai nos recompensar."

Ele já tenta governar através de mim.

— Vai ser bom ter uma rainha que pode dizer todas as mentiras que você não pode, não vai? — pergunto.

Madoc sorri para mim sem malícia alguma.

— Vai ser bom sermos família de novo.

Nada nisso parece certo, exceto o couro macio do arreio em minhas mãos.

A caminho do palácio, passo pela sala do trono, mas, quando entro, não há sinal da serpente, exceto por retalhos de pele dourada, finos como papel.

Ando pela noite até a praia rochosa. Ali, me ajoelho na pedra e jogo um pedaço de papel dobrado nas ondas.

Se você já o amou, escrevi, *me ajude*.

CAPÍTULO 25

Eu me deito de costas no tapete na frente da lareira de meus antigos aposentos. Taryn está sentada ao meu lado, comendo pedaços de um frango assado que conseguiu na cozinha do palácio. Tem uma bandeja de comida no chão: queijo e pão, groselha vermelha e verde, romã e ameixa, além de uma jarra de creme grosso. Vivi e Heather estão descansando uma ao lado da outra, as pernas emaranhadas e as mãos unidas. Oak está enfileirando frutinhas e usando ameixas para espalhá-las, uma coisa contra a qual eu teria protestado, mas não agora.

— É melhor do que lutar, né? — pergunta Taryn, pegando uma chaleira fumegante do fogo e servindo água num bule. Ela acrescenta folhas, e o aroma de hortelã e flores do sabugueiro se espalha pelo ar. — Uma trégua. Uma trégua improvável.

Nenhum de nós responde, ficamos refletindo sobre a pergunta. Não prometi nada concreto a Madoc, mas não tenho dúvida de que, no banquete de hoje à noite, ele pretende começar a puxar a autoridade para si. Um gotejar que logo se transformará em uma torrente, até eu ser só um fantoche sem poder real. A tentação dessa linha de ataque é a possibilidade de se convencer de que esse destino é contornável, de que qualquer perda pode ser revertida, de que é possível superá-lo.

— Qual é o problema daquela garota? — pergunta Oak. — A Rainha Suren.

— Eles não são muito legais na Corte dos Dentes — respondo, me sentando para aceitar uma xícara de chá oferecida por Taryn. Apesar de ter ficado muito tempo sem dormir, não estou cansada. Também não estou com fome, mas me obriguei a comer. Não sei o que estou sentindo.

Vivi ri com deboche.

— Acho que é um modo de descrever. Também dá para chamar um vulcão de "morno".

Oak franze a testa.

— A gente vai ajudar ela?

— Se decidir se casar com ela, podemos exigir que a garota viva aqui até você ficar mais velho — argumento. — E, se ela ficasse, nós a deixaríamos livre. Acho que seria vantagem para ela. Mas ainda acho que você não devia aceitar.

— Não quero casar com ela... nem com ninguém — rebate Oak. — E não quero ser Grande Rei. Por que a gente não pode só *ajudar* ela?

O chá está quente demais. O primeiro gole queima minha língua.

— Não é fácil ajudar uma rainha — explica Taryn. — Em teoria, elas não devem precisar de ajuda.

Ficamos em silêncio.

— Você vai ficar com a propriedade de Locke? — pergunta Vivi, se virando para minha irmã gêmea. — Não precisa. Também não precisa ter o bebê.

Taryn pega uma groselha verde e rola a fruta verde-clara entre os dedos.

— Como assim?

— Sei que, no Reino das Fadas, crianças são raras e preciosas e tudo mais, mas no mundo mortal existe uma coisa chamada aborto — diz Vivi. — E, mesmo aqui, há crianças trocadas.

— E adoção — acrescenta Heather. — A decisão é sua. Ninguém te julgaria.

— Se julgassem, eu poderia cortar as mãos dessas pessoas — ofereço.

— Eu quero a criança — afirma Taryn. — Não que eu não esteja com medo, mas também estou animada. Oak, você não vai ser mais o caçula.

— Que bom — diz ele, rolando a ameixa amassada na direção do pote de creme.

Vivi a intercepta e dá uma mordida.

— Ei! — reclama ele, mas ela só ri com malícia.

— Encontrou alguma coisa na biblioteca? — pergunto a Heather, e tento fingir que minha voz não treme um pouco. Sei que não encontrou. Se tivesse, já teria me contado. Mas pergunto mesmo assim.

Ela boceja.

— Havia umas histórias doidas. Não ajudaram em nada, mas eram doidas. Uma era sobre um rei de serpentes que controla todas as cobras do mundo. Outra, sobre uma serpente que lança uma maldição sobre duas princesas feéricas para que virem cobras... mas só às vezes.

Ela olha na direção de Taryn.

— E tinha uma sobre querer um filho. A esposa de um jardineiro não conseguia ficar grávida. Um dia, ela vê uma cobra verde fofa no jardim e surta, dizendo que até cobras têm prole, mas ela não. A cobra ouve e se oferece para ser seu bebê.

Levanto as sobrancelhas. Oak ri.

— Mas a cobra é um filho legal — comenta Heather. — Eles fazem um buraco no canto da casa, e ela mora lá. Come o mesmo jantar que eles. Tudo vai bem até que ela fica grande e decide que quer se casar com uma princesa. E não uma princesa víbora, nem uma princesa anaconda. A cobra quer se casar com a princesa humana do palácio onde moram.

— Como isso pode dar certo? — pergunta Taryn.

Heather sorri.

— O pai vai até o rei e faz a proposta em nome do filho-cobra. O rei não curte e, no estilo dessa gente de contos de fadas, em vez de simplesmente recusar, ele pede à cobra para fazer três coisas impossíveis: primeiro, transformar todas as frutas do pomar em pedras preciosas, depois transformar o piso do palácio em prata e, finalmente, transformar as paredes do palácio em ouro. Cada vez que o pai relata um dos pedidos, a cobra explica o que ele tem que fazer. Primeiro, o pai precisa plantar caroços, que fazem frutas de jaspe e jade surgirem da noite para o dia.

Depois, tem que esfregar o piso do palácio com uma pele de cobra para que vire prata. Por fim, deve esfregar as paredes do palácio com veneno, o que as transforma em ouro.

— O pai é quem está fazendo todo o esforço — murmuro. Está tão quente perto do fogo.

— Ele é um pai meio superprotetor. — A voz de Heather parece vir de longe. — Finalmente, em desespero, o rei admite para a filha que basicamente a vendeu para uma cobra e que ela tem que aceitar o casamento. Ela concorda, mas, quando eles estão sozinhos, a cobra tira a pele e se revela um cara lindo e gostoso. A princesa fica empolgada, mas o rei entra no quarto e queima a pele, acreditando que está salvando a vida da filha.

"O cara da cobra solta um berro de desespero e vira uma pomba, que sai voando. A princesa surta e chora como louca, mas decide que vai procurá-lo. No caminho, porque isso é um conto de fadas e nada faz sentido mesmo, a princesa conhece uma raposa fofoqueira, que diz para ela que as aves estão falando mal de um príncipe que estava sob uma maldição de uma ogra e não podia se curar sem o sangue de muitos pássaros... e também o de uma raposa. Vocês podem imaginar o resto. Pobre raposa, né?

— Cruel — diz Vivi. — A raposa estava ajudando.

Isso é a última coisa que escuto antes de pegar no sono com o burburinho de vozes amigas em conversa.

Acordo com brasas na lareira e um cobertor sobre o corpo.

O sono executou sua estranha magia e fez o horror dos dois dias anteriores retroceder o suficiente para eu conseguir pensar um pouco melhor.

Vejo Taryn no sofá, enrolada num cobertor. Atravesso os aposentos silenciosos e encontro Heather e Vivi em minha cama. Oak não está à vista e desconfio de que esteja com Oriana.

Saio dos aposentos e encontro um cavaleiro a minha espera. Eu o reconheço como um membro da guarda real de Cardan.

— Vossa Majestade — diz ele, a mão no coração. — Fand está descansando. Me pediu que cuidasse da senhora até ela voltar.

Sinto culpa por não ter pensado se Fand estava trabalhando muito e por tempo demais. Claro que preciso de mais de uma cavaleira.

— Como devo chamá-lo?

— Artegowl, Vossa Majestade.

— Onde está o resto da guarda do Grande Rei? — pergunto.

Ele suspira.

— Grima Mog nos encarregou de rastrear os movimentos da serpente.

Que estranha e triste deturpação da missão anterior, proteger Cardan. Mas não sei se Artegowl gostaria de meus pensamentos, nem se é impróprio proferi-los. Deixo-o do lado de fora da entrada dos aposentos reais.

No interior, levo um susto ao encontrar Bomba sentada no sofá, girando um globo de neve nas mãos. Na bola de vidro, um gato e as palavras PARABÉNS PELA PROMOÇÃO: o presente que Vivi trouxe para Cardan depois da coroação. Eu não sabia que ele tinha guardado. Enquanto observo os cristais brancos cintilantes girarem, lembro-me do relato de neve caindo dentro do grande salão.

Bomba me olha boquiaberta. O desespero em seu rosto reflete o meu.

— Acho que eu não devia ter vindo — diz ela, de modo nada característico.

— O que houve? — pergunto, entrando totalmente no aposento.

— Quando Madoc veio fazer a proposta, ouvi o que Taryn disse sobre você. — Ela espera que eu entenda, mas não entendo.

Balanço a cabeça.

— Que a *terra* a curou. — Ela meio que parece esperar que eu negue. Será que está pensando nos pontos que removeu naquele mesmo quarto ou em como sobrevivi à queda das vigas? — Achei que talvez... você pudesse usar esse poder para acordar Barata.

Quando entrei na Corte das Sombras, não sabia nada sobre espionagem. Bomba já me viu fracassar. Ainda assim, esse fracasso é difícil de admitir.

— Tentei quebrar a maldição de Cardan, mas não consegui. O que quer que eu tenha feito, não sei como fiz nem se consigo fazer de novo.

— Quando vi Lorde Jarel e Lady Nore de novo, não pude deixar de lembrar o quanto devo a Barata — diz Bomba. — Se não fosse por ele, eu não teria sobrevivido aos dois. Mesmo deixando de lado o quanto o amo, eu devo a ele. Tenho que curá-lo. Se tiver alguma coisa que você possa fazer...

Penso nas flores surgindo na neve. Naquele momento, foi magia.

Penso em esperança.

— Vou tentar — asseguro, fazendo-a parar. — Se eu puder ajudar Barata, claro que quero. Claro que vou tentar. Vamos. Vamos agora.

— Agora? — indaga Bomba, se levantando. — Não, você voltou para o quarto para dormir.

— Mesmo que a trégua com Madoc e a Corte dos Dentes acabe sendo bem melhor do que desconfio que vá ser, é possível que a serpente não permita que eu lhe coloque o arreio — explico. — Posso não sobreviver muito mais. Melhor tentar o mais rápido possível.

Bomba coloca a mão de leve em meu braço.

— Obrigada — agradece ela, as palavras humanas estranhas em sua boca.

— Não me agradeça ainda — digo.

— Um presente, então? — Do bolso, tira uma máscara de rede preta como a dela.

Visto roupas pretas e jogo uma capa pesada nos ombros. Coloco a máscara e atravessamos juntas a passagem secreta. Fico surpresa ao ver que foi modificada desde a última vez que passei por ela, que está ligada ao restante das passagens que cortam as paredes do palácio. Descemos para a adega e entramos na nova Corte das Sombras. É bem maior que os antigos aposentos e bem melhor. Fica evidente que Cardan financiou aquilo... ou que lhe roubaram os tesouros pelas costas. Há uma cozinha cheia de utensílios e uma fogueira onde daria para cozinhar um pônei pequeno. Passamos por salas de treinamento e salas de disfarces e por uma sala de estratégia capaz de rivalizar com a que pertence ao Grande General. Vejo alguns espiões, alguns que conheço, outros não.

Fantasma levanta o olhar da mesa na qual está sentado, jogando cartas em uma das salas dos fundos, o cabelo claro caindo sobre os olhos. Ele me olha com desconfiança. Tiro a máscara.

— Jude — diz ele com alívio. — Você veio.

Não quero dar a nenhum deles falsas esperanças.

— Não sei se posso fazer alguma coisa, mas gostaria de vê-lo.

— Por aqui — indica Fantasma, se levantando e me levando até uma saleta cheia de esferas de vidro acesas. Barata está deitado em uma cama. Fico alarmada com a mudança nele.

A pele está pálida, não mais do verde profundo dos lagos, e com uma textura de cera perturbadora. Ele se mexe no sono, grita e abre os olhos. Parecem desfocados, vermelhos.

Prendo a respiração, mas, um momento depois, ele sucumbe aos sonhos de novo.

— Achei que estivesse dormindo — digo, horrorizada. Imaginei o sono de contos de fadas da Branca de Neve, imaginei-o imóvel em uma caixa de vidro, preservado exatamente como era.

— Me ajude a encontrar alguma coisa para contê-lo — pede Bomba, segurando o corpo de Barata com o seu. — O veneno faz isso às vezes, e preciso segurá-lo até o ataque cessar.

Entendo por que me procurou, por que ela acha que algo precisa ser feito. Olho ao redor. Acima de um baú tem uma pilha de lençóis. Fantasma começa a rasgá-los em tiras.

— Pode começar — diz ele.

Sem ideia do que fazer, fico perto dos pés de Barata e fecho os olhos. Imagino a terra embaixo de mim, imagino seu poder penetrando pelas solas de meus pés. Imagino-a enchendo meu corpo.

Mas sinto vergonha, me sinto idiota e paro.

Não consigo fazer isso. Sou uma garota mortal. Sou a coisa mais distante que há da magia. Não posso salvar Cardan. Não posso curar ninguém. Isso não vai dar certo.

Abro os olhos e balanço a cabeça.

Fantasma coloca a mão em meu ombro, chega tão perto quanto fez quando estava me ensinando a arte de matar. Sua voz é suave.

— Jude, para de tentar forçar. Deixe acontecer.

Com um suspiro, fecho os olhos de novo. E de novo tento sentir a terra embaixo de mim. A terra do Reino das Fadas. Penso nas palavras de Val Moren: *Você acha que a semente plantada em solo goblin cresce sendo a mesma planta que seria no mundo mortal?* O que quer que eu seja, fui criada ali. É meu lar e minha terra.

Tenho novamente a sensação estranha de ser toda perfurada por urtigas.

Acorde, penso, botando a mão em seu tornozelo. *Sou sua rainha e ordeno que acorde.*

Um espasmo percorre o corpo de Barata. Um chute terrível acerta minha barriga e me joga na parede.

Caio no chão. A dor é tão intensa que lembro que sofri um ferimento no tronco recentemente.

— Jude! — exclama Bomba, indo segurar as pernas de Barata.

Fantasma se ajoelha ao meu lado.

— Está muito machucada?

Faço um sinal de positivo para indicar que estou bem, mas ainda não consigo falar.

Barata grita de novo, mas, dessa vez, perde força.

— Lil... — diz ele, a voz suave e rouca, mas audível.

Ele está consciente. Acordado.

Curado.

Ele segura a mão de Bomba.

— Estou morrendo — avisa ele. — O veneno... fui tolo. Não tenho muito tempo.

— Você não está morrendo — rebate ela.

— Tem uma coisa que jamais consegui confessar enquanto estava vivo — começa ele, puxando-a para perto. — Eu te amo, Liliver. Amo desde o primeiro momento em que nos vimos. Eu te amei e entrei em desespero. Antes de morrer, quero que saiba.

Fantasma ergue as sobrancelhas e olha para mim. Abro um sorriso. Com nós dois no chão, duvido que Barata tenha ideia de que estamos ali.

Além do mais, está muito ocupado olhando para a cara chocada de Bomba.

— Jamais quis... — ele começa a dizer, mas se interrompe, interpretando a expressão como horror. — Não precisa dizer nada em resposta. Mas, antes de morrer...

— *Você não está morrendo* — diz ela de novo, e dessa vez ele parece ouvir.

— Entendi. — O rosto de Barata é tomado de vergonha. — Eu não devia ter falado.

Vou sorrateiramente na direção da cozinha, Fantasma atrás de mim. Quando chegamos à porta, ouço a voz baixa de Bomba.

— Se você não tivesse falado — acrescenta ela —, eu não poderia dizer que o sentimento é recíproco.

Do lado de fora, Fantasma e eu caminhamos na direção do palácio, olhando as estrelas. Penso no quanto Bomba é mais inteligente que eu, porque, quando teve oportunidade, aproveitou. Ela disse o que sentia. Eu não contei a Cardan. E agora, jamais poderei.

Sigo na direção dos pavilhões das cortes inferiores.

Fantasma olha para mim com expressão inquisitiva.

— Tem mais uma coisa que preciso fazer antes de dormir — digo a ele.

Ele não me pergunta mais nada, só emparelha comigo.

Visitamos Mãe Marrow e Severin, filho do Alderking que empregou Grimsen por muito tempo. São minha última esperança. E, embora me encontrem sob as estrelas e me escutem com educação, nenhum deles tem uma resposta.

— Deve haver um jeito — insisto. — Deve haver *alguma coisa*.

— A dificuldade — fala Mãe Marrow — é que já sabe como acabar com a maldição. *Só a morte*, disse Grimsen. Você quer outra resposta, mas a magia raramente é conveniente a ponto de se ajustar a nossas preferências.

Fantasma fica ali perto de cara amarrada. Estou grata por sua companhia, principalmente nesse momento, quando não tenho certeza se consigo suportar tudo sozinha.

— Grimsen não devia ter a intenção de que a maldição fosse rompida — argumenta Severin. Os chifres curvos fazem com que ele pareça assustador, mas a voz é gentil.

— Tudo bem. — Eu me sento em um tronco próximo. Não que eu estivesse esperando boas notícias, mas sinto a neblina do sofrimento se fechando em volta de mim de novo.

Mãe Marrow aperta os olhos para mim.

— Então você vai usar esse arreio da Corte dos Dentes? Eu gostaria de vê-lo. Grimsen fez coisas terrivelmente interessantes.

— Pode examiná-lo quando quiser — falo. — Tenho que amarrar meu cabelo no couro.

Ela bufa.

— Bom, não faça isso. Se o fizer, vai se prender à serpente.

Vocês ficarão unidos.

A raiva que sinto é tão grande que, por um momento, tudo fica branco, como um relâmpago logo seguido de um trovão.

— Como deve funcionar? — pergunto, minha voz tremendo de fúria.

— Com certeza, há uma palavra de comando — responde ela, dando de ombros. — Mas é difícil saber qual seria, e o objeto é inútil sem ela.

Severin balança a cabeça.

— Só tem uma coisa que o ferreiro queria que todo mundo lembrasse.

— Seu nome — digo.

Assim que chego ao palácio, Tatterfell aparece com o vestido que Taryn conseguiu para eu usar no banquete. Criados levam comida e começam a preparar um banho. Quando saio, eles me perfumam e penteiam meu cabelo como se eu fosse uma boneca.

O vestido é prateado, enfeitado com folhas de metal rígidas. Escondo três facas em uma tira na perna, outra na bainha entre os seios. Tatterfell olha torto para os hematomas novos que se formam onde fui chutada. Mas não falo nada de minhas desventuras e ela não pergunta.

Como cresci na casa de Madoc, me acostumei com a presença de servos. Havia cozinheiros na cozinha, cavalariços para cuidar dos estábulos e alguns criados de casa para arrumar as camas e as coisas. Mas eu ia e vinha quando queria, tinha liberdade de seguir meus horários e fazer o que desejava.

Agora, com a guarda real, Tatterfell e os outros servos do palácio, todos os meus movimentos são registrados. Quase nunca fico sozinha, e nunca por muito tempo. Na época que observava Eldred, no alto do trono, ou Cardan, virando mais uma taça de vinho em uma festa com uma risada forçada, nunca entendi o horror de ter tanto e tão pouco poder ao mesmo tempo.

— Pode ir — digo a eles quando meu cabelo está trançado, e minhas orelhas, carregadas de prata no formato de pontas de flecha.

Não sei enganar, tampouco lutar contra uma maldição. Preciso deixá-la de lado e me concentrar no que posso fazer: escapar da armadilha preparada para mim pela Corte dos Dentes, e evitar a proposta de Madoc de restringir meu poder. Acredito que ele pretenda me manter como Grande Rainha, com meu monstruoso Grande Rei para sempre ao meu lado. E, ao imaginar isso, não consigo deixar de pensar no quanto seria horrível para Cardan ficar eternamente preso como serpente.

Será que ele sente dor? Como será sentir a corrupção se espalhar a partir da própria pele? Será que tem consciência suficiente a ponto de sentir a humilhação de receber um arreio na frente de uma Corte que já o amou? Será que o ódio vai crescer em seu coração? Ódio deles. Ódio de mim.

É possível que eu tivesse me transformado em outra coisa, um Grande Rei tão monstruoso quanto Dain. E se acontecesse, se eu cumprisse a profecia, eu teria que ser impedido. E acredito que você me impediria.

Madoc, Lorde Jarel e Lady Nore planejam me acompanhar ao banquete, onde vou anunciar nossa aliança. Vou ter que estabelecer minha autoridade e sustentá-la por toda a noite, uma proposta complicada. A Corte dos Dentes é, ao mesmo tempo, presunçosa e desdenhosa. Vou parecer fraca se me permitir ser o alvo, mas não seria sábio arriscar nossa aliança retribuindo a atitude. Quanto a Madoc, não duvido de que venha cheio de conselhos paternais e me force ao papel de filha mimada se eu os rejeitar de forma contundente demais. Mas, se eu não puder impedir que tirem vantagem de mim, tudo que fiz, tudo que planejei, terá sido por nada.

Com isso em mente, empertigo os ombros e sigo para onde nosso banquete vai acontecer.

Mantenho a cabeça erguida enquanto atravesso a grama densa. Meu vestido ondula as minhas costas. Os fios prateados entremeados em meu cabelo brilham sob as estrelas. Atrás de mim está o pajem com asas de mariposa, segurando a cauda. A guarda real me escolta a uma distância respeitosa.

Vejo Lorde Roiben perto de uma macieira, a espada de meia-lua cintilando na bainha polida. Sua acompanhante, Kaye, usa um vestido verde quase da cor da pele. A Rainha Annet está conversando com Lorde Severin. Randalin toma uma taça após outra de vinho. Todos parecem tranquilos. Eles testemunharam uma maldição e, se ainda estão aqui, é porque pretendem lutar no dia seguinte.

Só um de nós é capaz de contar mentiras. Relembro as palavras de Cardan para mim na última vez que falamos com os líderes das cortes inferiores.

Mas, esta noite, não é de mentiras que preciso. E também não é precisamente da verdade.

Quando me veem com Madoc e os soberanos da Corte dos Dentes, um silêncio se espalha pelo grupo reunido. Todos os olhos escuros me encaram. Todos os rostos famintos e lindos se viram para mim, como se eu fosse uma ovelha ferida em um mundo de leões.

— Lordes, ladies e cidadãos de Elfhame — falo no silêncio. E hesito. Estou tão desacostumada a fazer discursos quanto qualquer um. — Quando criança na Grande Corte, cresci com histórias fantásticas, loucas e impossíveis, de maldições e monstros. São histórias que até aqui, no Reino das Fadas, eram incríveis demais para crédito. Mas, agora, nosso Grande Rei é uma serpente e estamos mergulhados em uma dessas histórias fantásticas.

"Cardan destruiu a coroa porque queria ser um tipo de soberano diferente e ter um tipo de reinado diferente. Pelo menos de uma forma, isso já foi conquistado. Madoc e a Rainha Suren da Corte dos Dentes baixaram as armas. Nós nos encontramos e elaboramos os termos de uma trégua."

Um murmúrio baixo se espalha pela multidão.

Não olho para o lado. Madoc não deve gostar que eu pinte a aliança como triunfo *meu*, e Lorde Jarel e Lady Nore devem odiar que eu trate sua filha como se ela fosse o membro da Corte dos Dentes digno de deferência.

Eu prossigo.

— Eu os convidei hoje para comer conosco, e amanhã vamos nos encontrar no campo, não para lutar, mas para domar a serpente e acabar com a ameaça a Elfhame. Juntos.

Há aplausos esparsos e hesitantes.

Com todo o coração, eu queria que Cardan estivesse presente. Quase consigo imaginá-lo reclinado numa cadeira, me orientando sobre como discursar. Teria me irritado muito, e agora, ao pensar nisso, sinto uma pontada gelada de saudade na barriga.

Sinto sua falta, e a dor é um abismo enorme no qual desejo me permitir cair.

Levanto minha taça e, ao redor, taças e copos e chifres são erguidos.

— Vamos beber a Cardan, nosso Grande Rei, que se sacrificou pelo povo. Que rompeu o controle da Coroa de Sangue. Vamos beber às alianças que se mostraram tão sólidas quanto o leito de rocha das ilhas de Elfhame. E vamos beber à promessa de paz.

Quando viro a taça, todos bebem comigo. Parece que alguma coisa mudou no ar. Espero que seja suficiente.

— Um belo discurso, filha — elogia Madoc. — Mas não citou minha recompensa prometida.

— Torná-lo o principal dentre meus conselheiros? Ainda assim, você já vem me dar sermão. — Eu o fuzilo com um olhar firme. — Enquanto a serpente não estiver com o arreio, nosso acordo não está selado.

Ele franze a testa. Não espero que discuta a questão; eu me afasto e vou até um grupo de feéricos da Corte dos Dentes.

— Lady Nore. — Ela parece surpresa por eu me dirigir a ela, como se fosse presunção de minha parte. — Você talvez não tenha conhecido Lady Asha, mãe do Grande Rei.

— Acredito que não — concorda ela. — Se bem que...

Eu a pego pelo braço e a levo até Lady Asha, cercada dos cortesãos favoritos. A mãe de Cardan parece alarmada com minha aproximação, e ainda mais alarmada quando começo a falar.

— Ouvi falar que você deseja um novo papel na Corte — digo a ela. — Estou pensando em torná-la embaixadora na Corte dos Dentes, então me pareceu apropriado que você conheça Lady Nore.

Não há verdade nenhuma no que estou dizendo. Mas quero que Lady Asha saiba que estou ciente de suas tramas e que, se ela me irritar, sou capaz de mandá-la para longe dos confortos que tanto valoriza. E parece uma punição adequada as duas terem de suportar uma à outra.

— Você me obrigaria mesmo a ficar tão longe de meu filho? — pergunta ela.

— Se preferir ficar aqui e ajudar a cuidar da serpente, é só dizer — aviso.

Lady Asha parece preferir *mesmo* enfiar uma faca em minha garganta. Eu dou as costas a ela e a Lady Nore.

— Divirtam-se conversando. — Talvez elas se divirtam mesmo. As duas me odeiam. O que faz com que tenham pelo menos uma coisa em comum.

Uma série de pratos é trazida por servos. Pedaços macios de verdura, nozes embrulhadas em pétalas de rosas, garrafas de vinho com infusão de ervas, pequenas aves assadas inteiras com mel. Enquanto observo os feéricos, parece que os jardins giram ao meu redor. Uma sensação estranha de irrealidade surge. Tonta, procuro uma de minhas irmãs, alguém da Corte das Sombras. Até mesmo Fand.

— Vossa Majestade — diz uma voz. É Lorde Roiben, ao meu lado. Sinto um aperto no peito. Não sei bem se consigo projetar autoridade logo para ele.

— Foi bom você ter ficado — falo. — Depois que Cardan quebrou a coroa, não tive certeza se ficaria.

Ele assente.

— Jamais gostei muito do rei — diz ele, me encarando com os olhos cinzentos, claros como a água de um rio. — Foi você que me persuadiu a fazer o juramento à Coroa, e foi você que negociou a paz depois que o Reino Submarino rompeu o tratado.

Matando Balekin. Não tenho como esquecer.

— E eu talvez lutasse por você de qualquer modo, ainda que pelo único motivo de que uma rainha mortal do Reino das Fadas acabe sendo um deleite para muita gente de quem gosto e uma irritação para muita gente de quem não gosto. Mas, depois do que Cardan fez no grande salão, entendo por que você estava disposta a aceitar uma aposta louca atrás da outra para colocá-lo no trono, e eu teria lutado até o ar ser roubado de meu corpo.

Jamais esperei um discurso assim. Fico grudada no chão.

Roiben toca em um bracelete no pulso, trançado com fios dourados. Não, não fios. Cabelo.

— Ele estava disposto a quebrar a Coroa de Sangue e confiar na lealdade dos súditos em vez de forçá-la. Cardan é o verdadeiro Grande Rei do Reino das Fadas.

Abro a boca para responder quando, do outro lado do gramado, vejo Nicasia em um vestido cintilante, no tom prateado das escamas de um peixe, andando entre cortesãos e soberanos.

E reparo na consorte de Roiben, Kaye, indo naquela direção.

— Hum — digo. — Sua, hã, namorada está prestes a...

Ele se vira para olhar a tempo de nós dois vermos Kaye dar um soco na cara de Nicasia. Ela esbarra em outro cortesão e cai no chão. A pixie balança a mão, como se tivesse machucado os dedos.

Os guardas selkie correm na direção de Nicasia. Na mesma hora, Roiben entra no meio da multidão, que se abre para ele. Tento ir atrás, mas Madoc bloqueia minha passagem.

— Uma rainha não corre na direção de uma briga, como uma estudante — diz ele, segurando meu ombro. A irritação não me distrai a ponto de ignorar a oportunidade. Eu me desvencilho e puxo três fios de seu cabelo junto.

Uma cavaleira ruiva abre caminho entre Kaye e os guardas selkie de Nicasia. Não a conheço, mas, quando Roiben os alcança, fica claro que todo mundo está ameaçando entrar em duelo com todo mundo.

— Saia do caminho — rosno para Madoc e saio correndo. Ignoro qualquer um que tenta falar comigo. Posso parecer ridícula segurando o vestido até os joelhos, mas não ligo. E devo parecer ridícula quando enfio uma coisa dentro do decote.

O maxilar de Nicasia está vermelho e o pescoço também. Preciso controlar uma gargalhada totalmente inapropriada.

— É melhor você não defender uma pixie — diz ela grandiosamente.

A cavaleira ruiva é mortal e usa as cores da Corte do Alderking. Seu nariz está sangrando, o que suponho significar que ela e os selkies já começaram a brigar. Lorde Roiben parece preparado para puxar a espada que traz no quadril. Como ainda agora ele falava sobre lutar até que o ar fosse roubado dos pulmões, prefiro evitar algo do gênero.

Kaye usa um vestido mais revelador do que na última vez que a vi. Deixa entrever uma cicatriz que começa no pescoço e desce pelo peito. Parece um pouco um corte, uma queimadura, e definitivamente algo capaz de deixá-la com raiva.

— Não preciso que me defendam — esbraveja ela. — Sei cuidar da minha vida.

— Você tem sorte de ter sido só um soco — digo para Nicasia. Sua presença faz minha pulsação latejar de tensão. Não dá para esquecer como foi ser sua prisioneira no Reino Submarino. Eu me viro para Kaye. — Mas acabou agora. Entendido?

Roiben coloca a mão em seu ombro.

— Acho que sim — comenta Kaye, e sai batendo os pés com as botas grandes. Roiben espera um momento, mas balanço a cabeça. Ele vai atrás da consorte.

Nicasia leva os dedos ao maxilar e me olha com cuidado.

— Estou vendo que recebeu meu bilhete — digo.

— E estou vendo que está confraternizando com o inimigo — responde ela, com um olhar na direção de Madoc. — Venha comigo.

— Para onde? — pergunto.

— Qualquer lugar onde ninguém possa nos ouvir.

Andamos juntas pelos jardins, deixando sua guarda e a minha para trás. Ela segura minha mão.

— É verdade? Cardan está sob uma maldição? Foi transformado em um monstro cujas escamas quebraram as lanças de seu povo.

Faço que sim, tensa.

Para minha perplexidade, ela fica de joelhos.

— O que está fazendo? — pergunto, atônita.

— Por favor — diz ela, a cabeça curvada. — Por favor. Você precisa tentar quebrar a maldição. Sei que é a rainha por direito e que pode não o querer de volta, mas...

Se alguma coisa poderia ter aumentado minha perplexidade, era aquilo.

— Você acha que eu...

— Eu não a conhecia antes — comenta ela, a angústia clara na voz. Há um soluço em sua respiração que vem do choro. — Achava que era uma mortal qualquer.

Preciso morder a língua ao ouvi-la, mas não a interrompo.

— Quando você se tornou senescal, falei para mim mesma que ele a queria por sua língua mentirosa. Ou porque tinha se tornado dócil, apesar de nunca ter sido antes. Eu devia ter acreditado quando você disse a Cardan que ele não sabia do que você era capaz.

"Enquanto você estava exilada, arranquei de Cardan a história. Sei que não acredita, mas ele e eu éramos amigos antes de sermos amantes, antes de Locke. Ele foi meu primeiro amigo quando cheguei do Reino Submarino. E *éramos* amigos, mesmo depois de tudo. Odeio o fato de ele amar você."

— Ele também odiava — digo, com uma risada que parece mais tensa do que eu gostaria.

Nicasia me olha demoradamente.

— Não odiava, não.

Depois da resposta, só consigo ficar em silêncio.

— Ele assusta os feéricos, mas não é o que você pensa que é — argumenta Nicasia. — Se lembra dos servos de Balekin? Os humanos?

Faço que sim sem falar nada. Claro que lembro. Nunca vou me esquecer de Sophie e os bolsos cheios de pedras.

— Eles sumiam às vezes, e havia boatos de que Cardan lhes fazia mal, mas não era verdade. Ele os devolvia ao mundo mortal.

Admito que estou surpresa.

— Por quê?

Ela levanta a mão.

— Não sei! Talvez para irritar o irmão. Mas você é humana e achei que ia gostar de sua iniciativa. E ele enviou um vestido para você. Para a coroação.

Eu me lembro dele, do vestido de baile nas cores da noite, com debrum de árvores bordadas e cristais como estrelas. Mil vezes mais bonito do que o vestido que encomendei. Achei que tivesse vindo do príncipe Dain, porque era sua coroação e eu tinha jurado ser sua criatura quando entrei para a Corte das Sombras.

— Cardan nunca contou a você, não é? — indaga Nicasia. — Está vendo? São duas coisas legais sobre ele que você não sabia. E vi como o olhava quando achava que ninguém estava vendo.

Mordo a bochecha por dentro, constrangida apesar do fato de sermos amantes, de termos nos casado e de que dificilmente é segredo nos gostarmos.

— Então, me prometa — implora ela. — Prometa que vai ajudá-lo.

Penso no arreio dourado, no futuro que as estrelas previram.

— Não sei *como* quebrar a maldição — admito, todas as lágrimas que não derramei brotando em meus olhos. — Se tivesse escolha, acha que eu estaria neste banquete idiota? Me diga o que tenho que matar, o que tenho que roubar, me diga que charada tenho que resolver ou que bruxa tenho que enganar. É só me dizer como e eu farei, seja qual for o perigo, seja qual for a dificuldade, seja qual for o custo. — Minha voz falha.

Ela me olha com firmeza. Apesar de qualquer coisa que eu possa pensar de Nicasia, ela realmente gosta de Cardan.

Enquanto as lágrimas rolam por minhas bochechas, para a própria perplexidade, acho que ela percebe que eu também.

Mas de nada adianta.

Quando terminamos de conversar, volto para o banquete e encontro o novo Alderking. Ele parece surpreso ao me ver. Ao seu lado está a cavaleira mortal com o nariz ensanguentado. Um humano ruivo, que reconheço como consorte de Severin, está colocando algodão no nariz da jovem. O consorte e a cavaleira são gêmeos, percebo. Não idênticos, como Taryn e eu, mas gêmeos mesmo assim. Humanos gêmeos no Reino das Fadas. E nenhum dos dois parece particularmente incomodado com o fato.

— Preciso de uma coisa de você — digo a Severin.

Ele se curva.

— Claro, minha rainha. Tudo que é meu é seu.

Naquela noite, me deito na formidável cama de Cardan, em seu enorme quarto. Eu me espalho, chuto as cobertas.

Olho para o arreio dourado em uma cadeira ao meu lado, brilhando na luz fraca.

Se o colocasse na serpente, eu teria Cardan comigo para sempre. Depois que colocasse o arreio, eu poderia trazê-lo aqui. Ele poderia se enrolar no tapete desse mesmo quarto, e, embora talvez me tornasse tão monstruosa quanto ele, ao menos não estaria sozinha.

Acabo dormindo.

Em meus sonhos, a cobra Cardan surge acima de mim, as escamas pretas brilhando.

— Eu te amo — digo, e ele me devora.

CAPÍTULO
26

— Ainda não cicatrizou direito — diz Tatterfell, cutucando o corte com os dedos afiados. A diabrete está cuidando de mim desde que saí da cama, me preparando para encarar a serpente, como se eu estivesse a caminho de outro banquete, mas reclamando o tempo todo. — Madoc quase lhe cortou ao meio, e não tem tanto tempo assim.

— Você fica incomodada de ter lhe prestado juramento, mas ainda estar aqui comigo? — pergunto, quando ela termina a trança apertada no alto de minha cabeça. As laterais estão puxadas para trás, e o resto preso em um coque. Não há ornamentos em minhas orelhas, nem no pescoço, claro, nada que possa ser agarrado.

— Foi para cá que ele me mandou — responde Tatterfell, pegando um pincel na mesa em que ela colocou as ferramentas e o encostando em um potinho de cinzas pretas. — Talvez ele esteja arrependido. Afinal, eu poderia estar chamando a atenção de seu pai agora em vez da sua.

Isso me faz sorrir.

Tatterfell pinta meu rosto com sombra nos olhos e vermelho nos lábios. Há uma batida na porta, e Taryn e Vivi entram.

— Você não vai acreditar no que encontramos no tesouro — comenta Vivi.

— Eu achava que tesouros eram cheios de pedras preciosas e ouro e tal. — Relembro, séculos antes, a promessa de Cardan de que daria os itens do tesouro de Balekin para a Corte das Sombras se eles me traíssem e o libertassem. É uma sensação estranha lembrar o pânico que senti na ocasião, o quanto ele era encantador e o quanto isso me irritava.

Tatterfell faz um ruído de reprovação quando Barata entra, puxando um baú.

— Não tem como manter suas irmãs longe de problemas.

A pele voltou ao tom de verde-escuro normal, e ele está magro, mas parece bem. É um alívio imenso vê-lo de pé e se movendo tão rapidamente. Fico pensando como ele foi recrutado para ajudar minhas irmãs, mas fico pensando mais no que Bomba disse a ele. Há um tipo novo de alegria em seu rosto. Está nos cantos da boca, onde um sorriso paira, e no brilho dos olhos.

Dói ver aquilo.

Taryn sorri.

— Encontramos uma armadura. Uma armadura gloriosa. Para você.

— Para uma rainha — acrescenta Vivi. — Algo que, talvez lembre, não existe há um tempo.

— Pode até ter pertencido à própria Mab — diz Taryn.

— Vocês estão exagerando — falo para elas.

Vivi se inclina para destrancar o baú. Pega uma armadura com cota de malha em escamas, feita de forma a parecer uma cortina de folhas de hera de metal em miniatura. Ofego de admiração ao ver. É a armadura mais linda que já vi. Parece antiga, a qualidade do trabalho distinta, nem um pouco parecida com a de Grimsen. É um alívio saber que outros grandes ferreiros existiram antes do feérico e que outros virão depois.

— Sabia que você ia gostar — diz Taryn, sorrindo.

— E tenho uma coisa de que você vai gostar quase tanto quanto — acrescenta Barata. Ele enfia a mão na bolsa e tira três fios do que parece ser linha de prata.

Guardo no bolso, junto do cabelo que arranquei da cabeça de Madoc.

Vivi está ocupada demais separando mais coisas do baú para reparar. Botas cobertas de placas curvas de metal. Braçadeiras no formato de espinheiros. Ombreiras de mais folhas, curvadas nas beiradas. E um elmo que parece uma coroa de galhos dourados com frutas silvestres de cada lado.

— Bom, mesmo que a serpente arranque sua cabeça — começa Tatterfell —, o resto de você vai continuar lindo.

— É essa a ideia — digo para ela.

O exército de Elfhame se reúne e se prepara para marchar. Corcéis feéricos magros como galgos, cavalos do pântano, renas com chifres projetados e sapos enormes estão sendo selados. Alguns até portarão armaduras.

Arqueiros se enfileiram com suas flechas élficas, com veneno do sono, e arcos enormes. Cavaleiros se preparam. Vejo Grima Mog no gramado, no meio de um pequeno grupo de barretes vermelhos. Estão compartilhando uma garrafa de sangue, tomando goles e molhando os capuzes. Grupos de pixies, com pequenos dardos envenenados, voam pelo ar.

— Estaremos preparados — explica Grima Mog, se aproximando —, caso o arreio não funcione como alegam. Ou caso não gostem do que vai acontecer depois. — Ao observar minha armadura e a espada emprestada pendurada em minhas costas, ela sorri e me mostra os dentes vermelhos de sangue. A barrete coloca a mão no coração. — Grande Rainha.

Tento abrir um sorriso, mas sei que sai meio forçado. A ansiedade corrói minhas entranhas.

Há dois caminhos à minha frente, mas só um leva à vitória.

Já fui protegida de Madoc e criatura de Dain. Não sei como vencer de outra forma que não seja a deles. Não há receita para ser heroína, mas há uma receita de sucesso. Sei enfiar uma faca na própria mão. Sei odiar e ser odiada. E sei como ganhar o dia, desde que esteja disposta a sacrificar tudo de bom em mim para tanto.

Avisei que, se não pudesse ser melhor que meus inimigos, me tornaria pior. Bem, bem pior.

Tire três fios de cabelo de sua cabeça e amarre no arreio. Vocês ficarão unidos.

Lorde Jarel tramou para me enganar. Para ficar com a palavra de poder para si, para usá-la só depois de eu ter posto o arreio na serpente e assim controlar nós dois. Tenho certeza de que Madoc não conhece o plano de Lorde Jarel, o que sugere que parte dele vai envolver matá-lo.

Mas é um feitiço que pode ser usado contra o feiticeiro. Amarrei fios de cabelo de ambos ao arreio dourado e não serei eu a ficar unida à serpente. Quando a serpente estiver com o arreio, Madoc e Lorde Jarel se tornarão minhas criaturas, assim como Cardan já foi meu. Assim como Cardan será meu de novo, com as tiras douradas afundando nas escamas.

E, se a serpente crescer em monstruosidade e corrupção, se envenenar a própria terra de Elfhame, então que eu seja a rainha dos monstros. Que eu governe a terra caliginosa, meu pai barrete vermelho como marionete ao meu lado. Que eu seja temida e nunca mais sinta medo.

Só por seu sangue derramado pode um grande soberano ascender.

Que eu tenha tudo que sempre quis, tudo que sempre sonhei, e infelicidade eterna como consequência. Que eu viva com um estilhaço de gelo enfiado no coração.

— Eu olhei as estrelas — diz Baphen. Por um momento, minha mente ainda está perdida demais em meu louco delírio para se concentrar. A veste azul-escura voa atrás do astrólogo na brisa do começo da tarde. — Mas elas não querem falar comigo. Quando o futuro está obscuro, significa que um evento vai remodelá-lo permanentemente, para o bem ou para o mal. Nada pode ser visto enquanto o evento não for concluído.

— Sem pressão, então — murmuro.

Bomba emerge das sombras.

— A serpente foi avistada — diz ela. — Perto da beira do mar da Floresta Torta. Temos de ir rápido, antes que a percamos de novo.

— Lembrem-se da formação — alerta Grima Mog para as tropas. — Vamos nos aproximar pelo norte. O pessoal de Madoc vai ficar no sul, e a Corte dos Dentes no oeste. Fiquem longe. Nosso objetivo é guiar a criatura para os braços amorosos da rainha.

As escamas da minha nova armadura tilintam e fazem um som musical. Sou colocada em um alto corcel negro. Grima Mog está montada em um cervo enorme com armadura.

— É sua primeira batalha? — pergunta ela para mim.

Assinto.

— Se uma luta começar, concentre-se no que estiver a sua frente. Lute *sua* luta — aconselha ela. — Deixe que os outros se preocupem com a deles.

Assinto de novo e vejo o exército de Madoc partir para assumir posição. Primeiro os soldados, escolhidos criteriosamente e roubados do exército de Elfhame. Depois, as cortes inferiores que seguiram seu estandarte. E, claro, a Corte dos Dentes, carregando armas de gelo. Muitos parecem ter pele coberta de gelo, alguns azuis a ponto de parecerem mortos. Não gosto da ideia de lutar contra eles, nem hoje, nem nunca.

A Corte dos Cupins vem atrás de Grima Mog. É fácil identificar o cabelo branco como sal de Roiben. Ele está nas costas de um kelpie e, quando olha em minha direção, faz uma saudação. Ao seu lado cavalgam as tropas do Alderking. O consorte mortal de Severin não o acompanha; ele está ao lado da cavaleira mortal ruiva cujo nariz sangrou por causa dos guardas sereianos de Nicasia. Ela parece perturbadoramente animada.

No palácio, Vivi, Oriana, Heather e Oak nos esperam com um grupo de guardas, a maior parte do Conselho e muitos cortesãos de cortes altas e inferiores. Vão assistir dos parapeitos.

Aperto ainda mais o arreio dourado.

— Alegria — diz Grima Mog ao ver meu rosto. Ela arruma o capuz, rígido com as camadas de sangue. — Marchamos para a glória.

Vamos cavalgando pelas árvores, e não consigo deixar de pensar que, quando imaginei ser cavaleira, pensei em algo assim. Enfrentar monstros mágicos trajando uma armadura, uma espada comigo. Mas, como em muitas fantasias, o horror estava ausente.

Um grito se espalha no ar, vindo de uma área mais densa da floresta à frente. Grima Mog dá um sinal, e os exércitos de Elfhame param de marchar e se espalham. Só eu sigo cavalgando, contornando uma árvore morta atrás da outra, até ver as espirais pretas do corpo da serpente a uns 9 metros de onde estou. Meu cavalo recua e resfolega.

Com o arreio na mão, salto da sela e me aproximo da criatura monstruosa que já foi Cardan. Aumentou de tamanho e agora está mais comprida do que um dos navios de Madoc, a cabeça tão grande que, se abrisse a boca, uma única presa seria da metade do tamanho da espada a minhas costas.

É simplesmente apavorante.

Forço meus pés a atravessar a grama murcha e escura. Atrás da serpente, vejo os estandartes com o emblema de Madoc tremendo na brisa.

— Cardan — sussurro. A rede dourada do arreio brilha em minhas mãos.

Como se em resposta, a serpente recua e curva o pescoço em um movimento fluido, como se avaliando a melhor forma de atacar.

— Sou eu, Jude — digo, e minha voz falha. — Jude. Você gosta de mim, lembra? Você confia em mim.

A serpente explode em movimento, desliza rapidamente pela grama em minha direção e diminui a distância entre nós. Soldados se espalham. Cavalos empinam. Sapos pulam para o abrigo da floresta, ignorando quem os monta. Kelpies correm para o mar.

Levanto o arreio na falta de outra coisa nas mãos com que me defender. Preparo-me para jogar. Mas a serpente para a uns 3 metros de onde estou e se enrola.

E fica me olhando com os olhos delineados em dourado.

Estremeço toda. A palma das mãos suada.

Sei o que tenho que fazer se quiser acabar com meus inimigos, mas não quero seguir em frente.

Perto assim da serpente, só consigo pensar no arreio afundando em sua pele, em Cardan preso para sempre. Tê-lo sob meu controle já foi um pensamento tão atraente. Senti uma onda tão pura de poder quando ele jurou lealdade a mim, quando teve que me obedecer por um ano e um dia. Parecia que, se eu pudesse controlar tudo e todos, nada poderia me fazer mal.

Dou outro passo na direção da serpente. E outro. Perto assim, outra vez me surpreendo com o tamanho da criatura. Levanto a mão com cautela e a coloco nas escamas pretas. São secas e frias sob minha pele.

Os olhos dourados não têm resposta, mas penso em Cardan deitado ao meu lado no chão dos aposentos reais.

Penso no sorriso endiabrado.

Penso no quanto ele odiaria ficar preso assim. Em como seria injusto eu deixá-lo nessa forma e chamar aquilo de amor.

Você já sabe como acabar com a maldição.

— Eu te amo de verdade — sussurro. — Sempre vou amar.

Prendo o arreio dourado no cinto.

Há dois caminhos a minha frente, mas só um leva à vitória.

Mas não quero vencer assim. Talvez eu nunca viva sem medo, talvez o poder escape das minhas mãos, talvez a dor de o perder seja pior do que posso suportar.

Mas, se o amo, só há uma opção.

Puxo a espada emprestada que está nas minhas costas. Coração Jurado, capaz de cortar qualquer coisa. Pedi a lâmina a Severin e a levei para a batalha porque, por mais que negasse, uma parte de mim já sabia o que eu escolheria.

Os olhos dourados da serpente estão firmes, mas há sons surpresos vindos dos feéricos reunidos. Ouço o rugido de Madoc.

Não era para as coisas acabarem desse jeito.

Fecho os olhos, mas não posso ficar assim. Com um movimento, giro Coração Jurado em um arco brilhante na direção da cabeça da serpente. A lâmina desce e corta escamas, corta carne e osso. A cabeça da serpente cai a meus pés, os olhos dourados embaçados.

Há sangue para todo lado. O corpo da serpente treme de forma terrível e fica inerte. Embainho Coração Jurado com mãos hesitantes. Estou trêmula, tanto que caio de joelhos na grama escurecida, no tapete de sangue.

Ouço Lorde Jarel gritando alguma coisa para mim, mas não consigo ouvir.

Acho que posso estar gritando.

Os feéricos correm em minha direção. Ouço o estalo de metal e o chiado de flechas voando pelo ar. Parecem vir de muito longe.

A única coisa que soa alto em meus ouvidos é a maldição que Valerian proferiu antes de morrer. *Que suas mãos estejam sempre sujas de sangue. Que a morte seja sua única companheira.*

— Devia ter aceitado nossa oferta — diz Lorde Jarel, movendo a lança em minha direção. — Seu reinado será muito curto, rainha mortal.

Grima Mog chega em seu cervo e desvia o peso daquela lâmina. As armas de ambos se chocam e ecoam com a força do impacto.

— Primeiro, vou matá-lo — diz ela para ele. — Depois, vou comê-lo.

Duas flechas pretas voam das árvores e se cravam na garganta de Lorde Jarel. Ele cai do cavalo na hora em que um grito soa na Corte dos Dentes. Vislumbro o cabelo branco de Bomba.

Grima Mog se vira e luta com três cavaleiros da Corte dos Dentes. Já devia conhecê-los de antes, talvez já os tivesse comandado, mas luta com eles mesmo assim.

Há mais gritos a minha volta. E os sons da batalha vão diminuindo.

Da beira do mar, ouço uma corneta.

Atrás das pedras pretas, a água espuma. Das profundezas surgem sereios e sereianos, as escamas brilhando no sol. Nicasia está com eles, sentada nas costas de um tubarão.

— O Reino Submarino honra seu tratado com a terra e com a rainha — declara ela, a voz se espalhando pelo campo. — Abaixem as armas.

Um momento depois, os exércitos do Reino Submarino chegam à terra.

Madoc aparece a minha frente. As bochechas e parte da testa estão pintadas de sangue. Há um júbilo em seu rosto, uma alegria terrível. Barretes vermelhos nasceram para a batalha, para derramamento de sangue, violência e assassinato. Acho que uma parte do meu pai se deleita em poder compartilhar isso comigo, mesmo agora.

— Levante-se.

Passei a maior parte da vida obedecendo a suas ordens. Eu me levanto e levo a mão ao arreio dourado no cinto, que traz seu cabelo amarrado, que eu podia ter usado para prendê-lo, e que ainda posso usar.

— Não vou lutar com você. — Minha voz parece tão distante. — Embora não me deleitasse ao ver as tiras afundando em sua pele, também não lamentaria.

— Chega de ameaças — diz ele. — Você já venceu. Olhe.

Ele me segura pelos ombros e me vira para que eu possa ver o local onde o corpo enorme da serpente está caído. Uma onda de horror me percorre e tento me desvencilhar de suas mãos. Então reparo que a luta acabou, os feéricos estão encarando. De dentro do corpo da criatura, um brilho emana.

E, desse brilho, Cardan surge. Cardan, nu e coberto de sangue.

Vivo.

Só por seu sangue derramado pode um grande soberano ascender.

Ao redor de nós, as pessoas caem de joelhos. Grima Mog se ajoelha. Lorde Roiben se ajoelha. Até os que estavam determinados a matar momentos antes parecem abalados. Nicasia observa do mar enquanto toda Elfhame se curva perante o Grande Rei, recuperado e renascido.

— Curvo a cabeça para você — diz Madoc baixinho. — E só para você.

Cardan dá um passo à frente e pequenas rachaduras aparecem em seu rastro. Fissuras na própria terra. Ele fala com uma voz trovejante que ecoa pela multidão reunida.

— A maldição foi rompida. O rei voltou.

Ele é tão apavorante quanto qualquer serpente.

Não me importo. Corro para seus braços.

CAPÍTULO
27

Os dedos de Cardan afundam em minhas costas. Ele está tremendo, não sei se pelo esvanecer da magia ou pelo horror. Mas me abraça como se eu fosse a única coisa sólida do mundo.

Soldados se aproximam, e Cardan me solta abruptamente. Ele trinca o maxilar. Com um gesto, dispensa o cavaleiro que lhe oferece a capa, apesar de estar coberto só de sangue.

— Não uso nada há dias — diz o Grande Rei, e se tem algo de frágil em seus olhos, todos estão atônitos demais para notar. — Não vejo por que deveria começar agora.

— Modéstia? — provoco, entrando no jogo, surpresa por ele conseguir brincar com a maldição ou com qualquer coisa.

Ele abre um sorriso estonteante e despreocupado. O tipo de sorriso atrás do qual dá para se esconder.

— Cada parte minha é um deleite.

Meu peito dói quando olho para ele. Tenho a sensação de que não consigo respirar. Apesar de ele estar a minha frente, a dor de perdê-lo ainda não passou.

— Vossa Majestade — diz Grima Mog, se dirigindo a mim. — Preciso acorrentar seu pai?

Eu hesito, pensando no momento em que o confrontei com o arreio dourado *Você já venceu*

— Sim — responde Cardan. — Pode acorrentar.

Uma carruagem é trazida, as rodas balançando nas pedras. Grima Mog berra ordens. Dois generais colocam algemas nos punhos e tornozelos de Madoc, as correntes pesadas fazendo barulho a cada pequeno movimento. Arqueiros mantêm as flechas apontadas para ele quando o levam.

O exército de Madoc está se rendendo, fazendo juramentos de submissão. Ouço o barulho de asas, os estalos de armaduras e os gritos dos feridos. Barretes vermelhos renovam a pigmentação dos capuzes. Alguns feéricos se banqueteiam com os mortos. A fumaça no ar se mistura com os odores do mar e de sangue e musgo. O resultado de uma batalha, ainda que breve, é adrenalina minguante, curativos e comemoração dos vitoriosos.

A festa já deve ter começado no palácio, e vai durar mais que a batalha.

Dentro da carruagem, Cardan desaba. Fico olhando para ele, o sangue secando em linhas ao longo do corpo, ressequido como pedrinhas nos cachos. Eu me obrigo a olhar pela janela.

— Quanto tempo eu... — Ele hesita.

— Nem três dias — respondo. — Quase tempo nenhum. — Não menciono quanto tempo pareceu.

Também não digo que ele poderia ter ficado na forma de serpente por toda a eternidade, com arreios, limitado. Ou morto.

Ele poderia estar morto.

A carruagem para, e nos avisam para saltar. Servos levaram uma capa enorme de veludo para Cardan, e dessa vez ele aceita e a enrola nos ombros enquanto seguimos pelos gelados salões subterrâneos.

— Talvez você queira tomar um banho — diz Randalin, uma sugestão compreensível.

— Quero ver o trono — fala Cardan.

Ninguém ousa contradizê-lo.

O salão está cheio de mesas tombadas e frutas apodrecendo. Uma fenda corta o chão até o trono rachado com suas flores murchas. Cardan abre as mãos, e a terra se fecha, pedra e rocha borbulhando para selá-la. Ele move os dedos e o trono dividido fica novo, floresce com espinheiros, se abrindo em dois tronos separados onde antes só havia um.

— Gostou? — pergunta ele para mim, o que parece um pouco como perguntar se alguém gostou da coroa de estrelas conjurada do céu.

— Impressionante — respondo, meio engasgada.

Parecendo satisfeito, ele finalmente permite que Randalin nos guie até os aposentos reais, que estão cheios de servos, generais e a maioria do Conselho Vivo. Um banho é preparado para o Grande Rei. Uma garrafa de vinho é levada, junto de um cálice decorado, cravejado de cabochões. Fala canta uma música sobre o rei das cobras, e Cardan parece ao mesmo tempo encantado e horrorizado com tudo.

Sem querer tirar minha armadura na frente de tantos feéricos e grudenta de sangue, saio e vou até meus antigos aposentos.

Mas, ao chegar, encontro Heather. Ela se levanta do sofá, segurando um livro enorme. O cor-de-rosa do cabelo desbotou, mas tudo na mortal parece vibrante.

— Parabéns, se é que não é uma coisa estranha para se dizer. Não sei falar sobre lutas, mas ouvi comentários de que você venceu.

— Nós vencemos — confirmo e sorrio.

Ela puxa um fio duplo de sorvas secas que está em volta do pescoço.

— Vee fez isso para mim. Para a festa. — Heather parece reparar no que estou usando pela primeira vez. — Esse sangue não é seu...

— Não — digo. — Estou bem. Só meio nojenta.

Ela assente lentamente.

— E Cardan — acrescento. — Ele também está bem.

O livro cai de sua mão no sofá.

— Ele não é mais uma cobra enorme?

— Não. Mas acho que eu talvez esteja hiperventilando. É assim que chama, né? Quando a gente respira rápido demais. Fica tonta.

— Ninguém neste lugar sabe nada sobre medicina humana, né? — Ela se aproxima e começa a mexer em minha armadura. — Vamos tirar isso e ver se ajuda.

— Fale comigo — peço. — Me conte outro conto de fadas. Me conte alguma coisa.

— Tudo bem — cede ela, tentando entender como soltar a armadura. — Segui seu conselho e conversei com Vee. Finalmente. Falei para ela que não queria que minha memória fosse apagada e que estava arrependida de ter deixado ela fazer a promessa.

— Ela ficou feliz? — Ajudo Heather com uma das fivelas.

— Tivemos uma briga muito séria. Com gritos — diz ela. — Com muito choro também.

— Ah.

— Lembra o conto de fadas da cobra que tem os pais superprotetores e que se casa com a princesa?

— Superprotetores? — repito. Eu peguei no sono no final e pode ser que tenha perdido essa parte.

— Quando a pele de cobra do garoto é queimada, a princesa tem que reconquistá-lo embarcando em uma missão. Bom, falei pra Vee que ela tem que sair numa missão. Ela precisa me conhecer de novo e fazer as coisas direito dessa vez. Contar a verdade desde o começo. E me convencer a amá-la.

— Droga. — O resto de minha armadura se solta e cai com um estalo no chão. Percebo que a falação me distraiu tanto que minha respiração voltou ao normal. — Isso é puro contos de fadas. Uma *missão*.

Heather estica a mão e segura a minha.

— Se ela conseguir, todas as minhas lembranças voltam. Do contrário, hoje é a última vez que vou ver você.

— Espero que bebam tudo que há na adega, na festa — digo para ela, puxando-a num abraço apertado. — Mais que isso: espero que Vee seja tão boa que consiga reconquistar você.

A porta se abre e Oriana entra. Quando me vê, parece estar em pânico. Na mesma hora, faz uma reverência exagerada, quase encostando a testa no chão.

— Não precisa fazer isso — peço, e ela me olha intensamente. Vejo que tem *muitos* pensamentos sobre meu comportamento como Grande Rainha, e há um momento de pura satisfação por ela não poder me dizer apenas um deles sem romper as próprias regras do que é adequado.

Ela se levanta.

— Espero que você conceda misericórdia a seu pai. Por seu irmão, ainda que não por você.

— Eu já fui misericordiosa — revelo. Então pego a armadura e fujo para o corredor.

Eu não devia ter saído dos aposentos reais. Foi um impulso antigo deixar Cardan governando enquanto eu operava nas sombras. E foi um alívio me afastar daqueles olhos curiosos. Mas, longe de Cardan, tudo assume um tom de irrealidade, e tenho medo de a maldição nunca ter sido rompida, de que tudo aquilo seja a fantasia de uma mente febril. Refaço rapidamente meus passos pelo corredor, usando só o jaquetão acolchoado e as coberturas das pernas sob a armadura.

Quando volto, não encontro Cardan, nem os dignitários. A água do banho ainda está quente e as velas continuam acesas, mas os aposentos estão vazios.

— Eu a enchi de novo — explica Tatterfell, saindo não sei de onde e me causando um sobressalto. — Entre. Você está imunda.

— Onde está Cardan? — pergunto, começando a tirar o que resta das roupas.

— No salão. Onde mais? É você que está atrasada. Mas, como a heroína da vez, isso é bom. Vou transformá-la em uma visão.

— Parece muito trabalho de sua parte — digo, mas entro obedientemente na banheira, bagunçando as pétalas de prímula na superfície. A água quente é uma delícia nos músculos doloridos. Eu afundo. O problema de passar por uma coisa terrível e grandiosa é que, depois, todos os sentimentos que foram sufocados e afastados voltam. Por longos dias, morri de medo, e agora, quando deveria estar me sentindo ótima, o que quero é me esconder com Cardan debaixo de uma mesa no salão, até conseguir me convencer de que ele está bem.

E talvez dar uns belos amassos se ele estiver a fim.

Volto à superfície e tiro o cabelo dos olhos. Tatterfell me dá um paninho.

— Tire o sangue dos dedos — instrui ela.

Mais uma vez, ela trança meu cabelo como chifres, agora com fios de ouro. Separou uma túnica de veludo bronze para mim. Tatterfell a arremata com um casaco de couro bronze de gola alta e curva, e uma cauda tipo capa que voa à menor brisa. Finalmente, luvas cor de bronze com punhos largos.

Tão bem-vestida, seria difícil eu chegar ao salão sem ser notada, mesmo que as cornetas não fossem tocadas na minha entrada.

— A Grande Rainha de Elfhame, Jude Duarte — anuncia um pajem com voz potente.

Vejo Cardan sentado à cabeceira da mesa principal. Mesmo do outro lado do salão, sinto a intensidade de seu olhar.

Mesas compridas foram montadas para um banquete digno. Cada travessa está carregada de comida: grandes globos de frutas, nozes, pão recheado de tâmaras. Vinho de mel perfuma o ar.

Ouço artistas competindo para acertar a letra das novas composições, muitas em homenagem ao rei-serpente. Mas pelo menos uma é em minha homenagem:

Nossa rainha fechou os olhos e embainhou a espada
E disse: "Achei que a cobra seria mais avantajada."

Um grupo novo de servos vem da cozinha, carregando bandejas lotadas de carne clara, preparada de várias maneiras: grelhada e frita em óleo, assada e cozida. Demoro um momento para reconhecer o que estou vendo. É carne da serpente. Carne cortada do corpo da enorme serpente que foi o Grande Rei e que pode dar a eles uma medida de sua magia. Olho para a comida e sinto a desorientação sufocante de ser mortal. Alguns costumes feéricos jamais deixarão de me horrorizar.

Espero que Cardan não esteja perturbado. Seu comportamento parece alegre, e ele ri enquanto os cortesãos enchem os pratos.

— Sempre achei que eu seria delicioso — ouço-o dizer, embora repare que ele não se serve da carne.

Mais uma vez, me imagino entrando embaixo da mesa e me escondendo, como fazia quando era criança. Como fiz com ele, depois da coroação sangrenta.

Mas vou para a mesa elevada e encontro meu lugar, que é, claro, na cabeceira do lado oposto. Nós nos encaramos por cima da prataria, do tecido e das velas.

Ele se levanta e os feéricos fazem silêncio em todo o salão.

— Amanhã, teremos que lidar com tudo que nos aconteceu — comunica, erguendo bem alto o cálice. — Mas hoje, lembremos nosso triunfo, nossas artimanhas e nosso prazer na companhia uns dos outros.

Nós todos fazemos um brinde a isso.

Há música, aparentemente uma infinidade de canções, e tantos pratos que até uma mortal como eu consegue comer até ficar satisfeita. Vejo Heather e Vivi contornarem as mesas para dançar. Vejo Barata e Bomba sentados nas sombras dos tronos reformados. Ele está lhe jogando uvas na boca sem errar nem uma vez. Grima Mog discute alguma coisa com Lorde Roiben, seu prato lotado de carne — metade com carne de cobra e a outra, com um tipo que não identifico. Nicasia está sentada em um lugar de honra, não longe da mesa elevada, os súditos ao redor. Vejo Taryn perto dos músicos, contando uma história com gestos grandiosos. Também vejo Fantasma, observando-a.

— Com licença — interrompe alguém, e noto o Ministro das Chaves, Randalin, ao lado de Cardan.

— Conselheiro — diz o Grande Rei, se encostando na mesa; a posição reflete o langor tranquilo de alguém que já bebeu muito. — Você queria um desses bolinhos de mel? Eu podia ter passado pela mesa.

— Tem a questão dos prisioneiros: Madoc, seu exército, o que restou da Corte dos Dentes — explica Randalin. — E muitas outras questões que gostaríamos de discutir com você.

— Amanhã — insiste Cardan. — Ou depois de amanhã. Ou talvez na semana que vem. — Então, ele se levanta, toma um longo gole do que tem na taça, **coloca-a na mesa** e caminha em minha direção.

— Gostaria de dançar? — pergunta ele, esticando a mão.

— Você talvez lembre que não sou especialmente boa nisso — respondo, me levantando. A última que vez que dançamos foi na noite da coroação do príncipe Dain, pouco antes de tudo dar errado. Ele estava muito, muito bêbado.

Você me odeia mesmo, não é?, perguntou ele.

Quase tanto quanto você me odeia, respondi.

Ele me guia até onde os flautistas estão levando todos a dançar cada vez mais rápido, a rodopiar e girar e saltar. Suas mãos cobrem as minhas.

— Não sei pelo que pedir desculpas primeiro — digo. — Se por cortar sua cabeça ou se por hesitar tanto até o fazer. Eu não queria perder o pouco que restava de você. E não consigo parar de pensar como é impressionante ainda estar vivo.

— Não sei quanto tempo esperei para ouvir essas palavras — fala ele. — Você não me quer morto.

— Se brincar com isso, vou...

— Me matar? — pergunta ele, elevando as sobrancelhas pretas.

Acho que talvez eu o odeie mesmo.

Cardan entrelaça nossas mãos e me puxa para longe dos dançarinos, na direção da câmara secreta que me mostrou antes, atrás da plataforma. Está como lembro, as paredes carregadas de musgo, um sofá baixo sob os cogumelos levemente brilhantes.

— Só sei ser cruel ou rir quando estou transtornado — declara ele, e se senta no sofá.

Solto sua mão e fico em pé. Prometi a mim mesma que faria isso se tivesse a chance de novo. Prometi que faria isso no primeiro momento que pudesse.

— Eu te amo — falo, as palavras saindo numa torrente ininteligível.

Cardan parece surpreso. Ou talvez eu tenha falado tão rápido que ele nem sequer entendeu o que falei.

— Não precisa dizer isso por piedade — afirma, com grande deliberação. — Nem porque fui amaldiçoado. Já pedi que você mentisse para mim, nesta mesma sala, mas imploro que não minta agora.

Minhas bochechas ficam quentes com a lembrança dessas mentiras.

— Eu não me permiti ser fácil de amar — argumenta ele, e ouço o eco das palavras da mãe nas suas.

Quando imaginei contar para ele, achei que falaria as palavras e que seria como arrancar um curativo, doloroso e rápido. Mas não achei que ele fosse duvidar de mim.

— Comecei a gostar de você quando fomos conversar com os governantes das cortes inferiores — confesso. — Você foi *engraçado*, uma coisa bem estranha. E quando fomos a Mansão Hollow, você foi *inteligente*. Eu ficava lembrando que foi você que nos tirou do grande salão depois da coroação de Dain, logo antes de eu encostar aquela faca em seu pescoço.

Ele não tenta interromper, e não tenho alternativa além de seguir em frente.

— Depois que o enganei para que se tornasse Grande Rei — prossigo. — Eu achava que, se me odiasse, eu ia poder voltar a odiar você. Mas não foi o que aconteceu. E me senti tão idiota. Acreditei que ficaria de coração partido. Pensei que fosse uma fraqueza que você usaria contra mim. Mas, então, você me salvou do Reino Submarino, quando teria sido bem mais conveniente me deixar apodrecendo por lá. Depois disso, comecei a ter esperanças de que meus sentimentos fossem recíprocos. Mas, então, houve o exílio... — Respiro com dificuldade. — Eu escondi muita coisa, acho. Acreditei que, se não fizesse isso, se me permitisse amar você, eu queimaria como um fósforo. Como uma caixa de fósforos inteira.

— Mas agora você explicou — diz ele. — E me ama mesmo.

— Eu te amo — confirmo.

— Porque eu sou *inteligente* e *engraçado* — reitera ele, sorrindo. — Você não mencionou minha beleza.

— Nem o quanto você é delicioso — acrescento. — Apesar de serem duas boas características suas.

Ele me puxa para perto e ficamos os dois deitados no sofá. Olho para os olhos negros e a boca macia. Tiro um pontinho de sangue seco do alto de uma orelha pontuda.

— Como foi? — pergunto. — Ser serpente?

Ele hesita.

— Foi como estar preso no escuro — responde ele. — Eu estava sozinho, e meu instinto era atacar. Acho que não virei totalmente animal, mas também não era eu mesmo. Não conseguia argumentar. Só havia sentimentos: ódio, terror e o desejo de destruir.

Começo a falar, mas ele me impede com um gesto.

— E você. — Ele me olha, os lábios se curvando em algo que não é bem um sorriso; é mais e menos que isso. — Eu reconhecia pouca coisa, mas sempre reconhecia você.

E, quando ele me beija, sinto como se finalmente pudesse respirar de novo.

EPÍLOGO

Minha coroação acontece uma semana depois, e fico perplexa com a quantidade de soberanos das cortes inferiores, assim como de súditos dos reinos, que viajaram para assistir. O interessante é que muitos se dão o grande trabalho de levar mortais como convidados, crianças mortais e artistas humanos e amantes. É surreal ver essa tentativa de obter favor; ao mesmo tempo, é gratificante.

Cardan escolheu três artesãos feéricos para a Corte de Elfhame. Uma é Mãe Marrow. O segundo é um duende com aparência de muito velho, que parece se esconder atrás de uma barba enorme e muito trançada. Fico surpresa ao ver que o terceiro, um ferreiro mortal, se correspondia com meu pai humano. Quando o encontro, Robert de Jersey passa um tempo admirando Cair da Noite e me conta uma história engraçada sobre uma conferência a que os dois compareceram, uma década antes.

Desde que os artesãos chegaram, andam muito ocupados.

A cerimônia começa ao anoitecer e acontece sob as estrelas, na nova ilha de Insear. Braseiros ardem, e o céu está denso de maresia e incenso. O chão embaixo de nós está coberto de mil-flores, que florescem à luz da lua.

Estou usando um vestido verde-floresta, com penas de corvo cobrindo os ombros e mangas, enquanto Cardan usa um gibão decorado com asas brilhantes de besouro. Baphen, em uma de suas compridas túnicas azuis e com muitos ornamentos celestiais na barba, vai conduzir a cerimônia.

Oak veste branco com botões dourados. Taryn dá um beijo em sua testa para lhe proporcionar coragem, pois ele vai ter que colocar as coroas na cabeça de nós dois.

— Há muito tempo, a tradição Greenbriar se mantém na Grande Corte — começa Baphen. — Sangue coroa sangue. E embora a coroa não exista mais e as juras de obediência também não, vamos seguir a tradição mesmo assim. Dessa forma, Grande Rei, aceite sua nova coroa de Oak, seu sangue e seu herdeiro.

Oak não parece feliz de ser chamado de herdeiro, mas pega a coroa na almofada, um aro de dourado intenso, com nove pontos nos formatos de folhas ao redor. Por ser o Grande Rei, Cardan não deve se ajoelhar para ninguém, e Vivienne levanta Oak no colo. Com uma risada, meu irmão coloca uma nova coroa na cabeça de Cardan, para deleite da plateia.

— Povo de Elfhame — continua Baphen, usando as palavras ritualísticas que Cardan nunca ouviu antes, pois nossa última cerimônia foi muito apressada. — Vocês aceitam Cardan da linhagem Greenbriar como seu Grande Rei?

O coro responde:

— Aceitamos.

É minha vez.

— É incomum qualquer Corte ter dois soberanos. Mas você, Jude Duarte, Grande Rainha, nos mostrou como isso pode ser uma força ao invés de fraqueza. Quando a Grande Corte foi ameaçada, você enfrentou nossos inimigos e rompeu o feitiço que poderia ter nos destruído. Adiante-se e aceite sua coroa de Oak, seu irmão e seu herdeiro.

Eu me adianto e paro quando Vivienne pega meu irmão no colo de novo. Ele coloca a coroa em minha cabeça. É gêmea da de Cardan, e fico surpresa com seu peso.

— Povo de Elfhame — clama ele. — Vocês aceitam Jude Duarte como sua Grande Rainha?

Por um momento, no silêncio, acredito que o povo vai renunciar a mim, mas as palavras rituais saem de muitas bocas.

— Aceitamos.

Abro um sorriso irrepreensível para Cardan. Ele sorri para mim com um pouco de surpresa. É possível que eu não sorria assim com muita frequência.

Cardan se vira para a multidão diante de nós.

— Agora temos benesses para distribuir e traições para recompensar. Primeiro, as benesses.

Ele sinaliza para um servo, que traz a espada de Madoc, a que partiu o trono de Elfhame.

— Para Grima Mog, nossa Grande General — diz ele. — Você terá o último trabalho de Grimsen e vai usá-lo pelo tempo que permanecer a nosso serviço.

Ela recebe a espada com uma reverência e a mão sobre o coração.

Ele continua.

— Taryn Duarte, nosso tribunal nunca foi concluído formalmente. Mas o considere concluído agora, a seu favor. A Corte de Elfhame não tem nenhuma desavença com você. Concedemos todas as propriedades e terras de Locke a você e seu filho.

Há murmúrios depois disso. Taryn se adianta e faz uma reverência.

— Por fim — diz ele. — Gostaríamos que nossos três amigos da Corte das Sombras se aproximassem.

Fantasma, Bomba e Barata sobem no tapete de flores brancas. Estão usando capas que os cobrem da cabeça aos pés e até esconderam o rosto com a fina rede preta.

Cardan sinaliza e pajens se aproximam carregando almofadas. Em cada uma, há uma máscara de prata, sem indicar gênero, só um rosto vago de metal, com algo meio diabólico na curva da boca.

— Vocês que vivem nas sombras, quero que fiquem conosco na luz às vezes — diz Cardan. — Para cada um, dou uma máscara. Quando as usarem, ninguém vai poder lembrar sua altura, nem o timbre de sua voz. E, com essa máscara, que ninguém em Elfhame os dispense. Todos os lares estarão abertos a vocês, inclusive o meu.

Eles se curvam e levam a máscara ao rosto. Quando fazem isso, há uma espécie de distorção ao seu redor.

— Você é gentil, meu rei — agradece um. Nem eu, que os conheço, consigo discernir quem está falando. Mas o que nenhuma máscara pode esconder é que, quando fazem sua reverência e se afastam, uma figura mascarada segura a mão enluvada da outra.

Nem que a terceira vira o brilhante rosto metálico na direção de Taryn.

É minha vez de me adiantar. Sinto um frio na barriga de nervosismo. Cardan insistiu que fosse eu a fazer o julgamento dos prisioneiros. *Você ganhou o dia*, argumentou ele, *assim como o direito ao trabalho árduo que o acompanha. Você vai decidir o destino deles.*

A punição que eu achar adequada, de execução a exílio ou maldição, será considerada justa... e mais ainda se for espirituosa.

— Vamos ver os suplicantes agora — comunico. Oak se afasta e se coloca entre Taryn e Oriana.

Dois cavaleiros se adiantam e se ajoelham. Um fala primeiro.

— Recebi a tarefa de suplicar por todos cuja história se assemelha a minha. Já fomos parte do exército de Elfhame, mas fomos por vontade própria com o General Madoc para o norte, quando nosso juramento foi cancelado. Traímos o Grande Rei e... — Aqui, ele hesita. — E tentamos acabar com seu reinado. Nós erramos. Queremos pagar por nosso erro e provar que podemos e seremos leais deste dia em diante.

O segundo fala.

— Recebi a tarefa de suplicar por todos cuja história se assemelha a minha. Já fomos parte do exército de Elfhame e fomos por vontade própria com o General Madoc para o norte, quando nosso juramento foi cancelado. Traímos o Grande Rei e tentamos acabar com seu reinado. Não temos desejo de expiar. Seguimos nosso comandante com fé e, mesmo sabendo que seremos punidos, não teríamos feito outra escolha.

Olho novamente para a plateia, para os cidadãos de Elfhame que lutaram e sangraram, para os que sofreram por vidas perdidas... vidas que talvez tivessem se prolongado por séculos se não tivessem sido interrompidas. Inspiro fundo.

— É terminologia da Grande Corte que os soldados sejam chamados de falcões — declaro, e fico surpresa com a firmeza da minha voz. — Os que não desejam pagar, que virem falcões de verdade. Que voem pelos céus e cacem conforme o coração desejar. Mas não vão recuperar sua forma real até chegar a hora em que não terão feito mal a nenhum ser vivo pelo espaço de um ano inteiro e um dia.

— Mas como vamos comer se não podemos ferir nada? — pergunta o cavaleiro.

— A gentileza dos outros os alimentará — digo, minha voz tão fria quanto consigo deixá-la. — Para os que desejam pagar, aceitamos sua jura de lealdade e amor. Serão novamente parte da Grande Corte. Mas serão marcados pela traição. Que suas mãos fiquem sempre vermelhas, como se manchadas com o sangue que queriam derramar.

Cardan abre um sorriso encorajador. Randalin parece irritado, pois só eu estou me pronunciando. Ele pigarreia, mas não ousa me interromper de fato.

A próxima suplicante é Lady Nore, da Corte dos Dentes. A Rainha Suren vem atrás. A coroa de Suren ainda está costurada à cabeça, e, embora nenhum arreio a prenda, os buracos no pulso ainda são visíveis, a pele em volta ainda vermelha.

Chamo um criado para se aproximar com o arreio, ainda sem uso.

— Nós teríamos seguido você — diz Lady Nore, se apoiando em um joelho. — Fizemos uma oferta, foi você que a rejeitou. Deixe-nos voltar para o norte. Não fomos punidos o suficiente?

— Lorde Jarel tentou me enganar para me controlar. Você sabia? — pergunto, indicando o arreio.

Como ela não pode mentir, não fala nada.

— E você? — pergunto a Suren.

A garota dá uma risada assustadora e selvagem.

— Conheço todos os segredos que eles acham que escondem. — A voz soa fraca e rouca, como se fosse pouco usada.

Há um puxão em minha manga, e fico surpresa ao ver Oak ao meu lado. Ele faz sinal para eu me inclinar e deixar que ele fale em meu ouvido. Randalin franze ainda mais a testa quando faço isso.

— Lembra que você disse que a gente não podia ajudar ela? — pergunta ele. — A gente pode ajudar agora.

Eu me levanto e o encaro.

— Então você quer interceder a favor da Rainha Suren?

— Quero — responde ele.

Eu o envio de volta a Oriana, um pouco mais otimista de que ele um dia queira se sentar no trono do Reino das Fadas.

— Meu irmão me pediu leniência. Rainha Suren, você jura sua lealdade à Coroa?

Ela olha para Lady Nore, como se procurando permissão. Lady Nore assente.

— Sou sua, Grande Rainha — declara a garota. Ela desvia o olhar. — E Grande Rei.

Eu me viro para Lady Nore.

— Eu gostaria de ouvir você fazer uma jura de lealdade para sua rainha.

Lady Nore parece sobressaltada.

— Claro que lhe dou minha lealdade...

Balanço a cabeça.

— Não, quero que você jure para *ela*. Sua rainha. A Rainha da Corte dos Dentes.

— Suren? — O olhar de Lady Nore parece procurar uma saída. Pela primeira vez desde que se apresentou, demonstra estar com medo.

— Sim — digo. — Jure para ela. Ela é sua rainha, não é? Você pode fazer seu juramento ou pode usar o arreio dourado.

Lady Nore trinca os dentes e murmura as palavras. Mas consegue falar. A expressão da Rainha Suren fica estranha, remota.

— Ótimo — falo. — A Grande Corte vai ficar com o arreio, e espero que nunca precise ser usado. Rainha Suren, como meu irmão intercedeu por você, eu a deixo seguir sem nenhuma punição além da seguinte: a Corte dos Dentes não mais existirá.

Lady Nore ofega.

Eu continuo.

— Suas terras pertencem à Grande Corte, seus títulos foram abolidos e seus fortes serão tomados. E se você, Nore, tentar desafiar essa ordem, lembre-se de que será Suren, a quem prestou juramento, que vai puni-la da forma que achar adequada. Agora, sigam e fiquem gratas pela intercessão de Oak.

Suren, não mais rainha, sorri de um jeito nada simpático, e percebo que seus dentes foram afiados em pequenas presas. As pontas estão manchadas de um vermelho perturbador. Considero, pela primeira vez, que talvez Suren tivesse sido contida por medo do que ela poderia fazer.

O último penitente a ser apresentado é Madoc. Os punhos e tornozelos estão presos com um metal pesado que, por sua expressão de dor, penso que tenha ferro misturado.

Ele não se ajoelha. Também não suplica. Só olha de um para o outro e depois seu olhar se desvia para Oak e Oriana. Vejo um músculo em seu maxilar se contrair, mas não mais que isso.

Tento falar, mas sinto como se minha garganta tivesse se fechado.

— Você não tem nada a dizer? — pergunta Cardan a ele. — Tinha tanto antes.

Madoc inclina a cabeça em minha direção.

— Eu me rendi no campo de batalha. O que mais existe? A guerra acabou e eu perdi.

— E você aceitaria sua execução de forma tão estoica? — pergunto. Ali perto, ouço Oriana ofegar.

Mas Madoc permanece sério. Resignado.

— Eu criei você para ser inflexível. Só peço uma boa morte. Rápida, pelo amor que tivemos um pelo outro. E saiba que não guardo ressentimentos.

Desde que a batalha terminou, eu sabia que seria convocada para fazer aquele julgamento. Revirei a questão da punição na mente, pensando não só em seu exército e no desafio, não só em nosso duelo na neve, mas no crime antigo, o que sempre existiu entre nós. Devo me vingar de Madoc pelo assassinato dos meus pais? Há uma dívida a ser paga? Madoc entenderia isso, entenderia que o amor não pode vir antes do dever.

Mas me pergunto se o que devo a meus pais é uma visão mais flexível de amor e dever, uma que eles mesmos talvez tivessem adotado.

— Falei certa vez que sou o que você me fez, mas não sou só isso. Você me criou para ser inflexível, mas aprendi a misericórdia. E lhe darei uma coisa parecida com misericórdia se puder provar que a merece.

Seu olhar encontra o meu com surpresa e um pouco de cautela.

— Senhor — diz Randalin, exasperado por eu estar cuidando de todas as decisões finais. — Você deve ter algo a dizer sobre tudo...

— Silêncio — pede Cardan, sua postura diferente, a língua como um chicote. Ele olha para Randalin como se a próxima sentença pudesse ser a do Ministro das Chaves. E assente para mim. — Jude estava chegando agora à parte interessante.

Não afasto o olhar de Madoc.

— Primeiro, vai jurar esquecer o nome que sabe. Vai tirá-lo da mente e nunca mais proferi-lo por lábios ou dedos.

— Não quer ouvir qual é antes? — pergunta ele, um leve sorriso no canto dos lábios.

— Não quero. — Ali não parece o lugar para dizer que já o conheço. — Segundo, você tem que nos dar seu voto de lealdade e obediência. E terceiro, precisa fazer as duas coisas sem saber a sentença de seus crimes, que vou lhe imputar mesmo assim.

Vejo-o lutando com a dignidade. Uma parte quer seguir o exemplo dos soldados que negaram o desejo de expiar os próprios atos. Quer ir para o túmulo com as costas eretas e o maxilar contraído. Mas há um lado de Madoc que não quer ir para o túmulo.

— Quero misericórdia — decide ele por fim. — Ou, como você falou, uma coisa parecida.

Respiro fundo.

— Eu sentencio você a viver o resto de seus dias no mundo mortal e nunca mais botar a mão numa arma.

Ele aperta a boca em um sorriso tenso. E abaixa a cabeça.

— Sim, minha rainha.

— Adeus, pai — sussurro quando ele é levado. Falo baixinho e acho que ele não me ouve.

Depois da coroação, Taryn e eu decidimos acompanhar Vivi e Oak, que estão voltando para o mundo mortal. Agora que a guerra acabou, Oak poderia voltar ao Reino das Fadas e estudar na escola do palácio, como Taryn e eu fizemos. Mas ele quer viver mais um pouco entre humanos, não só porque passou assim a maior parte do último ano, mas porque Oriana decidiu acompanhar Madoc... e Oak sente falta dos pais.

Vivi ficou entre idas e vindas na última semana, se encontrando com Heather, para quem ela acabou de se reapresentar. Mas agora que está partindo de vez, separa geleia de rosa-mosqueta, jaquetas de seda de aranha e outras coisas que gostaria de levar do Reino das Fadas. Enquanto faz isso, especula sobre todos os aspectos do mundo mortal que vai ter que explicar para nosso pai.

— Tipo os celulares — diz ela. — O caixa automático no mercado. Ah, isso vai ser incrível. Sério, o exílio de Madoc foi o melhor presente que você já me deu.

— Você sabe que ele vai ficar tão entediado que tentará se meter em sua vida — avisa Taryn. — Ou planejar a invasão de um prédio vizinho.

Ao ouvir isso, Vivi para de sorrir.

Mas Oak gargalha.

Taryn e eu ajudamos nossa irmã a arrumar quatro alforjes cheios de lembranças, apesar de ela ter plantado muita erva-de-santiago perto do prédio e de poder voltar para buscar mais coisas quando quiser. Grima Mog dá a Vivi uma lista de itens que quer que sejam enviados para Elfhame, e essa lista é formada basicamente de café instantâneo e molho apimentado.

O que eu não espero é Cardan se oferecer para nos acompanhar.

— Você devia ir, sim — diz Taryn. — A gente pode dar uma festa. Vocês dois se casaram e ninguém fez nada para comemorar.

Fico pasma.

— Ah, nós estamos ótimos. Não precisamos de...

— Está combinado, então — afirma Vivi, para sempre minha irmã mais velha. — Aposto que Cardan nunca experimentou pizza.

Oak parece escandalizado com essa declaração e começa a explicar sobre ingredientes variados, de abacaxi a calabresa e anchova. Ainda nem chegamos ao mundo mortal e já estou tomada de medo. É provável que Cardan odeie, e a única pergunta é se ele vai agir de forma horrível por causa disso.

Antes que eu possa pensar em uma forma de dissuadi-lo, estamos colocando os alforjes nos cavalos de erva-de-santiago. E voamos por cima do mar. Em pouco tempo, descemos num gramado perto do condomínio, mas não tão perto a ponto de os vizinhos de Vivi poderem reconhecê-la.

Desço do cavalo e reparo na grama sem vida e no cheiro da fumaça de escapamento no ar. Olho para Cardan com cautela, com medo de ele estar franzindo o nariz, mas ele só parece curioso, o olhar indo até as janelas iluminadas, e depois na direção do barulho da rodovia próxima.

— Está cedo — diz Vivi. — E a pizzaria é perto, dá para ir a pé. — Ela olha para nós. — Mas a gente devia ir até o apartamento trocar de roupa primeiro.

Acho que entendo o que ela quer dizer. Cardan parece ter saído do palco de um teatro, e, embora possa usar glamour, não tenho tanta certeza de que ele saiba o que deve vestir na ilusão.

Vivi abre a porta do apartamento e vai preparar um café com canela misturada aos grãos. Oak vai até o quarto, pega um videogame e se deita no sofá enquanto separamos as roupas.

A calça justa e as botas de Cardan são passáveis, e ele encontra uma camiseta que um amigo humano deixou no apartamento, bem mais apropriada que o gibão exuberante. Pego um vestido de Vivi que fica largo em minha irmã. Fica bem menos largo em mim.

— Falei para Heather sobre vocês — avisa Vivi. — Vou ligar para ela e ver se pode vir aqui trazer umas coisinhas. Vocês vão poder conhecê--la... *de novo*. E Oak vai mostrar o caminho da pizzaria.

Meu irmãozinho pega minha mão com uma risada e começa a me puxar com Cardan pela escada. Vivi corre atrás de nós para nos dar dinheiro.

— Esse dinheiro é seu. Bryern mandou.

— O que você fez? — pergunta Cardan.

— Venci Grima Mog em um duelo — respondo.

Ele me olha com incredulidade.

— Ele devia pagar em ouro.

Isso me faz sorrir enquanto caminhamos pela calçada. Cardan não parece estar nada incomodado, e vai assobiando uma melodia, observando os humanos por quem passamos de forma meio escancarada. Prendo a respiração, mas ele não os amaldiçoa com uma cauda tipo a sua, nem os tenta com maçã-eterna, nem faz nada que um perverso rei feérico poderia fazer.

Vamos até a pizzaria, onde Oak pede três pizzas gigantes, com uma variedade bizarra de sabores, que tenho quase certeza de que ninguém nunca deixou que pedisse antes: metade de almôndega e metade de camarão; alho com tomate, queijo de cabra e azeitonas verdes; e cogumelo com bacon.

Quando voltamos para o apartamento com a pilha de caixas de papelão soltando fumaça, Heather e Vivi prenderam uma faixa prateada que diz PARABÉNS AOS RECÉM-CASADOS! com cores fortes. Embaixo, na mesa da cozinha, tem um bolo de sorvete com jujubas em forma de cobra e várias garrafas de vinho.

— É tão bom conhecer você — comento quando vou até Heather lhe dar um abraço. — Já sei que vamos nos dar bem.

— Ela me falou umas coisas doidas sobre vocês — comenta Heather.

Vivi sopra uma língua de sogra.

— Aqui — diz ela, passando coroas de papel para nós dois.

— Isso é ridículo — reclamo, mas coloco a minha.

Cardan olha seu reflexo na porta do micro-ondas e ajeita a coroa para ficar torta.

Eu reviro os olhos, e ele abre um sorriso breve. Meu coração dói um pouco porque estamos juntos e protegidos, o que não era uma coisa que eu tinha entendido desejar. E Cardan parece meio tímido no meio de tanta felicidade, tão desacostumado a ela quanto eu. Dificuldades virão, tenho certeza, mas agora também tenho certeza de que vamos dar um jeito em todas.

Vivi abre as caixas de pizza e uma garrafa de vinho. Oak pega uma fatia da pizza de camarão e começa a comer.

Levanto um copo de plástico.

— À família.

— E ao Reino das Fadas — declara Taryn, levantando o dela.

— E a pizzas — acrescenta Oak.

— E às histórias — diz Heather.

— E a novos começos — completa Vivi.

Cardan sorri, o olhar em mim.

— E a planejar grandes planos.

À família e ao Reino das Fadas e a pizzas e às histórias e a novos começos e a planejar grandes planos. Posso brindar a isso.

AGRADECIMENTOS

Terminar este livro teria sido uma dificuldade imensa sem o apoio, ajuda, crítica e a ousadia temática de Sarah Rees Brennan, Leigh Bardugo, Steve Berman, Cassandra Clare, Maureen Johnson, Joshua Lewis, Kelly Link e Robin Wasserman. Obrigada, minha equipe marota!

Agradeço a todos os leitores que foram me ver nas viagens, que escreveram mensagens, que fizeram trabalhos artísticos sobre O Povo do Ar e/ou se vestiram como os personagens. Cada coisinha dessas foi mais importante para mim do que sou capaz de dizer.

Um agradecimento enorme para todos da Little, Brown Books for Young Readers por apoiarem minhas ideias bizarras. Agradeço especialmente a minha incrível editora, Alvina Ling, e a Ruqayyah Daud, Siena Koncsol, Victoria Stapleton, Bill Grace, Emilie Polster, Natali Cavanagh e Valerie Wong, dentre outros. E, no Reino Unido, agradeço à Hot Key Books, especialmente Jane Harris, Emma Matthewson, Roisin O'Shea e Tina Mories.

Agradeço a Joanna Volpe, Hilary Pecheone, Pouya Shahbazian, Jordan Hill, Abigail Donoghue e todo mundo da New Leaf Literary, por tornarem as coisas difíceis mais fáceis.

Agradeço a Kathleen Jennings pelas ilustrações maravilhosas e evocativas.

E agradeço mais que tudo a meu marido, Theo, por me ajudar a descobrir as histórias que quero contar, e a nosso filho, Sebastian, por me lembrar que às vezes a coisa mais importante a se fazer é brincar.

Este livro foi composto na tipografia Minion
Pro, em corpo 11,5/16,5, e impresso em
papel off-white no Sistema Cameron da
Divisão Gráfica da Distribuidora Record.